Thomas
Hettche
Pfaueninsel

孔雀岛

[德] 托马斯·赫特切 著
丁君君 译

著作权合同登记号　图字 01-2020-5629

Thomas Hettche
Pfaueninsel
Originally published in the German language as Pfaueninsel by Thomas Hettche
Copyright © 2014，Verlag Kiepenheuer & Witsch GmbH&Co. KG, Köln
Simplified Chinese edition copyright © 2021 Shanghai 99 Readers' Culture Co., Ltd.
All rights reserved.

图书在版编目(CIP)数据

孔雀岛 /（德）托马斯·赫特切著；丁君君译. —
北京：人民文学出版社，2021
ISBN 978-7-02-016798-2

Ⅰ.①孔… Ⅱ.①托…②丁… Ⅲ.①长篇小说-德国-现代　Ⅳ.①I516.45

中国版本图书馆 CIP 数据核字(2020)第 250775 号

责任编辑	甘　慧　邰莉莉
封面设计	李苗苗
出版发行	人民文学出版社
社　　址	北京市朝内大街 166 号
邮　　编	100705
印　　刷	上海盛通时代印刷有限公司
经　　销	全国新华书店等
字　　数	200 千字
开　　本	889 毫米×1194 毫米　1/32
印　　张	11.5
版　　次	2021 年 6 月北京第 1 版
印　　次	2021 年 6 月第 1 次印刷
书　　号	978-7-02-016798-2
定　　价	65.00 元

如有印装质量问题，请与本社图书销售中心调换。电话：010-65233595

献给莱诺雷

将来之事不断萎缩,过往之事不断膨胀,
直至未来彻底消殒,一切成为过去。

——奥古斯丁

目 录

第一章 王后的遗言
001

第二章 红酒杯
029

第三章 孔雀之美
065

第四章 莱尼
103

第五章 兽宛
149

第六章　毛与刺
164

第七章　翠鸟时光
202

第八章　玛丽的孩子
229

第九章　时光流逝
260

第十章　火之国
293

第十一章　抽烟吗？
315

第一章　王后的遗言

年轻的王后静静伫立了片刻，直到双眼渐渐适应了森林的幽暗。片刻前她还在阳光明媚的草坪上用小木槌玩球，那是一种源自英国的游戏，深受国王喜爱。她在帕雷茨城堡用的壁纸也出自英国人之手，那个英国人在城郊的仓储区开着一家作坊。帕雷茨的台球桌更是直接从英国运来的。她似乎理解国王为什么如此偏爱来自英国的器具：因为他羞于承认自己对这个小岛的喜爱。这个岛屿在地图上的形状，仿佛是一条狂躁不安地抖动双鳍的鲸鱼，不知出于何种原因搁浅在哈维尔河的此处，这里的水流迟缓而蜿蜒，河面忽而开阔忽而狭窄，在这里人们几乎会忘记每一条河都有源头和河口的事实。时光仿佛也在此迷失了方向，只会围绕着岛屿旋转，在此地，过去和未来以一种奇异的方式夹缠不清。哈维尔河虽然连接着施布雷河和易北河的滩林，然而河水流经此处时，却似乎停滞在无数幽暗的湖泊之间，迷失在岩生栎、白榆和山毛榉的林荫之下，消失在河滩的树林、潮湿的沼泽和灰柳丛林中。

春天是榕莨和驴蹄草绽放的季节,接下来是水芋、黄菖蒲和千屈菜。平坦的河滩上蔓延着辽阔而茂密的芦原,无数禽类在这里繁衍生息。这里还保存着冰川时代的形貌,如终渍、冰蚀谷。孔雀岛上的一切,仿佛都存在于不确定的时代,每一段历史都拥有开端前的开端。王后沉重地呼吸着。球滚到哪儿去了?

这是王室在流亡后第一次回到孔雀岛上,除了几个家庭女教师陪同的孩子,只有两位女眷,陶恩茨恩伯爵夫人和特鲁赛茨-瓦尔登堡伯爵夫人,此外还有王储的教师安希隆和国王的侍从副官乌郎格。依然被禁止出入宫廷的哈登堡,明日会进宫参加一个密会,商讨向拿破仑割让西里西亚一事,拿破仑之所以提出这个要求,是因为普鲁士拿不出他索要的一亿法郎赔款。然而明天到来之前,大家只想享受春光,或闲逛或聊天。时值5月,正午却已经异常炎热,所有人都忙着往银杯里添冰镇柠檬汁,没有人注意到,七岁的亚历山德琳娜公主兴高采烈地踢了小皮球一脚,球滴溜溜滚进树丛中不见了。所以王后没等别人主动请缨,自己就悄悄过来找皮球,欢声笑语间,她便从明媚的草坪踏入了阴暗的树丛中。

那感觉仿佛是穿越了一扇通向另一个世界的门户,周边霎时一片寂静,只有昆虫有气无力的唧唧声。王后

第一章 | 王后的遗言

突然感觉到,刚才玩得太投入,皮肤此时因为疲惫和暴晒仿佛在炙烧。但王后还是拉了拉围巾,遮住了胸口,她的围巾和裙子都是薄如蝉翼的半透明轻纱质地,裙子是纯白色的短袖低胸款,一条蓝色的丝带束在胸下。

王后是什么?我们总以为那是童话里的形象,然而在这片潮湿茂密的丛林中,的确有一位王后,她的脖颈和脸颊上跳跃着勃勃生机,那生机亲密环抱着这位年轻的女人,正如她的称号环抱着她一样。当我们说出"王后"这个词时,仿佛这个词指代的那个人,那个身影正在树荫中渐渐消散。我们观察着这位王后,默念着那个词,将这个词在脑中激起的一切想象都投射到这位女人身上。王后,王后。我们肆无忌惮地盯着她看,大胆地用想象试探她的身影。王后是什么?这个词会把我们带到哪里?我们总以为自己明白,但稍作思忖之后,却会意识到自己一无所知。从前的人懂得比我们多吗?从前的"王后",难道真的和"士兵""医生"一样,是一个实实在在的词语吗?我们已无从知晓。一切要么是童话,要么是虚无。毕竟我们在今天也说不清楚,严肃意义上的"童话"究竟指的是什么。一切要么是童话,要么是虚无。一位王后,一座城堡,一个岛屿。一只球。很快我们还会提到一个词,一个同样具有童话意味的词,然而这个词却令人反感作呕,那是一个罕见的词,和王后一样罕见。现在我们的问题是，这个词会把我们引向哪里？

在这个潮湿的初夏日，正是这个词将王后引到了幽暗不明之处，温暖肥厚的树叶在林中渐渐腐烂的甜腥味刺激着她的鼻子。她开始四处寻找，很快就在一棵老橡树的树干下发现了微微闪光的白球，那球一半嵌在盘根错节的根须中，一半掩在杂草里。她正弯下腰想抓住球，一个小男孩的身影突然从树干的阴影处冒出来，站在她面前，直勾勾地盯着她，她立刻意识到，这个男孩有些不对劲。

震惊的王后大声责问男孩是谁，在这里做什么，这是她激动时的一贯反应，她的口音中带着南黑森州老家的温柔乐感，永远不会显得尖锐，对于她的问题，那个乍看起来四五岁的孩子极为镇定地作出了回答。然而王后一听孩子开口说话，顿时吓得魂飞魄散，禁不住闷声尖叫了一下，往后趔趄了几步。因为从那个孩子般的身形中，传来的竟是一个成年人的低沉声音，就像一个腹语者，他说了一个王后从来没听过的名字，态度恭谨却依然令人心生恐惧。此时此刻，王后终于意识到，她第一眼看到这个人时觉得不对劲的感觉来自哪里。他的鼻翼生得很宽，却深深塌陷，仿佛某种兽类的鼻子。他的额头高高隆起，所以乍看像个孩子模样。他的手很短，像鼹鼠的爪子，在敦实的身体两侧摆来摆去。惊恐万分的王后不想听孩子再说下去，忍不住朝他喊了一个词，那个词刚脱口，她自己也大惊失色，立刻抬手挡住双唇。

那男孩虽然对她的问题作出了极尽友善的回答，王后依旧大惊失色，投出的眼神充满厌恶，孩子见状蓦地发出一声可怕的怒吼，一转身就消失在丛林中。王后呆呆望着跑开的孩子，心剧烈跳动着，几乎就在同时，丛林中传来一阵孩子们的欢笑声。十四岁的弗里茨穿着制服跑在前面，后面紧紧跟着的是威廉和夏绿蒂，走在最后面的是卡尔王子，手里还牵着亚历山德琳娜。几个大一点的孩子跑来询问母亲在做什么，是不是遭遇了什么事。年纪最小的费迪南第一个发现了皮球，欢呼了一声，从几个兄弟姐妹的腿间钻过去，大笑着捡起球，骄傲地举在头顶，又沿着草坪跑回去找父亲。

夏绿蒂发现母亲的气色苍白虚弱，隐隐透出病容，悄声问她怎么了。某些空间，能在我们心中唤起为人而生的情感。人对待风景的态度就像朋友一样，有时我们对初识的面孔一见如故，有时却心生疏远。在某些特定的空间中，我们会感受到一种刺骨的疑虑和恐惧，虽然这些空间没有眼睛也没有面孔，但那种感觉令人不堪重负。王后从内心深处反感这个小岛。虽然此时孩子们包围着她，对她嘘长问短，但她的眼神还是无法从幽暗的

孔雀岛

林荫中挪开，那个怪物的身影就是在那里消失的，她像扣动扳机一样，朝他发射了一支利箭般的词，那个词击中了他，而且一直在持续追击着他。王后作了一个疲惫而绝望的手势，让孩子们离开这个阴森地方，回到孔雀岛明亮的阳光中，而这一天，是王后在孔雀岛上健康度过的最后一日。大约两个月后，也就是1810年7月19日，露易丝王后就去世了。

那个侏儒却一直在奔跑。是的，侏儒。此时此刻，我们不得不提到这个词，由此造成的风险可能是，这个词像任何普通的词一样，淡定地出现在我们视野中，然而情况并非如此。因为让这个侏儒落荒而逃的，正是某个词，他听到自己的怒吼声在身后紧追不舍，吼声中还夹杂着王后说的那个词，那个让他无处可逃的词。其实他对这个岛屿的了解超过了所有人，包括宫廷园丁芬特曼，还有那个经常带着狗在灌木林里吓唬他的猎手柯立普。岛的西南边是城堡，城堡四周是草坪，草坪上有保龄球道和秋千。离草坪不远处是城堡理事处。岛屿的中心是一大片稀松的树林，生长着古老的橡树和鹅耳枥，人在这片林子里很容易迷路。林中有一处庄园，东北方还有一处牧场，被打造成哥特遗址的风格。此外林中还有牧牛的草地、养鲤鱼的池塘，以及种着黑麦、土豆、燕麦和苜蓿的农田。这片林子里遍布着各种各样的

第一章 | 王后的遗言

崎岖小径，而这个名叫克里斯蒂安·弗里德里希·斯特拉孔的侏儒，因为体型迷你，所以没有他挤不进去的通道。

他沿着河岸跑啊跑，一直跑到了帕申壶湾，这是位于小岛最外部的一个大河湾，不知何时，他嘴里的怒吼声，那种仿佛是从伤口中流溢出的声音，渐渐消失了。但那个词还留在他身体里。海湾的沙地上有一个很小的沙井，井上铺着一层草顶，这是他去年为自己和玛丽建的一个安全屋，玛丽是他的妹妹，此时此刻，她正在沙井里等着他，等他带来关于王后的消息。玛丽亚·多罗特娅·斯特拉孔，所有人都叫她玛丽，四年前她来到岛屿上，被封为宫廷侍女，自此以后，她无时无刻不在盼望着侍奉王后那一天的到来。

王室在外流亡时，她当然没有任何侍奉的机会，所以一想到还不能进宫就职，她就心灰意冷。克里斯蒂安站着一动不动，大口喘着气。过了好一会儿，他的气息才平顺下来。芦苇挂着冬日的灰霜，朝水面绵延而去，似在窃窃私语，苇枝泛着干枯的黑色，其间有几只鸭子在穿行。他看见一只天鹅淡定自若地朝自己游来，讲究地梳理着自己的羽翼。然后，这个小侏儒弯腰钻进了沙井的草顶下面。

"怎么样？她是不是像大家传言的那么美？国王呢？

克里斯蒂安，快告诉我！跟我说说她穿的衣服！"

这位生于1800年的姑娘，玛丽，圆睁双眼望着哥哥。她身上穿着自己最得体的衣服，为了觐见王室，她几天前就把这件衣服仔细浆洗熨平了。此时此刻，在河边的这个布满树叶根枝的洞穴中，她似乎也明白，自己的样子看起来既荒谬又悲伤。克里斯蒂安爬到她身边，用手拂开她脸上的一缕黑发，这是她今天早上精心梳理的头发，她从来没有这么用心过。

他眼中的妹妹，和所有人眼中的妹妹并无不同，侏儒体质让这个孩子的头颅在岁月中逐渐变形，发际线下的额头高高隆起，额头下的鼻子生得塌陷扁平，鼻头却又尖尖上翘，根本不像个孩子。他知道她走路蹒跚，是因为腿部已经开始萎缩。他熟悉她的体型，就像了解自己一样。玛丽的眉毛粗重，然而那双眉弓下的眼睛对看到的一切事物抱着好奇和善意，这些他都看在眼里。他熟悉她永远笑意嫣然的嘴。她的小笨手无论触摸什么，都是小心翼翼，充满柔情。她的聪颖远远超出了她的年龄。在他眼中，妹妹是美丽的。

他耐心地向她描述那些女眷的衣装，尤其是王后的装扮和国王的制服，还说起了王室众人在城堡边的草地上玩的奇怪游戏。他也讲述了自己邂逅王后的过程，因为不想欺骗她，所以他也重复了王后说的话。因此，王

第一章 | 王后的遗言

后说出的那个词,同样击中了玛丽,那个词就像一支永不落地的箭一样,造成了漫长的刺痛感,即使在王后去世多年之后,它依然贯穿了这个小姑娘的一生。

怪物。玛丽像一只受伤的动物一样,悲伤地呜咽了一声,从哥哥的怀抱里挣脱了出来。这个词带给她的痛苦,比任何谩骂都来得更剧烈。她无助地看着太阳在哈维尔河的对岸缓缓沉落,萨克奥园区的地平线泛起了红色的霞光。克里斯蒂安吻了吻她,摸了一下她的头发,她依然毫无反应。怪物。她徒劳地想把这个词从身上抖落下去,就像在抖落一只虫子,然而那个词却牢牢粘在她身上。怪物。怪物。怪物。怪不得没有人传她进宫。

怪不得大家喊她宫廷侍女,其实不过是孔雀岛这个玩具世界中的一个面具游戏罢了,毕竟这里的一切都是游戏,就像牧场主一样,他从来不关心牛产了多少奶,羊身上出了多少毛,因为一切都是面具,一切都是障眼法,就像城堡的墙一样,乍看是石头砌的,其实不过是染了色的木块。她只是谎言世界中的宫廷侍女,回到真实世界,她就是个怪物,玛丽想着,禁不住哭了起来。她其实一直都明白。然而在孔雀岛生活的这些年,这个心结被掩埋了,陷入了沉睡,这些年让她以为,一切都会像从前那样美好。

在这个岛上,没有人希望她和哥哥长高,也没有人给他们量过身高。从前，当她家还在里克斯村时，父亲几乎每天都会给兄妹俩量身高，后来父亲不再回家了，负责量身高的人变成了奶奶。门框上的那些刻痕至今还历历在目，那些痕迹到了某一个高度，就不再叠加了。因为他们再也没有长高。因为父亲去世了。有时克里斯蒂安早上会在床上给她拉伸腿关节，虽然只是玩笑，但玛丽一直隐约知道他俩的发育不太正常，她记得自己一直为此感到忧伤。

命运在某一个早晨发生了转折，那是在波茨坦的一个光芒四射的房间里，随着一阵骚动，她看到了马裤，还有宫廷里流行的白丝袜。奶奶的双手搭在她肩膀上，把她推到自己身前。父亲是士兵。阵亡了？玛丽感觉到了奶奶在点头。母亲呢？奶奶回答说，生下孩子后母亲就跑了。奶奶轻轻推了她一把，国王摸了摸她的头。她以后都会这么小吗？国王问。当然，奶奶答道，哥哥也是一样。玛丽记得自己看到了制服的衣领，那衣领又高又挺，像柱子一样杵在脖子上。她看见那领子上还有个侃侃而谈的脑袋，但这时有人拉住了她的手，牵着她走了。她的另一只手牵着哥哥。奶奶就这样消失在她的视野中，从此再没有出现过。

他们快步穿过各式各样的长廊、房间，然后又穿越了一条潮湿的巷道，牵她的人搂住她的腰，把她放到一个摇摇晃晃的小船上，正午的阳光把两个孩子照得透亮。几个沉默的船夫吃力地划着桨，捕鳗鱼的渔夫们站在自己船上，好奇地打量着他们。克里斯蒂安还指着一只鸬鹚让她看。贞女湖映着天空，河岸边的水波泛着微光，岸上的树高大伟岸，青翠欲滴，哈维尔的河道越走越窄，那些树离他们也越来越近。然后她生平第一次看见了这个岛。葱郁的植被叠在岛上，显得很高大，仿佛是一艘扬帆的大船，正在朝她驶来，城堡的两座塔上的瞭望台是白色的。她的心狂跳不止，那一刻她感到无比幸福，因为她立刻坚信，那才是最适合她的世界。那也是她生平第一次听到孔雀的叫声。

六岁的玛丽在孔雀岛度过了第一个夜晚，第二天清晨，她听到了一个轻柔的声音，声音的主人是一个小男孩，坐在她旁边的童椅上："妈妈给我读过一个故事，故事说圣人布朗达恩在旅行中跨越了世界的尽头！"

所有城堡理事处的住民都在这个餐厅中了，围着大桌坐成一圈，这些人中有宫廷园丁费迪南·芬特曼，他的嫂子露易丝·菲利皮娜，露易丝娘家姓拉伯，离婚后带着三个孩子来到了岛上，园艺助理阿尔贝特·尼特纳是芬特曼的学徒，马尔科是芬特曼为孩子们请的家庭教师。现在这个队伍中又新增了两名成员：被王室收养的克里斯蒂安·弗里德里希·斯特拉孔、玛丽亚·多罗特娅·斯特拉孔。玛丽好奇地打量着每一个人，尤其是那三个孩子的母亲。她惊讶地盯着这位母亲风风火火地给孩子切面包、擦嘴，孩子的餐盘快掉到地上时，她眼疾手快地一把接住，最小的那个婴儿呀呀欲泣时，她立马站起来把孩子抱进怀中。然后，她又听到身边传来了那个温柔动听的声音。

"有一天，他遇到了一个人，这个人个头只有拇指那么大，能在花瓣中游泳。这个小人一手拿着只小碗，另一只手拿着支量笔。他把笔插进大海里，把吸出来的海水滴进碗中。小碗里的海水满了，他就把水倒掉，然后又重新开始。"

母亲恼怒地转过身来，明亮的脸颊上泛起了羞愧的红色。

"古斯塔夫！住嘴！"

玛丽忍不住傻乎乎地接着孩子的话问："然后呢？发生了什么？"

"那个拇指人，"那个男孩接着说道，"对圣人布朗达恩解释说，亲爱的上帝派他来测量大海有多少水，要一直量到世界的最后一天。"

第一章 | 王后的遗言

"古斯塔夫!"母亲又喝了一声,走到桌边,一只手充满歉意地搭到玛丽的鬈发上。玛丽从来没听过这个词,拇指人?莫非我就是来自世界尽头的拇指姑娘吗?她犹豫了好久,才鼓起勇气打量起身边的男孩,直到很久之后,每当回忆起那一幕时,她都还记得古斯塔夫冲她友好微笑的样子。

"你认字吗?"他好奇地问。

这个问题让她猝不及防,她震惊地想到自己的缺憾,狠狠地摇了摇头。虽然这个男孩很友善,但一切都完蛋了。她还不识字。她又感到一丝惊恐,因为她不知为何对男孩产生了一种感激,仿佛他碰到了她身上最渴望触摸的地方,而且动作非常轻柔。她心想,以后他再也不会搭理我了吧,因为我不认字。她期待着男孩接着说些什么,但他再也没有开口,玛丽的恐惧节节疯长。然后,仿佛有一滴温暖的水不知从哪里溅到她身上,她心里突然涌起了一种笃定的感觉,知道一切都会变好的。

几十年来,沃斯伯爵夫人一直是宫廷的女主管,如今她已到垂暮之年,玛丽在孔雀岛住了两年后,终于有一天,沃斯夫人召见了她。她派了一个宫装男仆,穿过草坪走到理事处，带她进宫。王室定于当日下午抵达，沃斯夫人带着厨师和侍从提前赶到了岛上。玛丽被带进来时，夫人正待在自己的专属房间里，那是城堡入口大厅旁边的一个屋子，她坐在靠椅上，背朝窗口和彩花墙纸，穿着一件有些褪色的白花淡青绸裙，裙身极其宽大，罩住了里面的老式衬裙，铺展在椅子四周，裙子的半袖和开得很低的领口处都镶着白边。老夫人的皮肤非常苍白。玛丽看见她有力地朝自己招了招手，脸上松垮的肉随之微微颤抖。

　　玛丽印象最深刻的是伯爵夫人的假发，在宫中，夫人大概是唯一戴假发的人，一年前，夫人还曾满怀忧伤地目睹年轻的国王剪下自己的辫子，送给了露易丝。玛丽不了解这些往事，她也不知道该如何去欣赏那些高高隆起的、扑粉的发饰，不过精致的发卷和老夫人苍白的皮肤倒是相得益彰。柜子上的座钟滴答滴答地走着，老夫人用浑浊的目光细细打量着玛丽，而后者沉浸在惊讶中，对她的眼神毫无知觉。最终玛丽还是意识到了屋里异常的寂静，战战兢兢地开口询问女主管，拇指人是什么，古斯塔夫讲的那个故事依然在她心中挥之不去，她对"拇指人"这个词印象太深刻，因为和另一个依然在她灵魂中刺痛的词相比，"拇指人"听起来要友好得多。

　　"过来！"夫人用法语对她招呼道。

第一章 | 王后的遗言

玛丽胆怯地向前走了几步。她的问题似乎让老夫人很不高兴，夫人伸出一只长满老人斑的手，抓住了她的手臂，那力度让玛丽的脸不由得抽搐了一下。

"你的名字。"

"我叫玛丽亚·多罗特娅·斯特拉孔，夫人。"

"你懂法语吗？"夫人又换成了法语问。

玛丽也用法语回答："懂的，马尔科先生在给我们上课。"

"你多大了？"

"八岁，夫人。"

"你就是孔雀岛上的新侍女？"

玛丽自豪地点了点头。

沃斯伯爵夫人年轻时，老国王矫枉过正的作风曾让她苦不堪言，她也因此成了老国王的儿子腓特烈·威廉三世从小到大的亲信，此时，她的目光仔细地审视着玛丽。老夫人的眼睛很浑浊，仿佛蒙着一层牛奶，精致绛唇如今已干瘪下垂，她嘟囔时嘴角微微颤抖，仿佛在咀嚼着什么。可怜的小家伙，夫人心里想着，玛丽并不让她感到厌恶，反倒很怜悯。这个孩子让她想起了很久之前，当侏儒还是宫廷里的常客的时代。在那个时代，拥有侏儒甚至是一种值得吹嘘的资本。可是今天呢？年轻的国王收养这个孩子想做什么？

老夫人为此疑惑时,也恍然意识到,在她服侍三代王室的漫长一生中,见证了多少沧海桑田,一想到那些已经被人遗忘、消失无痕的过往,她的心就隐隐作痛,她的目光死死攫住这个孩子,她孤零零的身影,仿佛是某个绝迹种族的最后一支血脉。就像我一样,伯爵夫人酸楚地想。她知道,这个孩子将会长成一个完美的侏儒,长成以前王室最欣赏的模样,她蓦地又想起以前王室里的侏儒轶事,据传沙俄王室还经常为侏儒们操办婚礼,那些故事在普鲁士宫廷也很流行。沙皇一度痴迷于让侏儒繁衍成族,据称他曾带着整个王室的人镇守侏儒们的新婚之夜,还大力嘉奖这些小夫妻的造人大业,但最终也没能如愿。

伯爵夫人好不容易才从这些杂念中挣脱出来,放开了女孩的胳膊,甚至还冲她微笑了一下,在这个过程中,她的嘴唇也终于停止了抽搐。看着茫然无知的玛丽,夫人带着一丝宽慰的口气说对她说:"不要在意这些。这个岛对你是个好地方。"

玛丽点点头,她也相信这一点。不过此时此刻她最想知道的是,作为宫廷侍女她得具备什么技能,她认为夫人把她叫来应该就是为了吩咐这个的。

"你想知道拇指人是什么?"主管夫人却换了个话头。

"不是拇指人,是拇指姑娘!"

第一章 | 王后的遗言

见她这般反应，主管夫人爽朗地大笑了起来，满意地盯着她看，表示自己明白。她又问玛丽，有没有听说过格罗斯-贝伦战役[1]？

玛丽摇了摇头。夫人叹了口气，作了个手势让她坐下。玛丽立刻往地上一坐，身子贴着夫人绸裙上那些白色花朵的瓣尖。

"格罗斯-贝伦家族祖上来自贝伦家族，或称贝纳家族，大概有四百多年的历史了，在这个家族里，一直流传着这么一个故事：从前，贝伦家有个夫人生下了一个孩子，刚刚从产痛中恢复过来，到了晚上，她把摇篮放在身边，自己躺在床上，百无聊赖地盯着阴暗房间里的那些黑影，突然，屋里的四足砖炉下面发出了亮光。她惊讶地看见，地板被掀开了一个小口，仿佛是通往地下室的门户一样，然后很多小人从里面走了出来，走在前面的小人手里举着小灯，其他的小人则毕恭毕敬地向后面出来的人行礼致意。你知道行礼是什么意思吗？小宫女？"

玛丽羞涩地点了点头。

"那你行个礼。"

玛丽站起来，行了个宫廷屈膝礼，夫人久久地打量

---

[1] 格罗斯-贝伦战役是1813年拿破仑战争期间的一场著名战役，俄、普、瑞典联军在格罗斯-贝伦地区击败了拿破仑的军队。

着她的模样，仿佛依然在为她的体型惊诧。最后她才回过神来，继续讲故事。

"产妇震惊地看着眼前发生的一切，此时，有一队小人儿来到她窗前，队伍最前方的俩人对她说，大家聚集在暖炉下面，是为了举办一场家宴，并征求她的许可。贝伦夫人天性和善，便点头表示同意。于是，小人们从地板的开口处抬出了很多小桌子，在上面盖上白色桌布，还点起了很多小灯，没多久，他们纷纷坐上了桌子，开始大快朵颐。贝伦夫人分不清小人们的面貌，但看得出来所有人都很开心。宴席后小人们又开始跳舞，音乐声很轻，那小提琴音仿佛从梦中传来，在屋里慢慢晕开。孩子，你听过小提琴吗？"

玛丽摇了摇头。

"以后会听到的！"夫人用法语说。

在玛丽以后是否能听到小提琴演奏的问题上，老夫人似乎又沉思了一会儿，然后才接着讲故事："整个家宴结束后，小人们又排成一个队伍，来到女主人的窗前，对她的招待表示感谢。寒暄几句后，他们留下了一个小礼物，并提醒夫人谨慎保管：只要这个礼物被精心保管，家族就会繁荣不息，但如果人们不善待这个礼物，家族就会走向衰亡。说完这些后，小人们就回到了暖炉下，所有的小灯都熄灭了，整个屋子重回黑暗和寂静。贝伦

第一章 | 王后的遗言

夫人不知道自己刚才到底是清醒还是做梦,她在屋子里寻找小人们的礼物,竟然真的发现礼物被留在孩子的摇篮上。那是一个琥珀做的玩偶,只有五六厘米那么高,脸部像是人类,下身却是鱼尾。"

"咦,鱼尾!"玛丽禁不住惊呼了一声,然后立刻为自己的失态感到一丝羞耻。夫人却只是微笑着看她。

"是的,但这个小人们留下的玩偶,是一个幸运符。"老夫人用法语补充道。

"那些小人就是拇指人吗?"

"是的。"

玩偶从此变成了贝伦家族代代相传的宝物,直到今天,这家人都非常谨慎小心地守护着它,老夫人似乎对这个故事笃信不疑。玛丽见到的这位沃斯伯爵夫人此时已是风烛残年,这年的冬天,人们在维也纳为欧洲版图争执不休时,在王储的菩提树下宫殿里,老夫人在自己的房间里溘然长逝。

普鲁士的宫廷园丁职位有一个异乎寻常的特点——几乎所有园丁都是家族世袭的。无论朝代如何更迭,园丁的传承却巍然不动,莱尼、赛洛、尼特纳家都是世代园丁。之所以有这样的传统,一方面或许是因为这个职位本身的特性,另一方面却是源于园丁在普鲁士宫廷拥有的特殊地位。普鲁士一共拥有十八位宫廷园丁,每一位园丁都镇守着自己的一方园地,无论他们住在无忧宫、夏洛特堡宫、新宫,还是莱茵贝格、帕雷茨领地、布吕尔、巴贝尔斯贝格、格里尼克宫还是孔雀岛,所有的园丁都对当地住民肩负着伦理修养的谏导职责。他们和所有宫廷臣子一样,直属国王指派。园地和王权的羁绊让园丁们不由得产生了一种贵族般的优越感,这种优越感是普鲁士园丁最大的特点,芬特曼家也不例外。费迪南·芬特曼是一个性格沉静的男人,拥有勃兰登堡人特有的海蓝色瞳孔,他跟约翰·奥古斯特·艾瑟贝克学习过园林造景,后者也是一位园丁,曾负责打理沃尔利茨园区,后又被调到了波茨坦宫。芬特曼跟他学习了园艺后,曾在波兰为拉齐维乌大公[1]效力过一段时间,1804年才开始担任孔雀岛的宫廷园丁。

孔雀岛的边缘几乎都是陡峻的河岸,只有一处岸口地势平缓,向哈维尔河温柔展开,这个岸口也是渡口。人们在这里建了栈桥,在通往抛锚处的路口栽了两棵杨

---

[1] 拉齐维乌(Radzwill)为欧洲著名贵族姓氏,在立陶宛、波兰和普鲁士等国享有特权。

第一章 | 王后的遗言

树,城堡理事处也盖在渡口附近,房子屋檐低垂,自从城堡管家去世后,园丁一家就搬进了理事处。房子在地势上紧靠斜坡,走到二层的背面,就能通过一座小桥走进花园。一层和二层的格局相同,都有三个房间和一个厨房,楼梯位于前厅中央,通往尖顶阁楼层,那里还有两个小屋。大一点的屋子是园丁的工作室,另外还有一个暗房,用来存放种子和园区的文件资料。

费迪南·芬特曼透过工作室的窗子,看着三个侄子在水洼间跳来跳去。他面前的桌子上放着一堆当年的文件,这一年已接近尾声。小岛上的雨下得无休无止,孩子们却玩得很开心。最小的那个叫路德维希,今年才五岁,摔了好几跤,此时要是妈妈看见了他的裤子,估计要气得骂出来。尤利乌斯的全名叫卡尔·尤利乌斯·台奥多,比路德维希大一岁,古斯塔夫今年七岁。或许因为古斯塔夫的性格在三个孩子中最沉稳,因此最得芬特曼的欢心。他的这位嫂子来自上劳西茨,是亨胡特派信徒[1],和芬特曼那个破产的兄弟离婚之后,芬特曼作为家族中的未婚男士,义无反顾地收留了她和三个孩子。或

---

[1] 亨胡特派是18世纪在德意志地区兴起的新教教派,也称"兄弟合一会"(Unitas Fratrum),受路德新教和虔信派影响,注重灵修、互助和教育,常在偏远贫困地区推行传教活动,英语区名为"莫拉维亚兄弟会"。

孔雀岛

许有一天，古斯塔夫会继承他的职位，但芬特曼心里其实也不太确定。他看着这个温柔的男孩一次次把摇摇欲坠的帽子重新戴正。玩闹间他经常会走神，沉浸在自己的小心思里。

其实，从前的园林并不是观赏园，种植的大多是农作物，为宫廷供应水果和蔬菜。相较于那些精通树木藤蔓、林荫道和草植精修的园林师，其实人们更需要精通果品培育、会建棚搭架的园丁。那时人们对世界各个角落的植物了解不断疯长，因此宫廷的需求非常大。所以各园林也开始进行分工培育，孔雀岛主要种植花卉，同时还兼带在户外和暖房种一些樱桃和草莓。岛上还设了一个苗圃，用来给嫩芽嫁接配种，顺便供苗给别的园区。每到周六，芬特曼都会向大家通报宫廷厨房需要的供应。

早在腓特烈大帝时代，园丁们就在波茨坦建了暖房，种上了葡萄、桃子、李子、无花果、橘子和菠萝。园里还特意种了香蕉，因为国王相信香蕉能缓解他的痛风。蔬菜方面，暖房全年都种着菜花、黄瓜、土豆、甘蓝、胡萝卜、红萝卜、生菜、皱叶甘蓝和芦笋。然而在耶拿-奥厄施塔特的战事[1]之后，王室被迫流亡，园林的管理也

---

[1] 指1806年发生在耶拿和奥厄施塔特的两次普法战役，普鲁士军队拥有两倍于法军的兵力，却不敌拥有灵活战术的法军，几乎全军覆没。

就陷入了停滞。

当时首府的官方说法是,国王打了一场败仗,所以公民当下的首要职责是维持稳定。法国人占领首府后,王室流亡到了梅梅尔,人们拿不到薪酬,园林也无人管理。柏林的物资极度匮乏,以至于看园子的人偷偷在王室的土地上种菜糊口。

就在那时,孔雀岛出现了,对于现在这些岛上的居民,孔雀岛就像一艘方舟一样,停泊在世界门外一个被人遗忘的港湾,等待着人们的到访。在芬特曼的带领下,人们对孔雀岛进行了改造,牧场建起了牛棚和谷料仓,孔雀岛的面积有三百八十五个摩根[1],人们开垦了其中七十二摩根的土地用作农田,所以岛民们的生活完全可以自足。开荒时,人们在农田中保留了那些古老的橡树,兼顾了自然的舒展和生活的需求。大家很顺利地适应了新的生活环境,在这个风雨飘摇的时代,波茨坦和柏林都无暇顾及孔雀岛上的情况,岛民们反倒暗自高兴。

但是宫廷园丁的心里却十分煎熬,因为没有钱给工人支付薪水,他只能眼睁睁地看着岛上的一切逐渐凋零。因此当国王和王后从流亡中返回后,他立刻给内廷大臣

---

[1] 古时日耳曼地区大量土地的一种单位,摩根(Morgen)在德语原意为清晨,一摩根即为一个清晨能够耕耘的土地面积。

冯·马萨乌写信道:"园林荒芜已有三载,恳请阁下对孔雀岛施恩垂爱,允许在下重兴园务,令其再焕新生,重现三余载前国王陛下初见时的模样。"

芬特曼从文书袋中取出当时与内务大臣的书信来往,读到对方的回信,不禁苦笑了一下,信中的答复是:"此事须待缓议。"芬特曼的回信日期是两周之后:"前日国王与王后陛下眷亲临孔雀岛,漫步欣赏了全岛风光,畅饮了牧场的鲜甜牛奶,后又品茶盘桓了多时。王储殿下和夏洛特公主早一日已驾临小岛,当日又再次随行,两位对孔雀岛甚为喜爱,许诺今夏常来避暑。国王陛下也有迁居之意,不日内本人将再次迎接陛下夫妇赴岛午宴。诸般迹象可见,陛下夫妇对孔雀岛青睐有加,一如往日。"

很快,他的诉求得到了满足。芬特曼在城堡附近开辟了一块围起来的园地,种上了覆盆子和无花果,到冬天再给这块园地做保温覆盖,他还用粗石加固了小岛渡口边的河岸,种上了花叶颇为华丽的蜂斗菜,后面又栽了苏格兰蓟和飞燕草,在岛上某些区域,他还种了一些王后最喜欢的绣球花,这种花几年前才被发现,非常昂贵,他是以十六芬尼一株的高价从夏洛特堡宫的格奥尔格·施坦纳手里买来的。

园丁从沉思中回过神来,发现古斯塔夫似乎正在定

第一章 | 王后的遗言

定地看着自己。天色已晚,他一直在沉思,没有点灯。但他很快意识到男孩不是在看自己,他注视的大约是大门外台阶上站着的某人,不一会儿,男孩就抛下了身后的弟弟们,一溜烟跑进了房子里。

园丁当然知道是谁突然吸引了古斯塔夫的注意力,那个人是小侏儒玛丽,自从她来岛上之后,古斯塔夫就像着了魔一样,天天围着她转。芬特曼对此略感不悦。虽然他也喜欢这个女孩,但作为园丁,他只想把她的骨架捋顺,像种葡萄一样为她建棚搭架,让她生长。他想给她施肥,把她种在暖房里,把她的脚埋进肥沃的土壤中,让她生长,真正地生长起来。门厅里传来古斯塔夫开心的声音,他听见俩人的大笑,听见城堡的大门啪一声合上,听见俩人蹬着楼梯一路向上跑的脚步声,他知道,他们要去玛丽的房间,阁楼上的那间小屋子。

不,他对玛丽的这些想法并不是出于厌恶,恰恰相反。在岛上,他关心每一株发育不良的植物,他对它们的关注甚至超过了那些健康的品种,他的关心出自内心的喜爱,当病株无药可救,他不得不把它们挖出来弃作花肥时,心里都是沉痛的。他看玛丽也是如此,关心她,爱护她,但他也知道,不久之后,她的关节会作痛,她的耳朵会发炎,甚至恶化到像很多侏儒那样彻底失聪,他在吃饭时看着她粗笨肿胀的手指，感受着她无法伸直肘弯的艰难。她的一切，都在呼唤一剂解药，然而世上并没有这样的解药，为此他既不安又愤怒。这个畸形身体的存在，是对健康人均衡比例的尖锐嘲讽，就像一棵发育不良的树哀叹美的缺失一样。然而对于这种病态，芬特曼却无计可施。他不是上帝，玛丽也不是植物。可是，玛丽究竟是什么样的存在呢？

园丁呆呆地望着外面的雨。上帝为什么会造出玛丽这样的孩子？难道造物主对自己作品的美丑完全无动于衷吗？他摇了摇头，把这些想法抛到了脑后。另外两个男孩也不见了身影。他没听见俩人进屋的声音，但隔壁传来的碗碟声提醒了他，已经到了晚饭时分。夜色从哈维尔河上缓缓升起，渐渐填满了林间的空隙。侏儒们生性腼腆，却是干活的能手，有时也会助人为乐。但他们爱财，手脚不干净。侏儒是沉默的族群。有种说法是侏儒不喜欢教堂，他们讨厌钟声。他们不怎么在白天活动，总是缩在自己的洞穴中，生活在和普通人不一样的光和时间里。他们把摇篮里健康的孩子偷走，换成自己丑陋的后代，有时候甚至自己躺进去。人们把这种鸠占鹊巢的孩子称作怪婴。芬特曼的母亲跟他讲过一个故事：从前有个妇人在山里收稻，刚出生的宝宝放在身边，这时有个女侏儒悄悄走过来，把她的宝宝换成了自己的孩子。

第一章 | 王后的遗言

妇人回头看宝宝时，被映入眼帘的怪婴惊呆了，发出了巨大的尖叫声，那声音山崩地裂，盗走孩子的侏儒吓得只好把她的宝宝又送了回来。这个侏儒在归还宝宝前，强行让妇人把怪婴抱起来，用健康的母乳喂了他一口，才肯作罢。

夜色已经笼罩了河的对岸，沿着水面能看见一丝微弱闪烁的光，那是国王的枪仆布兰德住处的灯光，他就住在渡口边，每天布兰德都会带一些人上岛。夜色中，芬特曼觉得他们活在一个与世隔绝的地方，其实在日光下，他们也依然是孤独的。芬特曼知道，在这个岛上，有一种古老的东西留存了下来。

他还清楚记得自己第一次站在渡口时的感受。那也是一个雨天。从初见的那一眼开始，岛上的城堡、牧场和花园的风格就让他浑身难受，这里的一切都散发着媚俗和故作高深的气息，带着洛可可时代的最后残影，而这里的土壤潮湿又贫瘠，种不出粉扑扑的杏子。所有的华丽背后都透着阴沉，所有的戏谑都暗含着严肃，而这种严肃却藏在不可见的深处，所以越发让人心生警惕。在这里，一切渴望都会熄火。是的，他当时的感觉就是这样，那些花团锦簇的流苏和纹饰中仿佛在滋长着一种邪恶黑暗的东西。当然，这种恶和玛丽兄妹无关，和童话里的侏儒也无关。可是他们那样的存在，也不属于新的时代,这个时代不需要卷叶花缎,也不需要贝壳装饰。在这样的时代,侏儒是不可能成为宫廷侍女的。

芬特曼呆呆望着跳动的火光,半晌后他收起了桌上的信件和账单,塞进了其他1810年的文件里,离开了房间。

第二章　红酒杯

我们常说，光阴飞逝。其实飞逝的并不是光阴，而是我们。光阴是什么呢？它似乎像是一种温度或色泽，渗进了万物的肌理，它也像面纱，盖住了所有那些往昔之物。其实一切都还在，我们也还在，只不过不在此时，而是在时光之纱的遮蔽中，在永恒的育苗室里。虽然一切都会湮灭，但在往昔逝去的地方，总会有一些残留之物。残留下来的首先是地域，地域比我们活得更久。时光是怎么对待地域的呢？

曾经，没有人去听哈维尔河中一条鱼扇动鱼鳍的声音。然后才有了燧石的敲击声，中石器时代猎人的残骸，猎人们在这片土地上奔跑着，空气中第一次有了火的味道。某人手握斧头，劈开了大地，脸上带着逃亡者的惊慌神情。他在大地上挖出一个半米深的坑，把一个装满青铜戒指和臂环的粗陶罐埋了进去。到了青铜器时代，在现在的柏林地区，突然冒出了一片古民部落，碎片、铜戒、一枚用于祭祀的指环，都是当时北德地区日耳曼部落常用的器物，然后大地又归于寂静。这种寂静持续了几千年，直到一支哈维尔河古民部落的到来。走进这片土地深处的，永远是火，火在大地中留下自己的痕迹，而植物却不堪其苦，它们会因为火而枯萎、摧折。

玛丽站在城堡草坪上转着圈圈，转得越来越快，脚上的新靴子重重地蹬着结冰的地面，一直转到冬日的寒气刺得她鼻子生痛。玛丽感到一阵晕眩，胳膊渐渐垂下，动作也越来越慢，最后终于气喘吁吁地停了下来。她脑中想着各式各样的陀螺名称，几天前，她来了第一次初潮，哭着跑到了姊姊那里。但一切都平安无事。她听见了孔雀的叫声，那声音和孩子的喊声一模一样。

国王闭上眼睛，额头紧贴着冰冷的玻璃。他的一切都和父亲背道而驰，身材瘦削修长，眼睛很小，水汪汪的，睫毛是明亮的浅色，很难和皮肤区分开来，稀薄的头发仿佛是趴在长长的脑壳上，嘴巴像鲤鱼一样沉默地翘着。他清楚地记得，在1797年的冬天，父亲过世之后，他站在当时刚刚完工的城堡里，就在这个窗口前，望着外面的公园。快十五年过去了，那时的他还不到三十岁，就在那一日，他隐约间仿佛听到了幽灵的声音，

第二章 | 红酒杯

那个幽灵是亚历山大——他去世的私生子弟弟,是国王冷落王后与一名情妇生的孩子。

他的父亲年轻时发现了这个荒芜的小岛。后来他和当时才十三岁的威汉米娜·恩克——王室管弦乐队一名号手的女儿——经常坐船来岛上约会。刚即位不久,他就从拥有地契的那家孤儿院手中买下了岛屿,用来举办各种豪华宴会。人们乘着小船前来,岛上遍布着东方情调的帐篷和苏丹进贡的珍奇异宝,举目之处无不歌舞升平,直到暮色降临,人们才踏上通往波茨坦大理石宫的归程。威汉米娜十五岁就生了孩子。据说她在这里度过了一段幸福的时光。后来她被安排了形婚,成了里茨夫人,再后来又被国王封为利希特瑙女公爵。国王在岛上特地为她建了这座城堡,然而城堡即将完工时,他就去世了。

在国王的最后时刻,威汉米娜一直守在病榻前,用手帕接着国王接连吐出的鲜血,直至他咽气。而腓特烈·威廉三世继位后做的第一件事,就是把这个女人赶出了孔雀岛。他对她进行了审判,没收了她的财产,又过了十年,拿破仑才恢复了这个女人的身份,那时她被柏林人称为"美丽的威汉米娜"。她再次结了婚,嫁给了比她年轻很多的剧院作家弗朗茨·伊格纳兹·霍尔拜恩·冯·霍尔拜恩斯贝尔格,但这段婚姻没有维持几年,她就再次恢复了单身,直到1820年去世。最终她被葬在了离家不远的海德维希教堂陵墓。1943年,人们把她的陵墓挖成了防空洞,遗骸被装进一口薄棺,迁进了海德维希教堂的墓园。1961年,人们又一次挖出了她的遗骨,因为她的墓地恰好位于柏林墙的死亡地带,从此再也没有人知道遗骨的下落。

而把她赶出孔雀岛的这个男人,从此几乎不再踏足这片岛屿。只有在妻子的忌日,比如今天,他才会上岛。国王听见侧门被人打开,有人走进了房间,顿时挺直了身躯,眯眼看向身下雾蒙蒙的哈维尔河。他来岛上时,宫廷园丁芬特曼曾提到,有一个他几年前收养为宫廷养女的侏儒,现在已经正式就职为侍女。他的确还记得,当时有个孩子被带到他面前,据说父亲在战场上阵亡了,当时他下令把她接进宫里陪伴自己。木地板上传来孩子般急促的脚步声,他转过身来,看见玛丽站在面前,行了一个完美的屈膝礼。国王对她点了点头,坐到了屋里最宽敞的窗口边的扶手椅上,一言不发,呆呆望着外面的雾霾。

在接下来的很多年中,这将成为俩人间的一种仪式。国王的措辞一向支离破碎,甚至被很多人暗地里嘲笑,因为他说的话里几乎找不出完整的句子,很少有动词,"我"也基本不用,再加上一到岛上,他就不由自主地发呆，所以除了用自己那种断片风格问玛丽几个关于岛屿的问题，他实在不知道该说些什么。可是，他又喜欢让玛丽陪在身边。

国王很快就习惯了这样的相处，因为他认为这是他在岛上悼念深爱的亡妻——露易丝的独特方式。其实两个人都在等待。侏儒姑娘站在他面前的窗边，等待国王指派任务，而他也在等待，或许正因为如此，他才对她产生了一种独特的好感——虽然他对玛丽一无所知，也没有兴趣知道。他甚至从来不去想她的五短身材。只有偶尔，当他想起一些难以忘怀的往事时，会和玛丽提起王后。

在王后去世后的第二年夏天，他开口道："我的妻子，死前做了一个古怪的梦。好像是和我在一片美丽的草坪上散步。然后又到了一条河的岸边。看见腓特烈二世在一艘小船里，朝着她划过来，很友善地对她挥手，脸却是死白的。后来她也上了船，但我还没来得及上去，小船就迅速掉头离岸了。一直对我挥着手，让跟上她。但上不去了。后来又对我挥手致意。然后她觉得身子越来越轻，越来越放松，最后和小船一起沉进了水中。"

玛丽一语不发。

"我的妻子不是个迷信的人，但经常让人解梦逗趣。第二天就去找了陶恩茨恩伯爵夫人，据称她擅长解释一些玄妙的事情。不过这个梦不是好征兆,她也发现了,所以王后就打断她说,如果是坏事就不要再说了。"

国王点了点头,陷入了沉默,仿佛王后的吩咐从死亡的彼岸传进了他耳中,仿佛他姗姗来迟地应允了她的恳求。他缄默的内容究竟是什么呢?他自己知道吗?大多数时候,国王只是静静坐着,目光游离不定地飘过玛丽的头顶,看往窗外,城堡的木地板被外面那些等候觐见的人踩得吱嘎作响,这些人都在门外等候着,等着他从神游中回到现实。可是国王坐在那里的样子,仿佛已经失去了视觉和听觉,忘记了身边的一切,任由臣仆们把地板踏得山响。而玛丽则双手叠在裙子的搭袢前,靠着大窗边明光铮亮的壁板,耐心地守在他身边。

从来没有人以这种方式看过她。国王注视着她,目光却不在她身上任何一处停留,她注意到了国王的目光,就在那一刻,她意识到自己很享受这种目光。在国王漠然的注视中,她产生了一种忘乎所以的感觉。有时她会闭上眼睛,体味着这种感觉的余韵,那种甜蜜的感觉,来自一种异乎寻常的成就感,臣属于国王的成就感。她的背很痛,双脚挤在不常穿的绸缎鞋子中,渐渐发痒,隐隐作痛,但这种疼痛感也让她心满意足。虽然这种满足里面并没有任何不伦的成分,她的眼帘却因为兴奋而不断跳动着。她就像一只小兽。不,她比小兽更耐心、更温顺、更沉默。她忽闪着眼帘站在国王面前,面带微笑,全身的肌肤都在感受着国王的遗忘让她成为某物的感觉。

第一次在心脏狂跳中意识到这种感觉时,她不禁夹紧了大腿,让自己平静下来。她是一个物,被人们使用着,即使是在遗忘中使用,因为物不会因为遗忘而消失。她属于国王,就像她所在的这个小岛一样,她和岛一样,常年保持着缄默,却一直守在这里。玛丽知道,她属于这里,在这里她才能找到安宁,才能发现自己的美。我不是怪物,她心想。她的身体浸泡在被遗忘的感觉中,那种充满渴望和甜蜜的痛苦从体内缓缓溢出。她合上不停颤抖的眼皮,心满意足,唇间掠过一丝微笑。她努力地以浅浅的方式呼吸着,静静地站在那里,一动不动。

1812年的冬天走了,春寒料峭,白日暗淡,积雪也毫无融化的迹象,当那匹蓬头垢面的马犹犹豫豫地踏上冰封的河面时,冰块发出了刺耳的裂响。玛丽闻声吃惊地站住了,手里还抱着一捆柴火。那天芬特曼派她和哥哥一起来拾柴,克里斯蒂安人在远处,没有和她一起听见那裂冰声。那匹马踩着滋滋的冰水朝她走来,玛丽慌张地四处张望，寻找着哥哥的身影。

军人！是一个，还是很多个？玛丽不敢动弹，她太娇小了，也许别人根本不会注意到她。不过是一个孩子罢了，管她做什么？她悄悄打量着马上那人的制服。虽然她生活在远离战火的小岛上，但和大家一样，认得出法国人的军装，然而眼前的这身戎装她从来没见过：黑色的羊皮帽，宽大的褐色羊毡大衣，大衣后摆整个盖住了马的屁股——马的毛发实在是乱得惊人——几乎要垂到地面上。领章上绣着白色绦带，裤子却是东方风格的，腰间系着一条皮带，脚蹬黑色长靴。

在过去的那个冬天，岛上人常常谈起大军团的那些法国士兵们，他们从俄国撤军的途中会经过柏林，个个衣衫褴褛，备受伤病和严寒折磨。那些士兵一波又一波地出现，仿佛永无止息，骑兵团已经没了马，马鞍都背在身上，步兵团手里也没了武器。人们谈到俄国人时，都得掩嘴窃声，因为他们一直紧追法国人不放。玛丽突然醒悟了，眼前这个人，应该是切尔尼晓夫元帅麾下的哥萨克骑兵，刚刚穿过奥德河。当然还有另一种可能，这个人是来自亚洲某处草原的鞑靼族士兵，法国人中流传着关于他们凶残习性的各种可怕传说。

王室在流亡到布雷斯劳前，威廉王储曾经给好友古斯塔夫写过一张便条：明年夏天回孔雀岛。接下来发生的事却出乎所有人意料,约克元帅投降了[1]。国王终于顺应了长久以来的民心,发表参战宣言。"吕佐夫军团的英勇奋战"。[2]宫廷园丁的儿子们也纷纷被送上了战场。赛洛和舒尔特家族都有一个孩子战死沙场。据说有个芬特曼家族的男孩假扮成卖野玫瑰的农民,成功给指挥部送去了密函。玛丽按捺住心中的恐惧,迎面直视那人宽阔的面庞,他颧骨高耸,不停地眨着眯缝小眼。

马停住了,在凛冽的日光中喷着热气。哈维尔的河水沿着瘦骨嶙峋的马身湿哒哒地滴落。玛丽望着他,白色皮手套,腰上交别着两只手枪,身侧挂着一把佩剑,臂弯中还夹着一支长枪,枪柄漆成了红色,铁铸的枪尖在她面前上下飞舞着。那士兵说了什么,她一个字都没听懂,柴火在惊恐中散落了一地。士兵大声笑了出来,枪尖舞动着。于是她也和士兵一起大笑,直到他沉默下来,若有所思地打量着她。然后他在马上对她欠了欠身子,走进了

---

[1] 汉斯·达维德·路德维希·格拉夫·冯·瓦滕堡·约克,普鲁士陆军元帅,生于波茨坦小贵族家庭。曾为荷兰的殖民地军官,1799年起投普军,任步兵司令官,1806年在耶拿和奥厄施塔特战役惨败后诈降于拿破仑。
[2] 指在反对拿破仑的解放战争中,普鲁士青年学生自愿组建的"吕佐夫志愿军"(Lützowsches Freikorps),由阿道夫·冯·吕佐夫率领。1813年,德国作家特奥多尔·克尔纳写了一首题为《吕佐夫军团的奋战》的诗歌,这首诗的每一小节都以"吕佐夫军团的英勇奋战"收尾,该诗发表后立刻被广为传唱。

河岸边的树丛中。玛丽听着马蹄一步步踩裂冰河的声音，那声音和马的扑哧声一点一点地变轻，消失。

玛丽用食指温柔地敲击着玻璃杯，杯子发出清脆的声音，开始沿着一个假想的轴心旋转，杯心泛出昏暗而温暖的红光，那光碎碎地抖落到白漆窗台和石头花盆上。然后杯子停止了转动。这只红酒杯颇有些年头，杯颈已经没了，圆弧状的杯身还缺了一块，看上去就像破损了一片花瓣，所以整个杯子看起来不太像容器，反倒像花萼。那杯子被放在叔叔秘书的窗前，夹在几盆天竺葵中间。古斯塔夫无意间发现了这个杯子，然后一直等到家里没人时，才拿出来给玛丽看。他带着玛丽走到这个花萼般的杯子前，杯身的深红色玻璃反射着明亮的阳光，玛丽瞬间就被迷住了。天竺葵散发着柠檬般的芬芳气息。

"这是孔克尔的杯子。"古斯塔夫悄声道。

玛丽从他的声音里听出了激动和战栗的味道。芬特曼家的祖父曾经在夏洛特堡宫担任了几十年的蔬果园丁，退休后来岛上养老，不到一年就油尽灯枯去世了。老人生前经常给他们讲炼金术士约翰·孔克尔的事迹，因为孔克尔也在岛上生活过一段时间。那时候老人就坐在扶

第二章 | 红酒杯

手椅上,面色苍白如纸,鼻子又大又尖,眼睛泛着浊黄色。其实玛丽对孔克尔没有什么特殊感觉,但她被那个红酒杯深深吸引住了,目不转睛地看着杯中那簇火光,一次又一次地用食指轻轻拨动着那花萼,让杯子不断围绕着想象的轴心旋转着、翻滚着,在木窗台细微糙面上微微颤抖着,直至回到无声的静止状态。

玻璃给人的感觉非常陌生,它质地坚硬,不会刮花,很难侵蚀,不与外物接壤,更不会消损。它的那种坚硬度,几乎很难真正派上任何用场。我们小心地端起酒杯,谨慎地合上窗户,和镜子也保持着审慎的距离,尽量避免触碰到它们。我们在玻璃的坚硬和易碎中,感受着它与我们生活世界的同床异梦。玻璃需要的是火山、流星和闪电——因为火山将岩浆喷至地面,变成黑曜石;流星撞击大地时能造出晶莹的玻璃陨石;而沙漠中的电闪雷鸣能在砂砾中变出亮晶晶的熔岩粒。玛丽拨动着玻璃杯,杯子转了几下,又再次停下来。

"叔叔说,革命结束后,巴黎那些长裤汉[1]把教堂窗户的红色玻璃都拆走了。"

玛丽恋恋不舍地从杯前转开目光,抬头看着古斯塔

---

[1] 18世纪末法国大革命时期对广大革命群众流行的称呼,因为工人阶级多穿长至足部的长裤,而资产阶级的时尚是仅至膝盖的裤子。

夫。身为宫廷园丁的侄子，古斯塔夫刚满十二岁，比她小三岁，但个头已经远远超过了她。

"为什么要拆走？"

"还能为什么，金子呗！做红玻璃时会用到金子。"

"金子。"玛丽重复道。

她又一次拨动了杯子让它转圈，同时感受到了古斯塔夫凝视她的目光。克里斯蒂安怎么还不来！自从哥哥不再和她同睡在小阁楼，俩人就很少见面了，刚才她正在餐厅等哥哥。刚来岛上的时候，他们被安排住进了布置得很草率的小阁楼里，粗糙的横梁刷了一层白漆，屋里的空间只够放进一张破旧的儿童床，俩人一起挤着睡，床头上有一方小小的窗户，正对着公园。

玛丽没有问哥哥后来在哪里睡觉，他来去全看心情，出现时总是破衣烂衫、脏兮兮的样子，身上散发着森林的气息，她却很喜欢闻。我的哥哥是牧神，她心想。有时她夜里辗转难眠时，就趴着窗户看外面的公园，期待着哥哥来带她走。哥哥终于来了，古斯塔夫在一旁看着，克里斯蒂安和他简单寒暄几句后，拉着妹妹走了，俩人大笑着走进了明亮的夏天。屋里的一切复归平静，酒杯也仿佛凝固在了窗台上。

古斯塔夫用手指小心翼翼地追随着叔叔花盆里天竺葵花瓣的精致弧形轮廓，感受着瓣叶细细的经脉和花茎的曲线，想象着里面的脉动。然后他扔下了盆栽，也跑到外面的阳光中，因为他想和玛丽在一起。

战争结束后，国内局势发生了很多变化，改革措施如雨后春笋：奴隶制被废除，人们开始在街道两侧挖排水沟，在政权衰落的普鲁士，威廉·冯·洪堡集结了施莱尔马赫、费希特、萨维尼、沃尔夫、克拉普罗特、尼布尔和泰伊尔等精英知识分子，入驻了新成立的柏林大学。弗里德里希·冯·马尔特赞恩被任命为园林部长后，把园林事务合并进了内廷总监处，因此芬特曼的经费来源就从无忧宫变成了柏林，这样的变动在岛上或许还是茶余饭后的谈资，但对于岛外的那些变化，岛民们几乎一无所知。在孔雀岛，人们在城堡边装上了普鲁士第一座避雷针，玛丽和古斯塔夫在场目睹了整个过程，他们还见证了渡轮设施的完工，之后无忧宫往岛上运来了鼹鼠、野鸡，还有成群的绵羊和山羊。

每到夏天，家庭教师马尔科都会回一趟家——位于莱布斯区的多格林，在这几周中，孩子不用学法语和数学，也不用唱诗，7、8月的西里西亚总保持着高压气候，在这样的天气里，蓝天都是百无聊赖的样子，而地上的一切都在消失。

那是一种缓慢的迹象，但日复一日点滴积累着，在夏日阳光中，成年人的身体变得越来越苍白，最后完全透明，消失在空气中，每到晚上，玛丽和大人们坐在桌边吃饭时，必须要非常努力，才能让目光不透过他们的身体，耳朵不漏听他们的声音——虽然他们说的可能是无关紧要的内容。在战后这几年的夏天里，岛上的大人们全部消失了，古斯塔夫、玛丽和克里斯蒂安在理事处或草地上玩时，经常笑嘻嘻地把透明的大人们推开，然后仨人一溜烟钻进林子里。

他们有时去厨房和花园那边，沿着西北边的河岸一直散步走到帕申壶湾，有时去岛屿的另一边，在渡口的北边，围绕着岛屿的拱形山丘生长着一片稀疏的森林，林中全是古老的橡树，他们在透过树叶照进林间的婆娑光影中重演利希特瑙女公爵时代的宴会，玛丽此时终于有机会扮演真正的宫廷女眷了，她穿起钟式长裙，涂脂抹粉，古斯塔夫扮演国王。每到暮色降临时，他们都会心生恐惧，因为传说女公爵早逝儿子的幽灵还在岛上游荡。他们知道小岛西北边的牧场附近有一片芦苇，在那里可以沿着哈维尔河看到柏林的方向。他们在那里画着自己从未去过的大城市模样，勾画着各种宽阔的大道、广场、城堡和菩提树，然后三个人并肩坐着，在正午的炎热中默默打瞌睡。

我们在记忆中测量童年时，并不以年岁为尺度，因此在长大成人后，我们很难说清楚童年是在何时结束的。童年总是以一种不经意的方式结束。随着时间的流逝，三个孩子心中逐渐萌生了一种不安全感，导致他们产生这种感觉的原因是，古斯塔夫和这对兄妹逐渐踏上了截然不同的生活轨道。那种感觉就是，玛丽和克里斯蒂安生活在一个永恒的世界里，而古斯塔夫和这个世界越来越格格不入。他在不断发育，兄妹俩却纹丝不动，事实就是如此简单。到了某一个漫长的夏天，还是在仨人幼年常去的想象乐园，兄妹俩紧紧偎依在一起，古斯塔夫则孤身一人坐在他们面前的森林地上，不知过了多久，他终于失去了勇气，起身离开了他们。其实这对兄妹并没有刻意冷落朋友，但是不知为何，他们越来越喜欢俩人独处的感觉，古斯塔夫走后，他们气喘吁吁地跑到长满青苔的树干边，笑得前仰后合，仿佛赢了一场比赛，俩人感受着独处带来的巨大快乐，虽然他们并不明白，这种快乐的背后是什么。

"你在我眼中是美丽的。"克里斯蒂安低声道，他握住玛丽的手,将她的胳膊抬起来,弯到头顶。

玛丽任由哥哥摆弄着她的手臂。他们从前在帕申壶湾建的安全屋早已荒草丛生,俩人躺在废弃的沙井中,身体慵懒。玛丽无比享受克里斯蒂安凝视自己的样子。那种目光给她的感觉,和国王有点相似,但比国王的目光更热烈、更锐利……

玛丽的身体又一次发出了呻吟,她觉得自己是一个被他注视的物。就像国王当时注视她一样。他的世界中有很多物,而她只是其中一个,她在朦胧中感觉到,自己像物一样向他展示了一个不为人知的角度,这个角度她自己都没有发现过,只有他一人看到了。

那是7月或者8月的一个炎热的日子,在小岛的西边,以前他们最爱去的地方,古斯塔夫偶遇了兄妹俩。水边的兄妹藏在高高的河堤下,要穿过一条杂草丛生的小径才能走到那里。河岸边长着古老的灰柳,柳枝深深垂到水中,给他们遮阴。俩人在灰柳树根处的荫凉处抱在一起,看见古斯塔夫朝这边走过来,他们对他笑了笑,却没有松开拥抱的意思。那块树荫就像是柳树的腋窝一样,以前古斯塔夫也常躺在那里。可是现在这里已经没有他的位置了，古斯塔夫只好尴尬地微笑着站在俩人面前，兄妹俩身体是裸露的，衣服在旁边叠成了一小堆。突然间，不知道为什么，玛丽做出了一个痉挛般的动作，从哥哥的怀中跌了出来，掉出了树荫，直接落进了水中。这里的河堤很陡，因此水有点深。

玛丽发出了一声尖叫，赤裸的身体沉进了水里，古斯塔夫根本没有作任何思考，在玛丽再次浮上来之前，已经追着玛丽跳进了水里。他知道玛丽不会游泳，奇怪的是克里斯蒂安也不会。古斯塔夫五六岁的时候，园丁的一个助手就教了他游泳，当时这对侏儒兄妹一直坐在水池的台子上，忧心忡忡地看着他们。

他一把抓住了玛丽惊慌扑腾的身体。她刚才呛了几口水，咳个不停，呼吸急促，像一条小狗一样手脚并用划着水。古斯塔夫的脚触到了河底的地面，他紧紧地抱住了她。他惊讶地发现：在水中，她的身体并不比他小。他们在水中脸贴着脸，玛丽渐渐平静下来，抱着他肩膀的双手也一点点放松了，可是古斯塔夫又向深水处走了几步。他也不知道自己要做什么，就蹬了一下河底，把她搂在怀中，向前游了一段，然后径直吻住了她。俩人的身体静静浮在水中，他的双脚缓缓踩着水，让俩人原地转着圈。玛丽闭着双眼，任由他亲吻。他们在水里缠绵着，不知道多久后，玛丽终于推开了他，睁开了眼睛。

"带我上岸。"她低语。

克里斯蒂安没有任何下水救妹妹的意思,一直躺在树根的阴凉处,朝他们冷笑。古斯塔夫和玛丽离开了水,又回到了各自迥异的体型中,带着巨大的茫然感朝岸上的克里斯蒂安走去。古斯塔夫觉得自己的心脏快跳到嗓子眼了,一种五味杂陈的感受在他心中翻腾着,那种感觉里有羞耻、快乐,还有虚弱,他不希望面前的俩人看穿自己的心思,尤其是投来讥讽目光的克里斯蒂安。克里斯蒂安皮肤黝黑,畸形的身体上全是腱子肉。古斯塔夫转头看向刚刚亲吻的女孩,她身体赤裸,颤抖着跺了跺脚,又回到了哥哥身边,在那一刻,克里斯蒂安居然对他眨了眨眼,那个眨眼动作里有一种淫秽的暗示,让古斯塔夫不禁红了脸,也正是在这一刻,这个未来的孔雀岛宫廷园丁第一次意识到,他爱上了这个侏儒姑娘,玛丽亚·多罗特娅·斯特拉孔。奇怪的是,这个让他心脏狂跳的真相,却像发射器一样,将他从玛丽身边弹开了,飘向了离她无限遥远的某处。古斯塔夫没有任何办法,只能以微笑回应克里斯蒂安意味深长的眼神。

城堡之所以被建在岛屿最西边的尖角上,是为了成

第二章 | 红酒杯

为波茨坦大理石宫人们瞭望时的远景。每一个投向我们的目光都会摧毁我们的世界，然后把我们拉进注视者的世界里。玛丽对此一直深有感触，仿佛她从波茨坦被带到这里的第一次亦是唯一一次旅行开始，就在跟随某个观察者的目光，他立在哈维尔河的另一头，以一种永恒不息、难以察觉的方式看着她，目光如影随形地跟着她。她小心翼翼地朝那个观察者的方向看过去。风很大，河上的波涛微微泛光。是不是只有像此刻这样云舒天霁时，水面才有这样的光？或许所有的美人，其实都是某种美的镜像？如果古斯塔夫爱我，是不是说明我是美的？她思忖着，踢着脚下的小石子，把披巾紧紧裹在肩上。天色又变了，变得像河水一样阴沉惨淡，时值6月，但她还是感到一阵凉意，转身快步溜进了城堡里。

虽然身为城堡看护人的叔叔一直小心看管着钥匙，她却总能找到一扇没有上锁的门，她觉得自己既然是女侍，自然也有资格进城堡。她一般会先沿着南向塔楼的台阶一直爬到塔楼顶部，站在那里可以远眺整个小岛和哈维尔河。她还是孩子时，觉得那就是整个帝国的版图。然后她会去塔楼二层放着国王打字机的房间，仔细看墙上的水彩画，再去卧房里在国王窄窄的行军床上小坐片刻，接下来再去大厅，大厅占据了两个塔楼的整个间距，层高几乎是城堡的一半，她会在厅里聆听这栋木质建筑在风拂过时发出吱嘎响声。她喜欢这里的一切散发的光芒，壁炉大理石、吊灯的玻璃、桃心木座椅、黑漆钢琴、深色马鬃垫的暗光，还有镜面一样闪亮的镶花木地板。

但是今天，她独自一人在大厅里，居然做了一件从未尝试的事情。她在巨大的落地镜前，一件件脱下了自己的衣服，直到所有衣物散落在脚边的木地板上。她颤抖着转着圈，想从各个角度看清自己的身体。在理事处那边，她每天早晚更衣时都手忙脚乱，根本没有意识到，其实自己一直在努力让身体遁形。没想到，通过照镜子这种她最抗拒的方式，她居然真的让身体消失不见了。注视自己时，除了寒意，她什么都感觉不到。她是一个少女，然而在镜中，她却只看到自己和少女娇躯格格不入的那些迹象：鼓起的小腹，突兀的臀部，罗圈腿蜷曲着，仿佛承载着巨大的重量。看着面前的自己，她什么感觉都没有。

她不敢相信这一切，凑得离镜子越来越近，仔细打量着自己打着冷战的身体，不放过任何一个细节，然而什么感觉都没有降临。她在镜中寻找自己的目光，仿佛目光才是问题的来源。然而人怎么能看见目光呢？无论她怎么努力打量镜中人的眼睛，都没有在那里找到目光。那眼睛就像是一对冷漠的球体，以一种毫无生机的方式瞪视着。玛丽知道，在自己注视的同时，球体也在死死盯着她看,这种感觉令她毛骨悚然。她骇然从镜像前转过身去,迅速穿上衣服,慌慌张张地离开了冰冷的城堡。

1816年,国王在普鲁士各州为拿破仑战争中的阵亡者设立了周日祭典,这一年气候寒冷,而且没有夏天,因为前一年秋天坦博拉火山爆发了,岩浆向大气层倾吐了几百万吨的灰烬,这些灰尘就像面纱一样罩住了整个地球,带来的后果是庄稼歉收、霜冻,甚至8月飘雪的天气。和玛丽一样冻得瑟瑟发抖的还有另一个少女,她的名字也叫玛丽,在那个并不存在的夏天,这个女孩和男友雪莱住在日内瓦湖边拜伦勋爵的迪奥达蒂别墅里。因为阴雨连绵,他们不能乘船游湖,也不能举办夏日宴,只能闷在屋里讨论刚刚被发现的电力,或靠着烧得旺旺的壁炉读一些志怪小说,在这样的日子里,少女也开始自己动笔写作,最终她写出了一篇小说,主人公的名字叫弗兰肯斯坦。

与此同时,孔雀岛也是淫雨霏霏。园丁们叫苦连天,克里斯蒂安也不得不从森林搬回小屋。夜里他常常无声无息地钻到她的床上,玛丽通常听不见动静,直到感觉到他冰冷的皮肤和身上湿土味的气息时,她才从睡梦中醒来。他从来不说话,总是一言不发地抱着她,那拥抱里有一种强制性的意味,但也不会太粗鲁。当然,他的举动也不是为了让她喜欢。但她还是很享受自己的身体被他摆布的感觉，只要他静静盯着她看，她就无比乖顺。她渴求他的目光。他从来不吻她的嘴唇。经常天一亮他就默默离开了。但这一天他开口了。阴暗的阁楼里泛起了依稀的晨光，这时他掀开厚厚的羽绒被，从床上跳了下来，玛丽被他的动作惊醒了。

"你爱他。"他说。

玛丽还没来得及问他这句话是什么意思，克里斯蒂安已经关上门走了，他沿着楼梯走了下去，走进了雨天中的某处。

即使在完全的黑暗中，红宝石玻璃也能捕捉光，而且能像金玉一样让光熠熠生辉。在1679年的《玻璃冶炼术大全》(*Ars Vitraria Experimentalis*) 这本书中，约翰·孔克尔亲自尝试了安东尼奥·内里修士1612年在佛罗伦萨出版的各种冶炼配方，并作了批注增补。至于这种让他名声大噪的红宝石玻璃究竟是如何炼出来的，孔克尔却一直讳莫如深。

古斯塔夫用食指轻轻敲着玻璃，看着它在窗台上的天竺葵花盆间滚动着，玻璃里有一簇暗色的温暖红光。自从他上次和玛丽在湖中游泳接吻后，已经过去了半年时间。那个吻终结了他们俩人的小世界。玛丽今年已经十六岁了。克里斯蒂安十八岁之后开始在畜栏打下手。而他呢？他还没有受过坚信礼。此时此刻，他又像往常一样感受到了她的目光，他知道，她在等待他说些什么，可他说不出口。而她看见他这副模样，一定也会觉得尴尬。他总是来找她，见了面却又沉默不语，满腹心事。他满心期待着玛丽能笑一下，拯救他逃离那种尴尬。她一定知道他的爱。

为了打破俩人间的沉默，玛丽开口问他，最近是否了解了一些关于这种玻璃的知识。

"唯一一个懂的人，"古斯塔夫犹豫地说，"是老贡德曼。"

"那我们就去找贡德曼！"

他吃惊地抬起头，撞见她脸上踌躇满志的微笑。

"去牧场？在下雨啊！"

"反正每天都会下雨。"

玛丽抓起进门时扔在椅子上的连帽小外套。古斯塔夫犹豫了半天，直到她开始嘲笑他的无趣时，才从工作室的窗边站起身来，从走廊衣钩上取下了自己的雅各宾式夹克，他顶着叔叔的不满，这段时间一直穿着这件衣服。俩人一起走出了门外。

虽然牧场被建成了古修道院的样式，和城堡风格如出一辙，透着一种矫揉造作的气息，但这种风格其实参考的是勃兰登堡区的民居风格——在世俗化进程中，大量荒废的修道院都被改建成了民居。而岛上的森林被开垦成农田之后，孔雀岛才真正变成了名副其实的田园。楼层里的那些美轮美奂的装饰，哥特式的尖顶窗、昂贵的木地板、错视画、波希米亚式的铅晶玻璃吊灯，因为无人问津而渐渐荒芜，牛棚里却一片生机勃勃，对于老贡德曼，这种情况倒是正中下怀，因为他在此之前根本没有什么实质农活，更像是扮演农民的群众演员。随着牧场的兴隆，他迫不及待地回归了自己来岛之前的身份，变成了真正的农民。玛丽和哥哥小时候经常在贡德曼这里玩，他让俩人抚摸小羊羔，请他们喝奶，玛丽猜测哥哥现在夜里都在谷仓睡觉。

雨水寒气逼人，一切都湿答答的，所有的农田漫着水。播种期本来就已经延后了，新长的幼苗稀稀拉拉，营养不良的秸秆散落在光秃秃的泥土中。林间的松树在风中彼此呼啸着，声音高昂而急切，橡树的声音也让人心有戚戚。玛丽心里想着，不知道会不会遇到克里斯蒂安，虽然她也不知道为什么要考虑这个事，玛丽在路上似乎感觉到了哥哥的目光，回头看时却只有被雨浸得发黑的木桩和滴水的树叶，还有在小岛北部逐渐蔓延的湿地草滩，哥哥没出现，她反而有点高兴。横贯小岛流入

第二章 红酒杯

哈维尔河的小溪边长着几棵孤零零的柳树。穿过这片草地，灰蒙蒙的天空下，他们沿着一条蜿蜒的沙子路朝牧场走去。老贡德曼正在牛棚里照顾奶牛。

"小玛丽！"

贡德曼刚看清门口两个落汤鸡模样的人影，就一把抱起了侏儒姑娘，大笑着举到眼前仔细打量了一番，然后又一挥手把玛丽放到平常用来放空奶罐的高台桌上。玛丽也笑个不停，从她小时候，贡德曼就喜欢这样抱她，想到他可以一直这样做，她心里感到一阵欣慰，而一旁的古斯塔夫已经长得太高，不能享受孩子待遇了，贡德曼像对待大人那样和他打了招呼。虽然天气寒冷，但贡德曼像平常一样只披着一件单薄的上衣，敞着肚子，露出老年人的灰白胸毛，干农活的袍子长到膝盖，袍底露出粗布裤子，裤脚扎在长靴里，靴边还沾着牛粪。除了一丛浓密的白胡子，他的头上剃得光秃秃的，斜戴着一顶红帽子。

贡德曼一直很喜欢侏儒姑娘，他对她就像是对自己照顾的小动物一样，十分宠溺。他很少去理事处，虽然经常和芬特曼以及园丁们碰头，贡德曼却一直喜欢从玛丽那里打听消息，用他自己的话说，那边又有什么新动静啦。玛丽对老人知无不言，给他讲了关于婶婶、马尔科老师、叔叔对雨季的忧虑等情况，最后才提到红玻璃。

贡德曼注视着玛丽半晌，把各种农具扔到一边，点起了烟斗。牛棚里突然安静了下来，只听见奶牛慢腾腾嚼着草料和它们身上铁链窸窸窣窣的声音。老人大口吧嗒着催燃烟叶，腾起的烟雾把仨人都罩了起来，然后他讲起了自己知道的关于约翰·孔克尔的故事，很显然，他不是第一次讲这些故事了。

"从前大选帝侯那时候，我们这个岛是个鬼见愁的地方，没人敢来。因为当时住在这个岛上的是人称'黑术士'的炼金师孔克尔，他不知怎么说服了陛下，说他那些实验虽然要花费很多国库的钱，却能找到炼金的秘诀，所以陛下在岛上给他弄了个炼金室。这个孔克尔就这样在岛上住了下来，搞了一些神神鬼鬼的秘术，把人们都吓得不敢来。从来没有渔夫敢把船开到岛上，好奇害死猫啊，来了就是船毁人亡，也不知道是什么鬼怪，那船啊来了这里，要么就像朽木一样垮了，要么就像海绵吸水一样，沉到河底。"

"没有人去水里捞那些人吗？"

古斯塔夫靠着桌子，拿着一根秸秆沿着木桌的纹理划来划去，害羞得不敢和贡德曼对视。贡德曼的眼睛泛着光，透过烟雾俯视着他，仿佛一个胸有成竹的说书人，对听众的疑问早已有所准备，等着这个男孩——他以前雇主的儿子——再提出些别的问题。最后他说，那些去打捞的船也都沉了。

"任何人哪怕是远远看见了这个可怕的炼金师，都心惊胆战地绕着他走。以前有个叫克劳斯的仆人一直跟随他，但这个克劳斯后来成了异教徒，1650年在柏林被指控搞邪术并且被处死，所以他身边只剩一个长得怪模怪样的家伙，这个仆人后来还成了哑巴，但对他忠心耿耿。他还养了一条黑得瘆人的狗，那条狗在森林里面一看见人，眼里就嗖嗖地冒火光，见过狗的人都说它是恶魔附体。大选帝侯去世后，这个黑术士就被驱逐了，人们一把火烧掉了他的炼金实验室。"

贡德曼沉默了半晌，仿佛故事就这样结束了，其实他是在等他们问起关于金子的事。

"炼金室在哪里？"古斯塔夫没有问金子，反倒对这个问题很好奇，虽然他和玛丽都已经知道了答案。孩子们经常偷偷溜进那个岛民们谈虎色变的地方，在砖头废墟里面扒拉寻找梦想中的金块，有时候他们也会发现一些闪闪发光的炉渣、生锈的器械和碎玻璃，不过那些碎玻璃很少会散发着叔叔的酒杯那样的红色光芒。

"那金子呢？"玛丽在古斯塔夫问完后又追了一句。

"他哪造出了什么金子啊，小玛丽！不过传说他的鬼魂还困在岛上，时不时有人撞见。据说那条眼冒火光的黑狗也经常沿着哈维尔的河滩朝主人游泳的地方跑，然后哀嚎着消失在森林里。"

"你见过吗?"玛丽问。

老贡德曼在桌上的一个陶盆里磕了磕烟斗,意味深长地摇了摇头。

"其实人也不知道自己看见的是什么。"

"也许他拿金子欺骗选帝侯,遭到诅咒了。"

"那个时代跟现在不一样啊,小玛丽!"

贡德曼想拍拍玛丽的小脸蛋,但他的手太大了,几乎罩住了她的整个脑袋。"以前有人问孔克尔,你这些造价昂贵的实验到底有什么用?你们想知道,孔克尔是怎么回答的吗?"

玛丽和古斯塔夫点了点头,俩人的目光都黏在老人身上。老人矫情地调整了一下姿态,为了让自己的口齿显得更清晰:"尊敬的选帝侯大人对奇异之事充满好奇,实验造出的一切美好精致之物都让他感到愉悦。至于用处在哪里,我也无法回答。"贡德曼说着大笑了起来,"哈!他就是这么说的。"

玛丽也笑了,她很喜欢这个回答。她自己就是无用之物。

古斯塔夫的脸色却很严肃。"孔克尔在书里写到制造玻璃的技艺时说,如果玻璃不是这么易碎的话,它的价用更甚金银。对于一个炼金师,这样的话不是很奇怪吗？"

"你看过孔克尔的书？"玛丽惊讶地问。

"叔叔有一本，"古斯塔夫点头道，"也许他根本不是炼金师，也不是黑术士。说不定他那些秘术只是用来造红宝石玻璃的。"

"可能吧。反正他是把金子造成了玻璃，但这可不是派给他的任务。"老贡德曼见谈话走向了一个他不太感兴趣的方向，索性结束了这个话题。"你要喝杯牛奶吗？小玛丽？"

桌上只有陶制杯子，贡德曼拿起一个牛奶罐，往杯子里倒了一些仍有余温的鲜奶。俩人像孩子一样，头仰得高高的，一口气把牛奶喝了个精光。贡德曼又把玛丽从桌子上抱了下来，表示自己要去干活了。于是俩人站在牛棚里，在屋顶下看着外面越下越大的雨。远处天边传来隆隆雷声，刺骨的寒风带着潮气袭来。玛丽感到很失望，遗憾古斯塔夫没有从老人那里打听到更多的情报。他们对红宝石玻璃依然一无所知！

她跑出来，穿过雨帘，绕着马厩跑了一圈，她知道牛棚正门上有个二层的小夹间，秋天的时候人们会把草料从这个夹间运到地上。果然，她看见墙边靠着一把梯子。玛丽毫不犹豫地蹬着梯子爬了上去，爬到最上面，又弯下腰回身看着下面跟着她跑来的古斯塔夫，他抬头疑惑地望着她,问她要做什么。玛丽笑着让他不要做声,别让贡德曼听见。暴雨伴随着电闪雷鸣下得越发滂沱了,玛丽隐隐知道,暴雨只是一个借口,一个让她爬上来的借口,至于为什么要这样做,她自己也不明白。她用脚踢开了夹间的门,心怦怦乱跳。

夹间里很温暖,比她想象中温暖得多。刚开始她担心在这里会遇见哥哥,但一眼瞥见仓里抵着墙高高堆到屋顶的草料,她就觉得安心多了,虽然在这个光线昏暗的地方,几乎什么都看不见。一种干燥而甜蜜的气息萦绕着他们,仿佛俩人此刻身处教堂中,古斯塔夫和玛丽在黑暗中小心翼翼地迈着步子往前走。他只能借助衣服的簌簌声知道她在哪个方向,偶尔感受到她呼吸的气息拂过脸庞,最后他听见她坐下来的声音,于是也跟着弯腰坐下。玛丽的心似乎要跳出嗓子眼来。她知道接下来会发生些什么,然后一切都会明了起来。

"我还在忍不住想红宝石玻璃的事情,"她贴着他耳语道,"老贡德曼一点都没提到这个事。比起这个,那些眼睛放光的黑狗什么的鬼故事,我一点都不感兴趣。"

她陷入了沉思,片刻后她发觉,沉默让周围的环境变得更加黑暗了。"其实真正发光的是玻璃。"

说完这句她又停顿了,似乎需要仔细斟酌一下才能把感受表达出来。这一次的停顿维持了很久,以至于古斯塔夫感觉仿佛自己是一个人在这里。他没有听到她的动静,也没有感觉到她的呼吸,只听见外面的隆隆雷声和雨滴打在屋顶上叮咚作响的声音。

"好像里面有火一样!"

玛丽急速地说了这么一句话,仿佛为此感到有点尴尬。然后他感觉到她的身体紧紧靠过来。"如果我们带着那个玻璃,会把这里照得很亮。"

"是的。"古斯塔夫轻声道,保持着身体一动不动。

玛丽希望他吻自己,就像上次那样。然后她就能知道,哥哥说的是不是真的。见古斯塔夫半天没有表示,她决定暂时放下矜持,主动出击。她挺起身体,在黑暗中寻找着古斯塔夫的嘴唇,他被动地迎合着,让她找到正确的位置,让她的双手抱上来,他的嘴唇很柔软,她的嘴唇却是僵硬的。

"和我睡。"她用法语悄声说。

他仿佛没听见她的话。

她笨拙地抱住他,把他的身体拉向自己。他的一只手滑进了她的大衣,摸进了她的裙子,然后又抚过了她的胸口。她含笑睁开双眼,目光已经渐渐适应了周围的黑暗。然而迎面而来的却是一双惊恐的眼睛,这是她没有预料到的。这是他的第一次,她心想,于是微笑着又用法语重复了一遍:"和我睡。"

他的双手像死去了一样，停在她的臀部。自从上次的水中之吻之后，他朝思暮想的就是能和玛丽再次亲密相处。但他不明白为什么到了这个时候，身体却像瘫痪了一样，脑中挥之不去的竟是一个非常不合时宜的念头：玛丽迷恋的那种红玻璃的微光，在花朵的颜色面前简直相形见绌——和植物那种温柔的蓝色相比。

此时此刻，他沉浸在这个念头里，没有去迎合玛丽的吻，随着时间的流逝，那种绝望感越发强烈地攫住了他的脖子，然后他的心中突然浮现了一个从未有过的想法。他想到，在爱情中，我们要么是植物，要么是动物。爱情会让我们呈现出真实的模样，没有第三种可能，除非人只是一个物。如果人是物的话，那就像红玻璃一样，可以发光。古斯塔夫想着，同时感觉着自己的身体因为绝望而开始打颤，在静止中战栗着。然后他意识到，他不想成为动物。动物性的行为只会造就动物，头脑简单，粗俗不堪，只知道吃喝享乐。

他不由自主地想起了自己经历过的那个最尴尬的场景，仿佛那是粗俗不堪的事件，然而那个场景却和他最美好的回忆紧密相关。他想起第一次亲吻玛丽时，克里斯蒂安一丝不挂地躺在柳树下盯着他的那种目光，他的冷笑和眨眼，仿佛是知晓了他的某个秘密，但他自己直到今天都不知道那个秘密是什么，而此时此刻，这个秘密似乎变成了最最重要的真相。

"你不喜欢我,"玛丽低声道,"你觉得我丑!"

他只能无奈地摇头。

"你觉得我是怪胎,是怪物!"

"不,以上帝的名义,你冷静一下!"他突然吼道,"不是这样的,冷静!求求你!"

"那你吻我。"

但他只是悲伤地摇着头,玛丽在黑暗中看着他,在他的脸上寻找着刚刚发生的一切的缘由。羞耻感意味着一个人被抛出了自我的躯壳,失去了一切庇护,暴露在他人的绝对目光中。羞耻感不属于任何一种感觉,而是人成为完全客体的过程。是原罪感渗入事物的过程。玛丽一把扯下大衣,解开裙子的纽扣,踩着脚拉下裙子,扔到草料堆上,把内衣沿着双手从头顶脱下扔到一边,解开内裤的系带,让它从身体上滑下来。她站在那里,呼吸粗重,看着古斯塔夫,眼里闪着愤怒的光。

"你觉得我恶心是吗?看看我的罗圈腿,看看我的肚子多鼓,看我的翘屁股,是不是和课本上的女黑鬼一模一样?"

他把头埋在双臂中,不去看她。她惊讶地盯着古斯塔夫,然后忽然听见了他抽泣的声音。"可是我爱你啊。"他抽泣着用法语说。

愤怒感突然烟消云散了。她疲倦地在他身边坐下来，半晌一动不动，然后拿起斗篷，披在肩上。过了一会儿，他抬起头看她，在暗淡的光线中，她已经哭得稀里哗啦。他尽量不去看她斗篷下赤裸的身体，想对她说些什么，她却只是摇着头，伸出孩子般的小手挡在他的嘴前。

"别说话，"她低低道，疲倦地笑了笑，"别说话。我没事。"

那个词又一次冒了出来，长久以来，它就像一个陈旧不堪的工具一样，混在各种杂物中，一直在静静等候被再次启用的时机。我是一个怪物，她悲伤地想着，兀自苦笑。

他们天黑前得回去，但此时一切都不重要了。他们会找到回去的路。她在他身旁躺下来，古斯塔夫抱住了她，感受着她跳动的心脏，那种律动让他感到深深的恐惧和痛苦，他难受得想把她鲜红的小心脏握在手里。玛丽呢？她感受着古斯塔夫僵硬的身体，知道他小心翼翼地尽量不触碰自己，她第一次意识到了自己对他的爱情，却为这种爱情、也为他感到深深的悲伤。俩人都没有注意到暴风雨已经停了。雨还在淅淅沥沥地下着，他们听着雨点落在砖头上的滴答声，那声音既让他们害怕，又让他们觉得亲切。

那天晚上，俩人一路沉默着回到理事处后不久，玛

第二章 | 红酒杯

丽找了一个和马尔科老师独处的时机,含着泪问他,什么是怪物。马尔科是个眼眶深陷的男人,泛着油光的头发低垂到脸上。他神色极为尴尬地解释道,怪物这个词来自拉丁语,就像圣体匣这个词一样。古时候的人认为畸形是罪孽深重的体现,但他不这么看。世界是巨大的,我们不了解的事物只是世界未知的领域。在自然的发展中,所有生命都有自己的一席之地,没有例外。以前让人们害怕的那些童话里的怪物,巨人啊侏儒啊等等,其实都是迷信,他相信,随着科学的进步,这些现象都会真正得到解释。

玛丽问,那么她现在该做些什么?马尔科愧疚地凝视着她,沉吟了片刻后问她读不读书。她摇了摇头。马尔科站起来,走进自己的房间,然后拿着几本书走出来,带着歉意的神色递给她。

玛丽开始读马尔科拿来的书,刚开始读的是笛福和斯威夫特,马尔科特意提醒她这些书里面有像孔雀岛一样的岛屿,他觉得玛丽会感兴趣。玛丽读完后把书还了回来,虽然老师很想跟她谈谈读后感,她却没有再说什么,只是提出想读更多的书。马尔科又给了她一本《少年维特之烦恼》,告诉她这本书比较复杂。玛丽点了点头,读完了书后依然默默不语。自谷仓事件之后,她渐渐过上了离群索居的生活,其他岛民们也只是注意到,她经常整天坐在自己床上,夏天时也远离人群,一个人躺在草地上看书。

虽然她对孤独者鲁滨逊的命运深感同情,但和那些来自遥远国度的英国小说相比,她更愿意读克里斯蒂安·海恩里希·施皮斯[1]的书,最开始时读的是《小男孩彼得》,然后又读了《狮子骑士》,还有《狂人传》,她最想做的,就是躲进那些陌生人的命运中,经历人生的波云诡谲后,再在终点处找到幸福。

---

[1] 克里斯蒂安·海恩里希·施皮斯(Christian Heinrich Spieß,1755—1799),18世纪德意志地区通俗小说家,惊悚文学的创作先驱。

第三章 孔雀之美

孔雀开屏了。玛丽蹲在孔雀身前的湿草地上，把身上那件破旧的大衣裹得紧紧的。她已经快二十岁了，早已是一个年轻女人，但她几乎从来不去想自己的年龄，更何况没有人注意她多大了，自从和古斯塔夫的谷仓事件后，她自己对年龄也不再上心。

这年的雪很晚才融化，到了5月初，在湿乎乎的草地上，孔雀进入了交配期。公孔雀的头部闪耀着玻璃纤维般的蓝紫色，眼睛只有纽扣大小，小嘴噘得全神贯注，顶冠颤抖着，色彩绚烂的尾屏围住了整个头部。玛丽仿佛感觉到了这只公孔雀的努力，它在一寸一寸地把自己的屏展得更宽更大，好让那只灰扑扑的母孔雀能注意到自己的存在，然而母孔雀对这只异性完全无动于衷，只顾在泥土里找不存在的谷粒。它多么努力呀！玛丽心想。在整个世界中，它的眼中却只有自己的母孔雀。那只公孔雀展示自己绚丽的彩屏的样子，仿佛是想说服母孔雀，整个世界都在它这扇华丽的保护屏中。可惜它好像不怎么相信。然而即便如此，它依然美得无与伦比！玛丽沉迷在那完美而对称的色彩中不能自拔。

在这个晴朗的春日，仿佛整个小岛上的孔雀都聚集到一起了，它们长长的尾翼在光秃秃的湿泥上拖曳着，公孔雀在泥土上印下的足迹是轻巧的扇形，母孔雀印下的只有秃爪的尖尖痕迹。在明亮的阳光下，公孔雀身上的蓝色被镀上了一层金色和绿色的光，每一片羽毛仿佛都被描了边，呈现出贝壳状的轮廓，它们的背部是深蓝色的，身下却是黑色，一米多长的绿色尾屏上镶着眼睛般的花纹。有些公孔雀偶尔会试探性地开一下屏，但如果周围没有异性，它又会迅速把粉扑扑的彩屏收起来，然后继续趾高气扬地踱着步。

孔雀的养殖棚就在城堡附近，每年冬天，玛丽都会来大棚给它们喂食，孔雀的草料和鸡是一样的，但大多数孔雀只在进食时来大棚，它们更喜欢在理事处和城堡间的橡树林里歇息。有时公孔雀会笨重地挥几下翅膀，飞到一根低处的枝条上，那景象很奇特。孔雀们在歇息的大树下紧紧依偎着，蓝色的头在彼此羽毛的映衬下左右顾盼。到了夏天，它们就不愿意这样抱团取暖了。交配期一过，它们就会消散到岛屿的各个角落，为自己的领土争斗不休。到了那时，公孔雀也会失去自己无与伦比的美貌。按叔叔的话来说，孔雀本来生活在印度的密

第三章 孔雀之美

林里，在那里的雨季，它们的羽毛被雨水淋湿后就没法上树了。

这只母孔雀到底会不会搭理他呢？玛丽满怀同情地观察着发情的公孔雀。她永远不会打扮自己。她追踪着这对孔雀的游戏，忧伤地想到自己永远不会变美。公孔雀一次又一次朝着母孔雀的方向俯首弄姿，对方却置若罔闻。这个长长的尾巴除了偶尔开屏时能派上用场，平时看着多么怪异啊，玛丽心想，孔雀拖着这个尾巴太辛苦了。美是完全随机的，如果母孔雀不喜欢，公孔雀的美就不存在。即使我喜欢也没用，玛丽想，公孔雀只要母孔雀的喜欢。

在遥远的英国，当达尔文还是一个小男孩时，如果他看到发情的孔雀，或许会想：虽然孔雀的长尾巴让它很难摆脱天敌，却对它延续自己的基因至关重要，因为它的尾羽越美、越大、越绚烂、越对称，吸引异性的概率就越高。选择了那只艳冠群芳的公孔雀，才会生出更美的下一代。所以其实正是那些貌不惊人的母孔雀对美貌的选择，推动着进化的脚步。如果达尔文的这个想法此时已经在世界上流传开了，玛丽一定会深感赞同，所谓美貌，正是爱情为了生存，在死亡面前作出的不为人知的抗争。

今天的人看动物时，知道个体不过是整个族群的一个样品，玛丽对此却一无所知，所以那时的她在孔雀之美中只能看到冗余的华丽，却不能看到其他。我们和玛丽的感受之间隔着一道已经无法逾越的边界。然而即使这个全新的观念真正在世间流传时，在它们触及的问题上，其实早已存在一种对世间万物的失落感。在我们的渴望中，对过去的想象其实和对未来的想象尺度一致。所以玛丽望着这只求爱的孔雀，心里想的是：每一个人都可以是美的，美取决于看他们的人，甚至可能是自身。或许每种美都是怪诞的，一切怪诞都可以是美的。所以一个侏儒姑娘也可以比王后更美丽，玛丽想，因为她是独一无二的，而王后也不过只是一个普通美人。

公孔雀现在已经靠到了母孔雀身边，后者一动不动。玛丽调整了姿势，蹲得更深了，双手抱着膝。她着迷地关注着事件的发展。公孔雀缓慢而优雅地展开自己的羽翼，它的尾屏盖住了自己和母孔雀的身体，就像是炽天使遍布眼睛的翅膀一样。玛丽屏住了呼吸。

然而只是短短一瞬，玛丽也不知道是什么东西干扰了它，公孔雀突然收起了尾屏。它的头部宛如镶着蓝色盔羽，漠然的黑眼睛不安地四处张望着。这时突然传来一声咩咩羊叫。这对孔雀和其他伙伴们慌张地扑着翅膀，一哄而散，而一只脏兮兮的白色绵羊踱着步子穿过草坪走来，一身厚厚的冬毛，身上系着一根红色的绳子，绳子的另一头握在哥哥手中。哥哥坏坏地笑着,远远地朝她挥了挥手。玛丽生气地站起了身。克里斯蒂安上身没有穿衣服,下面穿着一件羊皮裤,裤腿跟着他的罗圈步晃来晃去。他的个子和绵羊一样高,羊却很温顺地由他牵着走,系在脖子上的红丝绳只是简单打了个结。

"你不冷吗?"

"不,一点都不冷,侍女大人。"

他大笑着走到她面前,绵羊专心致志在地上啃着那几根稀稀拉拉的浅色秸秆。他伸手想抱她,玛丽却躲开了,把双手插进大衣口袋里。哥哥已经很久不来理事处了,平时他都忙着帮贡德曼和野鸡猎人照顾源源不断被送到岛上来的动物们,所以她渐渐和他疏远起来。玛丽根本不知道这一切是怎么开始的。起初,岛上牧场里只有母牛、绵羊和山羊,后来无忧宫运来了一个鸡舍,再往后,各种珍奇异兽也纷纷来到了岛上,它们都是送给国王的礼物:西里西亚和匈牙利的绵羊、水牛,中国猪和孟加拉鹿是林登瑙的一位公爵送的,另一位露易丝·马格尼公爵夫人送了安哥拉山羊、珍珠鸡、土耳其鸭子和金鱼。国王对这些礼物照单全收,然后把它们运到了岛上。这些动物里还有一只俄国人送的巨型棕熊,玛丽非常害怕它,熊装在一个铁笼子里被带到了岛上,人们用链子把它拴在森林里一个巨大木桩上,它每天都围着木桩绕来绕去，嚎叫声在夜里听得尤为清晰。

"心情又不好了？"

她摇了摇头。她和克里斯蒂安谈起过自己和古斯塔夫之间的故事，然而他听完后，只是像平时那样笑了笑，然后把她揽进了自己怀里。她也跟哥哥表示过，以后他不能再跟她睡觉了。他听了也只是默默点了点头。那时她心里还怀着希望。自那以后，整整四年的时间，她每晚都是独自一人。她总是会不禁想起那个电闪雷鸣的下午，在谷仓里发生的一切，心怦怦乱跳。有时她会觉得，那个下午到来之前，她一直是自由的，但她已经快想不起来那种自由是什么样的滋味了。她或许也记得，那个下午其实就像是一场游戏，过程中既有欢笑，也有好奇。其实并没有其他什么内容，她只是情不自禁地陷入了爱情，而且自己也不知道情从何起。而过去的这些时光也并没有改变任何事。

至于古斯塔夫，这四年来，他吃饭时再也不坐在她身边，不和她搭话，也不看她。大家当然都注意到了，但他的母亲和叔叔都刻意回避这个话题，刚开始时，他的几个弟弟在餐桌边会挤眉弄眼想开俩人的玩笑，但古斯塔夫总是用手肘撞他们以示警告。现在，所有人都对此习以为常了。

"你还爱他。"克里斯蒂安说。

第三章 | 孔雀之美

"那又怎么样!"她恼怒道,"他永远也不会爱我。我是个怪物。"

哥哥对她笑,脸上带着悲伤的神色:"是啊,他不会。可是我也爱你。"

"啊,别说了!"

她想在脸上挤出一个和他一样悲伤的微笑。他久久凝视着她。晚上他在露天的地方睡觉时,总感觉动物的声音就像纽带一样,把他和周围的一切绑在了一起。很远的地方传来灰熊的闷嚎,灌木丛里的老鼠在吱吱叫,绵羊在草地上轻声咩咩,偶尔一只睡鼠窜过草地时,枯草也发出轻微的声响。他并不感到害怕。正如夜晚是白日的反面一样,岛屿也有自己不为人知的暗面,这一面只有动物们和他才了解。自从小时候在灌木丛中找到小路之后,他已经深深走进了岛屿不为人知的那一面,而岛民们称为"园林"的那一部分,不过是像埋葬虫闪闪发光的背甲一样,是这个暗世界的躯壳罢了,大人们根本看不见花园之下的这个世界。生而平等只有在动物的世界中才真实存在。克里斯蒂安非常希望玛丽也明白这个道理,她对古斯塔夫的爱是没有意义的,他们其实只有彼此。

"在法国,"他把她拉到自己身边,低声对她耳语道,"人们传说有一个叫奥伯龙的精灵王,他和我们一样是个侏儒，我们这里称他阿尔伯里希国王。"

她不想听下去，从他的怀里挣脱出来，挣扎时不小心踩了绵羊一脚，羊生气地咩咩喊着跑了，克里斯蒂安手里的红绳滑了出去，在羊身后的地上蜿蜒着直奔泥巴而去，瞬间就和泥巴同色了。

"马尔科给我们的神话书里就是这么说的，我们是从土里冒出来的，像蛹一样获得了血肉生命，在神灵的旨意下，长成了人形。我们的使命是守护世界中熊熊燃烧的大火。我们是开天辟地时从泥土中诞生的人，所以永远不会老，也不会繁殖。"

"住口！"

"而且人们说，每当一个侏儒死去，所有的侏儒们都会以一种凡人无法想象的方式哀悼。因为随着每一个侏儒的死亡，族群就会永远失去一员。"

除了理事处的住所和木炭，宫廷园丁的待遇还包括每年五百塔勒的薪水，这个数额和神职人员不相上下，以月薪的方式发放。他按照手工业的行规每周给助手和学徒发薪水，短期工的酬劳是每晚结算，日薪五个格罗森，女人们是三个格罗森。岛上生产的一切物品都不能私自出售，每到星期六，园丁都会做一次账目交给园林督管，然后每年的 12 月再作下一年的预算。

到了冬天，河岸边都会被收割一空，人们把芦苇扎成团出售，伐木砍柴，然后就无所事事了。这种状态一直持续到春暖雪融，冰封的土地渐渐恢复生机。然后人们开始在田地和苗圃里耕耘，暖房里的花被移植出来，动物们也回到了牧场。岛屿的土质是沙土，所以一到夏天，园丁们就得每天给花浇水，尤其是玫瑰，好让花朵不会干枯。秋天是制作草料的季节，水果被存放进地下室，人们修剪树篱，给道路除草修边，收割农田里的庄稼，必要的情况下再种上植被和树木。落叶是必须要清理掉的，尤其是城堡草坪和道路上的落叶。播种结束后，冬天就来了，这一年也就走到了尽头。岛上的人在季节更替中渐渐成长和衰老。古斯塔夫也开始干活了。叔叔先让他跟着短工一起挖土，偶尔教他一些知识，让他开始自己负责一些项目。午餐时，他的各种问题渐渐占据了话题的大头。而被他的目光冷落在一旁的玛丽永远默默坐着，看着他的成长。

她经常一个人坐在餐厅里，沉浸在古斯塔夫的母亲出于莫名的好心拿给她的那些书本的世界中。她从来不跟任何人谈起自己读到的内容，连马尔科也不例外，虽然马尔科的书让她读得津津有味。诺瓦里斯的《夜颂》

是她爱不释手的读物，反复看了好几遍，蒂克的《穿靴子的猫》初读时一头雾水，但她也没有去问马尔科，而是重新读了一遍，再读时才发现几乎每一句话都让人抚掌大笑。她在理事处还找到了《里纳尔多·里纳尔迪尼》[1]和阿恩特神父的《基督教真义四书》，这两套书她看了一段时间，但并没有读懂。还有一本克洛普斯托克[2]的颂歌和福斯译本[3]的荷马她也读了，读得十分入迷，除此之外就没有什么其他的库存了。后来她又在国王寝室的书架上找到了一些昂贵的精装书，那些书已经很久没有被人打开了，里面有一本被翻得破烂不堪的老版盖勒特[4]的《瑞典公爵夫人G.的一生》，她很喜欢这本，因为书中关于自然的描写非常动情，是她在其他书里都没有见过的。之后她又从书架里拿了一本卢梭的《新爱洛漪丝》，刚开始读时，她隐隐预感到，这是一本将影响她一生的书。但后来她又迷上了梅西埃的《巴黎舞台》，沉浸在眼

---

[1] 为19世纪德意志地区强盗小说，作者为克里斯蒂安·奥古斯特·乌尔皮乌斯（Christian August Vulpius）。
[2] 弗里德里希·戈特利普·克洛普斯托克（Friedrich Gottlieb Klopstock，1724—1803），德意志感伤文学代表诗人。
[3] 弗里德里希·海恩里希·福斯（Friedlich Heinlich Voßsche，1751—1826），德意志诗人，曾将荷马史诗等古典作品翻译为德语。
[4] 克里斯蒂安·福尔希特哥特·盖勒特（Christian Fürchtegott Gellert，1715—1769），德意志启蒙时期作家。

花缭乱的阅读感受中。

没有人关心她脑子里在想什么,大家仿佛都习惯了她静坐不语的样子,她的眼睛追逐着一行行字符,阅读仿佛给她创造了一种愉悦的隐形界限,让她能够从容应付古斯塔夫的冷落。然而某一天下午,在收拾得干干净净的餐桌边,古斯塔夫突然出现在她身旁,问她愿不愿意去看一个东西。玛丽默默放下书,跟着他走了出去。

他们沿着理事处和城堡之间的一条小路,顺着河往上面的一处小菜园走去,俩人并肩走着,玛丽感觉到他在竭力压抑自己的激动。茂密的芦苇丛长得很高,木篱笆被灌木挤得歪歪扭扭,篱笆入口处的小门用一根生锈的铁钩扣在笆墙上。赤杨树荫下的角落里摆着一打陶土花盆,玛丽刚看见那些花盆,古斯塔夫已经迫不及待地朝那边跑过去,跪在了盆前。

"蓝色的,"他激动地喊着,"快看!"

盆里的绣球花的花瓣是蓝色的。

"是的。"

她站在他身边,看着他兴奋的样子,突然涌起了一种抚摸他头的冲动。但她刚朝他伸出手来,他已经跳起了身。

"知道我是怎么做到的吗?"

"告诉我。"她说。

世界上是没有蓝色绣球花的。绣球花原产自东南亚，它的名字来自霍腾瑟·拉珀特——一位女天文学家和数学家，她预测了1759年哈雷彗星的回归和当时的金星凌日，这种花朵原本只会开出红色或白色的花。

"芦苇灰！就是篱笆旁边这堆芦苇肥料。我施了这种肥后，就开出蓝花了。"

古斯塔夫激动地走来走去，然后又跪在花盆前，抓住一株绣球让她看。玛丽用扁平的小手触摸着那小小的蓝色花瓣。

"叔叔马上就来了。"

她点了点头，然后鼓起了所有的勇气说："古斯塔夫？"

"真美啊，你不觉得吗？"

"当然，非常美。古斯塔夫？"

"你看它们多好看！"

"是的，好看极了！你干了件了不起的事情。但你也得理解我。你以前说过，你爱我。"

他的目光并没有离开花朵。"我不能爱你。"他的声音轻轻地传来。

"为什么？古斯塔夫！"

"因为你是动物，我是植物。"

他含泪抬起头来看她，脸上带着支离破碎的微笑，阳光刺入了他的眼睛。她一开始完全没有听懂他的意思，只是被他话音里那种强烈的怨念震住了。她一遍又一遍地重复着他说的话，仿佛在适应一种陌生的语言。她努力克制住想逃走的冲动。在弄清楚之前，绝对不能离开，她想着，一动不动地站着，直到叔叔从城堡厨房那边过来，走进了菜园，叔叔小心地把身后的小门合上，为了不让兔子和孔雀溜进来。

"但你说过，你爱我！"她急促地又说了一遍。

古斯塔夫却擦掉了眼泪，朝着迎面走来的叔叔看过去。叔叔穿着围裙，踏着木拖鞋，戴着草帽，打扮得就像一个普通园丁，一手拄着一根园丁杖，另一只手弯里夹着一个小藤篓，里面装着一些根苗。春天的时候他喜欢在园子里帮园丁们干点活。古斯塔夫还没来得及说什么，叔叔的目光已经落在了绣球上。古斯塔夫脸上放出了光。

"叔叔！"

"你不是第一个发现的人哦，"芬特曼对侄子招呼道，古斯塔夫一脸不解地盯着他。叔叔放下了手里的藤篓，走到花盆前，仔细查看着花朵。他解释道，1789年这种花被引入法国时，人们已经发现可以通过不同的施肥法让它开出各种颜色的花。花朵的颜色和土壤的酸度是相关的：碱性土培育的花朵是红色的，酸性土则是蓝花。

"那是在大革命那年，他们摧毁了凡尔赛的花园，著名的圣母大教……"

"可是……"古斯塔夫欲言又止。

"可是什么？"

古斯塔夫清了清嗓子说："如果叔叔早就知道，为什么您从来没做过呢？"

费迪南·芬特曼摘下帽子，用手摸了摸脑袋，然后轻声回答："因为我不喜欢它。"

"什么？不喜欢蓝色？"古斯塔夫的声音里有一种愤怒，仿佛是叔叔的过错导致了他的失落。

芬特曼摇了摇头。"我觉得不应该这样做，"他拄着园丁杖，欠身望着侄子说，"我们不能用自然搞魔法，不相干的世界不应该有交集。"

古斯塔夫一脸茫然地摇着头。玛丽却完全明白叔叔的意思。她的头发是黑色的，就像花朵是蓝色一样。这种颜色，是她从泥土里诞生时带来的颜色，因为那里的一切都在火焰中炙烤。人们不一定非得在植物和动物之间选择，还有第三个可能。那是一种与死亡和美貌无关的东西。一种长存之物。那种东西既不需要吃喝，也不会浪费。那是自然元素的国度。她是一个物。正如孔克尔炼出的红玻璃一样，她诞生的土地让绣球开出了蓝花。

"你是怎么做到的？"叔叔问道。

第三章 | 孔雀之美

"用芦苇灰。"

"有点意思。别人一般都会用明矾。"

明矾,玛丽在心中默念着。

叔叔叹了口气,弯腰拿起藤篓转身走了。对于他而言,这个事情已经结束了。但古斯塔夫不这么想。

"我要把花献给国王。"

叔叔吃惊地转过身来,看着侄子,狐疑地摇了摇头。他不喜欢这个想法。这么做不地道,更何况绣球是王后生前最喜欢的花。但谁知道这个事会怎么发展呢?他转念又朝古斯塔夫点了点头,刚开始有些犹豫,后面更多变成了鼓励。叔叔走时,也叫上了玛丽和他一起。玛丽求之不得地走来,从叔叔手中接过藤篓,俩人离开菜园,朝理事处走去。

玛丽知道,在国王一行从波茨坦坐船来岛之前,她应该赶紧去寝室把自己拿的书放回原处。但她一点都不着急,在城堡大厅里溜达着朝着某个房间走去,她对这个房间的偏爱源于它的名字:塔希提群岛室。塔希提群岛是18世纪人对社会群岛的称呼,在她的想象中,那个地方只有像孔雀岛这样的岛屿,一年四季都是夏天,到处是鱼和赤身裸体的人类。她推开房间的门,大吃一惊,迎面站着的人竟是王储。王储比她大两岁,模样却依然是个胖乎乎的少年,神色游离而温和,以前他们也一起在花园里玩耍过。但是玛丽知道,在这个地方,友谊是失效的。她甚至不敢去捡刚才因为慌张掉落在地上的那本书。

穿着制服的王储也一动不动,高高挺括的领口上,他饱满的脸颊勾勒出一种温柔的曲线,他的手精致得像是画出来的,撑在这个圆形房间正中间的小圆桌上。为了隔热,所有的百叶窗都是合上的,在阴暗的光线中,两个吃惊的人面面相觑,外面的砾石路上传来铁耙的刷蹭声。

"这是我们的岛。"王储终于开口说了一句话,意味不明地指了指四周的墙壁。

玛丽愣了半晌才明白过来。然后她第一次看见了那种景象。塔希提群岛室的每一面墙上都贴着彩图壁纸,站在里面的人会恍然觉得自己身处南太平洋的某个草屋里,透过那些画中的窗户,可以看到各式各样的景观,然而玛丽突然意识到,壁纸上的画其实就是她在现实中看到的景色:哈维尔河阳光闪耀的河面。这一点她从来没有注意过。这个房间的布置意图并不是把人们带到地球另一边的某个地方,而是要把南太平洋的竹丛和棕榈树带到普鲁士的土地上——通过对孔雀岛的改造。

"王储殿下,您认为书上的故事都是真的吗?"

如果俩人是在花园里玩耍,玛丽当然不会这样喊他,但在这个时刻,她不可能像平常那样直呼他的名字。王储好像根本没有注意到她的异样。

"书上说,三明治群岛上的野蛮人把库克船长煮熟吃掉了,是真的吗?"

她一直很喜欢王储沉静而软糯的嗓音。即使在这个时候,他的声音听起来依然有些梦幻的意味。她利索地从地上捡起了那本书,或许王储也看到了书名,书里写的是福斯特记录自己和库克船长环游世界的见闻。为了掩饰自己未经许可就拿书的行径,她谈起了福斯特对塔希提居民的印象,福斯特认为那些人很像古代的希腊人。玛丽说,她无法想象这些人居然那么残忍。

"我不知道。"王储慢条斯理地说,眼神忽闪着穿过了她的身体。他换了一只脚支撑着身体,另一只脚划拉着,然后又陷入了沉默。

"王储殿下,世界上有食人的植物吗?"

"我不知道。"王储回道。

玛丽说,她在读到一些相关记录时总是在思考这个问题,因为她感觉植物和动物的世界间好像有某种关联。比如说波利尼西亚的传说中有一个半神叫毛依,他和一种食人树战斗,那种树名叫希阿珀,在德语中就是构树,最后毛依战胜了对手,把它的果实,也就是桑葚,送给了人类。

"太神奇了,"王储若有所思地说,"在德语的词里,这个树名既包括动物,也包括植物。"

玛丽点着头。德国的探险科学家卡尔·里奇(Carl Liche)也记录过,在南美有一种食人树,叫 Ya-te-veo,这个名字在西班牙语里的意思是"我看见你了"。这种植物主要出现在穆克多部落的传说中,那是一个生活在密林中的部落。里奇详细地描述了穆克多部落把一个女人献祭给 Ya-te-veo 的过程,据称那棵树大概三米多高,长着茂密的巨型树叶,还有很多长长的触须,然而报告里没有提到这棵树是怎么把女人吃下去的。

王子听完这个奇异的故事摇了摇头,回过身来看着墙上的画,仿佛对画上的内容产生了怀疑。然后他又定定地看着玛丽,仿佛他对自己也产生了怀疑。他知道玛丽不应该出现在城堡里,但他一直觉得她像妹妹一样亲切。他一直认为她长着一张美丽的脸蛋。他很想像小时候那样,把她高高抱起来,但他克制住了冲动,突然换了个话题说,他是早上从柏林过来的,因为不想打扰大家所以没有声张。

第三章 | 孔雀之美

两天前的周日，国王一家要来岛上的行程确定后，所有人都开始忙着做准备工作。早在星期五，城堡草坪上的草就已经修剪一新，理事处的人直到晚上还能听见镰刀的喀嚓声久久不息。因为时值盛暑，树木花草都有些蔫蔫的，所以昨天人们又早晚浇水，让植物们保持活力。种植园里那些正在花季的花卉都被移进了花盆，人们又从小格里尼克园林临时找来了几个短工，他们挑着木担，唉声叹气地一路踉跄着把花盆运到道路两旁。芬特曼吩咐贡德曼在牧场里做好各项准备，以迎接国王一行人下午可能的造访，厨房里的厨娘和女仆们从昨天已经开始在准备餐食。

叔叔一大早就派了一个短工去城堡前的河岸边蹲守，等到他来通知新宫的贡多船已经抵达小岛时，整个房子里已经只剩下了玛丽一人，她正在小心翼翼地穿上自己最精致的周日礼服——一件浅蓝色纱裙，然后急匆匆地理好头发，用最快的速度沿着楼梯从小屋里跑出来。她气喘吁吁地跑到理事处外的台阶上，然后停住了脚步。站在这里她能显得比其他人更高一些。她还从来没有见过岛上所有人聚集在一起的景观。趁着船靠岸的这点时间，她终于能好好打量这些人了。

　　首先映入眼帘的是从斯托尔普和小格里尼克来的工人们，他们站在一边，几乎每一张脸玛丽都见过，却不知道他们叫什么。站在迎接队伍最中间的人是叔叔，她一眼就在人群中看见了他的帽子和大衣，这件大衣的领口式样非常古雅，叔叔只在非常特殊的场合才会穿，身旁是他的嫂子，脸色一如既往显得有些苍白，穿着一件素净得有些刻意的裙子，金发上闪耀的阳光是人群中的焦点。几个侄子们的脑袋挤在一起，玛丽只能看见他们头上和母亲一样的金发，叔叔一家人身后是其他仆工，两群人之间隔着一段可观的距离，其中有女仆艾尔丝贝斯和园林助手，助手是一个身材高挑的男孩，脖子上围着一方显眼的绿方巾，激动得手舞足蹈，站在他身边的两个伙伴马克和里德布施倒是一脸波澜不惊。园丁的仆人克鲁格身材粗壮，脾气很倔强，他和妻子夏洛特也在人群中，岛上人喊夏洛特叫克鲁格他媳妇儿，她对园艺知识比丈夫更精通，平时一穿上工作裤靴进了苗圃，就两耳不闻外事。这对夫妇没有孩子，俩人虽然沉默寡言，却情投意合。

　　离他们不远的一边站着另外一群人，那些主要在牧场和森林里工作的人，和城堡与理事处的来往比较少，玛丽最先看到了贡德曼，他身边的是野鸡猎人科勒和动物看守丹尼尔·帕纳曼，帕纳曼今年才来岛上，胖胖的脑袋上光秃秃的，看起来比实际年龄更老一些。旁边的是猎人柯立普和妻儿，牧羊人艾斯霍尔茨是个年轻人，是波莫瑞人，脸上总是带着一丝冷笑，渔夫梅瑟也带着傻儿子站在队伍中。最外边的是马车夫施图夫，他已经上了年纪，背也驼了，和妻子互相搀扶而立。玛丽没看见国王的枪仆布兰德斯，他可能在渡口那边帮着停船。马尔科也不在，8月他一般都会回老家。

贡多船终于靠岸了。克里斯蒂安在哪里？玛丽想到他可能不会来，心里突然感到一阵恐慌，她在所有人的身影中搜寻着，没有看见哥哥，却瞥见了王储正在从城堡那边不紧不慢地沿着玫瑰丛朝着栈桥的方向走来，人群见王储来了，自觉散开让出了一条路。王储第一个走上前迎接父亲，扶着公主们下船。玛丽看见叔叔摘下帽子对国王行礼，然后推了推古斯塔夫，让他给国王献花。玛丽突然心跳加速了，他献的是蓝色绣球花！她听不见他们说了什么，只看见国王满意地点了点头，接过花束，然后岛民们和王室众人在狭窄的栈桥上彼此越靠越近，双方都感觉有点难受，人群中产生了一些骚动，此时古斯塔夫却在不停地和国王搭着话。

"你不应该在下面吗，侍女大人？"

玛丽惊讶地转过身来，看见克里斯蒂安斜倚着靠在她身边的台阶上，手里牵着一根细细的绳子，绳子那端这次系着的是一只小山羊，哥哥坏笑着看着她。玛丽还没来得及回答，就听见人群哄声散开，夹道目送国王和王子公主们一路朝城堡走来。兄妹俩默不作声地看着王室家族的队伍，克里斯蒂安掏出一根胡萝卜喂给山羊。

俩人站立着，玛丽感觉到，她久久凝视着这些人的脸时，心中对节日的兴奋感渐渐消失不见了，此时此刻她才意识到，这些人其实是她的家人。她不知道心里为什么会感到一丝慌乱，但那种感觉十分真切。仿佛此时正在举行的是一场告别宴会。和什么告别呢？她用目光寻找着叔叔，然后在人群中看见了叔叔的头。他就走在国王身旁，她第一次发现，在这个扮演着一家之主角色的宫廷园丁身上，有一种谄媚的气质，这是她以前没有的感觉，玛丽也因此明白，在未来降临的事情上，宫廷园丁费迪南·芬特曼并不能给她提供庇护。她无助地回身看向哥哥，望见他套着羊皮裤的倔头倔脑的五短身材，他用细绳牵着山羊的样子让她心里略感一丝安慰，但很快她又在哥哥的脸上察觉了一种以前从未注意到的神情，她读出了其中的慌乱，甚至是恐惧，和她的感觉一样。

古斯塔夫呢？队伍的行进稍稍停顿了一下，她看见了古斯塔夫。在他的眼神中，她看到了给国王献花的荣耀感。玛丽不禁想到，他小时候是多么漂亮啊。那时她经常趁人不注意时偷偷看他，看他精致的四肢和丝薄的头发。队伍继续前行时，她想起了一首很喜欢的萨福的诗，她心里怀着一种突如其来的莫名骄傲感，轻声念起了这首诗："大地上的至美之物／有人说是骑士队／有人说是陆军团／或是海上战船／而我的至美之物／只有心中所爱。"

下午，玛丽跟着叔叔朝着城堡草坪上走去。盛暑的炎热消退了一些，哈维尔河上吹来了一丝微风。每一个角落里似乎都被贵族们的笑声和喧哗占领了，那声音就像女宾们的衣香鬓影、曼妙身姿和眼波流转一样，让玛丽眼花缭乱。她努力保持着冷静，紧紧跟在叔叔身边，宾客们在岛上的欢庆仪式结束后，国王下令召见芬特曼。

玛丽不明白国王为什么特意吩咐让她也来觐见，而不是古斯塔夫。国王的孩子们在草坪边的树下玩耍着，最小的王子阿尔伯特在荡秋千，他的哥哥姐姐们在老橡树下的阴凉处玩保龄球，距他们不远处，正是王后当年钻进树林找球的地方。亚历山德琳娜今年已经十三岁了，她肯定已经忘了当时自己是怎么把球踢走的。玛丽却依然清楚地记得，克里斯蒂安遇到王后之后，是怎么喘着粗气跑到她眼前，带来了那个摧毁了她童年的词。两个女教师站在秋千边，一个男仆在保龄球道边服侍着。公主们戴着宽檐草帽，帽边系着丝带。王子们没穿制服，套着浅色夏装。

国王站在草坪中央，正在和一个客人谈话，那个客人是最高枢密顾问威廉·安东·冯·克勒维兹，一位财政部的官员，刚结束旅行回莱茵省。他的副官就站在近处，但和俩人保持着安全距离。费迪南·芬特曼朝着那位副官走去，副官示意他等一下。玛丽在人群中注意到了一对年轻的男女，俩人打扮得非常显眼，身边还站着一个青年男人。那个女孩看起来和她年龄差不多，穿着一件绿裙子，整个香肩几乎都露在外面，裙边镶着白色的泡泡袖。她和两位男伴说话时，喜欢左右摇摆着脑袋，额边的栗色鬈发也跟着她的动作舞动着，她肩上松松地披着一方丝巾，说话时有时用手紧紧扯住丝巾裹住身体，有时又像船帆一样高高挥起。玛丽看着那个女孩在男伴眼前绽放的笑颜，渐渐入了迷。

叔叔用手拍了拍她的头。这时国王突然满怀期待地朝他们看来，他的目光仿佛在草坪上铺上了一条通道。芬特曼沿着那道目光走上前，摘下帽子弯腰行礼，玛丽也行了一个屈膝礼。国王问了芬特曼一些话，但玛丽很快意识到，国王叫他们来其实另有用意。叔叔在答话时，国王的神色虽然很和善，却有些心不在焉。国王对芬特曼工作表现出的漫不经心，让叔叔更加心有戚戚。他已经忘记了，刚才自己是怎么信心十足地穿过花园走到国王面前的。芬特曼刚刚汇报完毕,国王立刻谈起了自己最近在巴黎的见闻,仿佛对面前的一切都熟视无睹,无论是草地、树丛、苗圃还是孔雀,他提到,巴黎植物园让他印象十分深刻。芬特曼疑惑地点着头。

"想着,这里也建些,"国王用他那种独特的简洁风格说,"为动物们。"

叔叔没有明白,又向国王请示了一遍。玛丽却立刻懂了:她的预感变成了现实,一切都要变样了!国王解释道,他想在岛上建一个和巴黎一样的动物园。他说这里反正已经有一些稀罕的动物,以后还会有更多。他想给这些动物造个不一样的住所。然后那些农田也要改造成和新宫一样的公园。叔叔一言不发地点了点头。玛丽知道,此时他的心在为那些好不容易开垦出来的农田滴着血。

"给你派了个好帮手,芬特曼!"

叔叔不解其意,请国王明示。

"莱尼,是个能干人。"

芬特曼又点了点头。他当然知道这个年轻的同行,莱尼今年才从科布伦茨调到了波茨坦,很快就深受国王青睐,得到了大力提携。

"斯特拉孔小姐!我最亲爱的!小岛的守护天使。"

国王弯下腰来看着她,脸上带着微笑。玛丽对国王表示了感谢。国王又对蓝色绣球花表达了一番赞赏，然后整个觐见就结束了，俩人行完礼退下了。芬特曼急着离开这里的人群，玛丽却请求再留下来待一会儿，说她要去保龄球和秋千那边玩，因为她和王子公主们都认识，叔叔便同意了。她刚和叔叔告别完，准备穿过草坪时，突然有人叫住了她，她根本没有注意到这个人是什么时候靠近的。

"您一定是那位所有人都在谈论的侍女吧。"

玛丽吃惊地对面前的青年点了点头，这人正是刚才她在那对青年身边注意到的男人，眼下他正不紧不慢地朝她走来。

"容我唐突，我叫彼得·施勒密尔。"他自我介绍道。

这个青年给玛丽的感觉仿佛是久识的熟人，他弯下腰来看着她，为她介绍自己的两位同伴。男人做了一个小手势让俩人走过来，然后用悦耳的声音介绍说，这位男士是阿伯尔·帕尔泰，在海德堡学习古典学，目前短期回乡探亲，另一位是阿伯尔的妹妹丽莉。玛丽不知道仨人的来意，茫然地对他们点了点头，这时那年轻男人径直在她身前的草地上坐了下来，兄妹俩也笑着跟他一起坐下来。这样一来，玛丽从理事处出来之后，第一次和别人处在了平视的高度。

帕尔泰兄妹出身于柏林最有名望的家族，父亲是宫

第三章 | 孔雀之美

廷顾问,早逝的母亲是弗里德里希·尼科莱[1]的女儿。玛丽刚坐下,几人就开始聊起天来,这些年轻人似乎特别擅长这种散漫又愉快的谈话方式。玛丽了解到,身为自然科学家的施勒密尔是洪堡的追随者,除了在柏林,他的所有时间都花在旅行上,在很短时间内游历了地球很多地方,他谈起的旅行见闻,在年轻的阿伯尔身上总会得到热烈响应,阿伯尔虽然身在海德堡,心思却一直放在罗马,他声称自己了解罗马的每一寸土地,而且不遗余力地通过各种讲述来证明这一点。他的妹妹丽莉一直笑个不停,她是几人中的焦点,那些争奇斗艳的故事像旋涡一样围绕着她转动着。在旋涡的寂静中心,丽莉不断朝玛丽眨着眼,仿佛她们早已是密友,后来她也和玛丽谈起了各种事,谈到了哥哥和施勒密尔,谈到她在柏林的经历、她去波茨坦的旅途、坐贡多船来岛的过程,还有对小岛的各种印象。

"小城堡非常可爱,只是空间太小了,三个公主的睡房都很小。我们在牧场尝了美味的鲜奶,还看见了孔雀、鹳、老鹰、鹿、野牛、绵羊和奶牛。"

她的哥哥随即学起了孔雀的叫声,人们闻声转头张

---

[1] 弗里德里希·尼科莱(Friedrich Nicolai,1733—1811),德意志启蒙时期著名作家、批评家和历史学家。

望过来，丽莉大笑着用手掩住了哥哥的嘴。她又让玛丽讲一讲自己在岛上的生活，玛丽本来就听得满头雾水，讲起自己的事来更是磕磕巴巴。好在没讲几句，施勒密尔就打断了她，她心里有些感激。

"我很羡慕您，小姐，能在这样的地方生活。"

"是啊，这里实在太美了。"丽莉也附和道。

"我不是这个意思。"

"那是什么意思？"阿伯尔问道，然而施勒密尔却不再往下说了。

"您见过我们国王的父亲吗？"施勒密尔换了个问题，"见过公爵夫人吗？"

玛丽摇头。

施勒密尔神情严肃地点了点头，仿佛已经预计到了这个答案，但他似乎又突然想到了什么，"您了解这个岛屿名字背后的独特历史吗？"

玛丽问他有什么独特历史。

"这段独特的历史是，这个岛屿在迄今为止最早的地图上，也就是1683年苏克多勒兹[1]的地图上，叫孔雀滩，后来大选帝侯开始对小岛进行经济开发，他用自己运到

---

1 萨穆尔·苏克多勒兹（Samuel Suchodoletz，1649—1727），波兰贵族，数学家，曾为普鲁士效力测绘地图。

小岛上的动物给这里重新命了名。在文献资料中，小岛那时叫兔子滩。"

"然后呢？"阿伯尔·帕尔泰追问道。

"经历了玻璃术士约翰·孔克尔那段插曲之后，波恩施泰特的地主开始在岛上牧养绵羊、奶牛和公牛，后来这个岛被送给了波茨坦的孤儿院，最后又有幸被我们国王的父亲买下，国王去世前不久，从萨克奥园区买了孔雀，然后放在岛上养殖。这一切不过是三十年前的事情，孔雀岛这个名字也是那时才产生的。真实中的小岛一直在追逐着自己的名字，却自欺欺人，不知道名字只是历史的沧海一粟。"

玛丽摇着头说："我不明白。"

"您难道真以为这里以前有孔雀吗？"

玛丽惊恐地看着他。孔雀难道不是到处都有吗？丽莉笑着又用手捂住了他的嘴。

"我能为您做一幅肖像吗，小姐？"施勒密尔换了个话题。

"哦呀，好主意！"丽莉兴奋道。

他从大衣里掏出一块黑色的硬纸板和一只金色的小剪刀，然后在玛丽身前定定坐下，用考量的眼神观察着她，那眼神让玛丽有些心慌意乱。长久以来，所有对她外形的关注都会让她陷入慌乱。毕竟她是这样的相貌。

"别担心！"丽莉感觉到了她的紧张，安慰她道，"彼得是个出色的剪影师。在柏林他的作品可是大受欢迎！你保持不动就可以了。"

施勒密尔的目光在玛丽和黑纸间不停地来回穿梭，手里的剪刀以一种细微却自信的灵巧手法运作着，与此同时，他还能不慌不忙地拾起刚才的话题。"如果给您造成了困扰，我感到非常抱歉，小姐。其实我想表达的意思是：在这里我们能感受到很多历史的痕迹。在普鲁士的大多数地方，这种历史已经很难见到了。"

"关于以前的历史，亲爱的，"阿伯尔接着朋友的话说，"感谢上帝，那个时代已经过去了，要是在那时候，你刚才提到的利希特瑙公爵夫人，说不定能靠自己死去儿子的幽灵来治国呢。"

"我不是这个意思。"

"什么意思呢？"玛丽一边着迷地盯着剪刀的轨迹，一边好奇地问。

"完成了！"施勒密尔高兴地喊了一句，并没有回答她。与此同时，纸板的大半部分落到了地上，只余下他手里的玛丽的黑色剪像。

"可以冒昧将这个肖像送给您吗，小姐？作为对这个美好日子的纪念？"

他微笑着把剪好的肖像递给她。她乖巧地表示了感

第三章 | 孔雀之美

谢,把肖像放在身前的草地上。没有人能像其他人那样看见自己的侧像,所以剪出来的肖像总是显得又陌生又熟悉。不过,这就是她的样子,她认出了自己痛恨的身体形状,没有任何夸张,她的鼻子、额头、嘴唇就是这样,她非常清楚。可是这种在黑色上勾勒出一切的线条却如此精巧而细致,仿佛它的轮廓带给人的感受丝毫不重要。美丽的是图像,而不是她,这样挺好的。她仿佛是身不由己地一直盯着那个肖像,心里的忧伤感渐渐平息了,这时她突然想起来,城堡里的茶室里也有类似的肖像,这让她多了一份宽慰。

"您喜欢吗?"

"非常喜欢!"玛丽细声道,却不敢抬起头来。

施勒密尔没有说什么,立刻转过身对朋友说,"你看见那边的水井了吗?岛上人叫雅可布井,但以前肯定不是这个名字。亲爱的阿伯尔,你要是去罗马,到处都能看到这个井的原型,也就是赛拉比斯神庙的祭祀室,虽然样子已经败落了,但是还看得出来。"

"怎么说?"

"塞拉比人把希腊人称作欧西里斯人。我注意到这里很多地方有埃及元素。新花园宫那边就有两个埃及神像,此外还有一个斯芬克斯像,一座金字塔。"

"那又如何?不过是过时的潮流罢了。"

"你真的这样认为吗?玫瑰十字会对东方文化一直非常感兴趣。"

"玫瑰十字会?"丽莉有些鄙夷道,"尼科莱祖父以前总是骂这些人。他说那些人是见不得光的角色。今天还存在吗?"

"亲爱的丽莉,这些人今天是否存在,我也不知道。但那边的那口井是按照沃尔纳大臣的指示造的,而我们都知道,沃尔纳是玫瑰十字会在宫廷的长老。你们仔细看看:这座宫殿,这口井,这些孔雀,还有,请原谅我的直白,斯特拉孔小姐,岛上的侏儒们,这里的一切都呼吸着和我们的当代不一样的空气。"

施勒密尔的话让她感到一阵刺痛,但痛感没有持续很久。或许真的有某个神秘的原因让她来到了这里。"我觉得,施勒密尔先生说得有道理。"

三个青年都向她投来了惊讶的目光,玛丽的注意力却已经在别处了。暮色渐深,石子路被踩得面目全非。她想起了铁耙的声音。夏天快要结束了,玛丽心想,与此同时她也隐约感到,还有什么别的东西也一起结束了,她无法用语言来描述那是什么。国王到底想对小岛做什么?哈维尔河在最后的暮光中闪烁着。玛丽四处张望着,看见了裤腿宽大的克里斯蒂安,他上身赤裸着,钻进了身边树林的暗影中。

第三章 孔雀之美

从 12 月开始，几乎每天都在下雪，伴随着厚厚的积雪，1819 年也走到了尾声。屋子里散发着烘烤糕点的香气，园丁之家沉浸在一种冬日降临带来的独特宁静中。玛丽想出去喂孔雀，但天色已经渐渐暗了，要去得抓紧时间。套上大衣后，她又转念想顺便去看看叔叔，他每天大部分时间都坐在工作室里，忙于整理要呈交内务大臣的账目。一般他看见她来都会很高兴，然而今天她推开工作室虚掩的门时，却惊讶地看到了古斯塔夫，他拿着一本小书和一支笔，坐在叔叔书桌旁边的小凳子上。玛丽发觉自己来得不是时候，芬特曼却对她招了招手，让她进来。

"请把门关上。"叔叔对她说，然后又转过头对古斯塔夫道："那我们现在开始。园艺何时是一门手艺，何时是艺术，何时是科学？"

几百年来，宫廷园丁需要掌握的技能并无太多变化。他需要会翻土、栽培、除草、浇灌、移植和嫁接，他要懂得如何驱杀害虫，给园子妥善分区，把各种植物栽种到合适的区域培育。宫廷园丁需要具备基本的算术和几何知识，以便做园区规划，此外他还得认字读书，会记账,他需要懂各种草木的拉丁文名称,能用法语称呼各种花卉和园林小品,用意大利语说橘子和柠檬树的名字。

"矿物和植物、动物之间的区别是什么?"

玛丽听到这个问题,心倏地狂跳起来,虽然她并不知道他们在做什么。古斯塔夫拿笔匆匆记录着。

"哪些外部条件对植物的发芽和成长是必不可少的?植物吸收营养的器官是什么,主要需要哪些营养?什么是杂株?哪些外部环境因素会导致植物的退化?哪些原因会导致木本植物产生蜜露、粉霉和枯水病?如何治疗这些病状?"

叔叔的问题一个接一个,玛丽觉得这些问题仿佛是落在了小岛的土地上,每一棵草木上都盖上了词语。

"什么是土质,纯粹的非混合型土质有哪几种?按什么比例混合土壤才能构成适合栽培的土质?如何改善砂质土壤?"芬特曼停了片刻,直到侄子的笔停下来,"记下来了吗?"

古斯塔夫点头。

"那继续,如何从各种同属蔬菜中培育出真正的良种?蔬菜的本地品种和野生品种如何区分?"

叔叔的问题在小岛的土地上蔓延开来。

"什么是直立茎,什么是平卧茎、攀援茎和匍匐茎?如何区分徒长性果枝、长果枝和花束状果枝?如何从果仁的结状上区分软核果和硬核果？有哪些最具针对性的植物萃取法，何时采用这种萃取法才能取得良好效果？树枝修剪依据的是什么理论？"

"古斯塔夫！"玛丽在叔叔停顿的那一瞬间突然喊了一句。古斯塔夫没有理睬，叔叔神色不悦地看向她。其实她也不知道自己想说什么。

"最后一组问题，古斯塔夫。"

他的样子看起来很悲伤，玛丽心想。她已经完全不知道古斯塔夫心里在想些什么了。这个场景在她看来，仿佛古斯塔夫正在签下一份要和她永远告别的合同。这让他很难过，玛丽想。她竭力忍住夺眶而出的泪水。

"古斯塔夫，仔细听好！林奈体系是如何给植物分类的，这些种类分别叫什么？雄株和雌株的关键部位分别是什么？植物的叶子有什么功能？记下了吗？"

古斯塔夫一边写，一边不断点着头。

"不规则九边形如何平分成四个部分？如果每平方鲁特[1]的地上需要铺上进深四分之一鲁特的土，那么一个长达六十鲁特、由两个圆形组成的椭圆形地面需要多少进深鲁特的土？"

---

[1] 德意志地区的长度计量单位，一鲁特对应的公米长度在不同地区间存在差异，大多数地区采用的鲁特约为 3.5 公米到 5 公米长。

孔雀岛

叔叔凝视着匆匆记录的侄子，玛丽背靠在门上看着这一幕，在她眼里，叔叔似乎也明白，这些问题对于古斯塔夫都意味着一个决定。在叔叔的眼神中，玛丽似乎也看到了某种和自己同样的遗憾，在某个漫长的瞬间，她祈祷着叔叔接下来说出一句拯救他们的话，撤销此时此刻正在发生的一切。

然而古斯塔夫已经记完了所有内容，放下了笔。植物会睡觉吗？古斯塔夫不相信。植物在夜晚都会渴望光明。夜晚是它们的末日。夜里只有动物们在潜伏着，黄色的眼睛在暗夜里闪闪发光。他不由自主地想起，有一次那只棕熊挣脱了链子，像野猪一样茫然而愤怒地在树丛里四处乱撞，不知怎么的跑到了他附近，小眼睛死死盯着了他，他像突然瘫痪了一样无法动弹，熊伸出巨大的前爪，愤怒地从树干上扯下了一根枯枝，他听见了惊叫声，看见科勒和帕纳曼正拿着长矛朝这边跑来，可是熊已经跑到了他面前，他一边惊呼一边跟跟跄跄地往后退，双手挡在身前，脚却缠进了树根里，整个人跌进了旁边的生菜地里，熊在他身前站了起来，就在这时，帕纳曼的长矛刺进了它的臀部，熊这才噗通一下四肢着地，哀嚎着逃离了现场。

为什么他会觉得玛丽恶心？岛上有些短工叫她和哥哥"怪胎"和"废人"，他们出于迷信，见到这对兄妹就绕着走,如果实在绕不过去迎面遇上了,那些新教徒会偷偷画十字。他当然不信那些人的话。从小时候开始,他就熟悉玛丽脸上的每一个轮廓、每一个笑容、每一个动作。他怎么会觉得她丑呢?可是,每次玛丽像现在这样来到他身边时,他会陷入一种窒息感,仿佛闻到了某种恶心的气味,或是手上沾上了黏糊糊的脏东西。他种出了蓝色绣球花时,叔叔为什么没有表扬他?他当时说了什么?"我觉得不应该这样做。"不相干的世界不应该有交集。但其他人都在这么做,这是他在书中读到的。他未来会成为比叔叔更出色的园丁。他莫名其妙地忽然想起了自己的父亲。那时所有人都说:真是一对璧人啊!卡尔·克里斯蒂安·芬特曼和露易丝·菲利皮娜·拉伯。植物就不会彼此离弃。他努力让自己保持着冷静,想到了树木和河流,它们生长的方向完全不同,树不断地抽枝拔芽,从源头流出的蜿蜒溪流最终会汇入江河。这是古斯塔夫此刻在想的内容。而把这两种运动放在一起看,他突然有种醍醐灌顶的感觉,它们都在逆转时间的轨迹。

他看着叔叔,用一种冰冷的语气说:"我认为,明智的人不会把园艺视为一种手艺,园艺是和风景画一样的艺术,同时也需要科学。"

玛丽被他冰冷而陌生的声音惊呆了,她从喉咙里挤出一声呻吟，冲出了门外，抽泣着朝着坡上的孔雀们跑去，一直跑到了城堡草坪上，她才意识到自己身在何方。

前几周依然是草坪和田野的地方，现在已经是一片雪光皑皑。橡树奇形怪状的枝条披霜挂白，杉树被积雪压得弯下了腰。孔雀们挤在一起，蹲踞在大棚附近那棵枝叶如盖的大树上，这是它们平时最爱待的地方。它们默不作声，尽可能地把头缩进风吹不到的地方。玛丽走进大棚里，铲了几把谷料倒进食槽里，用鞋跟把食盆里的薄冰踩碎。走到大棚前她停住了脚步，抬头望着上面的孔雀。在未来的二十年里，小岛再也不会像此刻这般安静。孔雀羽毛的那种蓝色，仿佛是寒冰结成。

第四章　莱尼

没有人影。一切仿佛都在沉睡。正值盛夏的正午时分，小岛就像被诅咒了一样。如果有人此时从渡口上来，耳边的水浪声渐渐销声匿迹，看着寂静得没有一丝风的水面，呼吸着树冠下炎热而浑浊的空气，会不由得沉浸在一种死寂感中。岩生栎、夏栎、榆树和赤杨树。还有枝节顾长的欧洲山杨树，那人的目光望向哈维尔河边的栈桥，这时赤杨树的哗声也渐渐放缓、沉寂下来，树也倦怠了，睡着了。

在下方，环绕着岛屿的芦苇丛中游着黑水鸡、小苇鹛和凤头䴙䴘。理事处孤零零地立在左手边的位置。玫瑰香气袭人。路边有一口汲水井，嵌在一棵老橡树的空心树桩里，井里传出幽暗而清凉的哗声，声音一直飘到很远的地方。城堡边的灌木丛里有一只鹌鹑。城堡草坪在暴晒中开放着，炎炎烈日中，城堡仿佛是一艘即将启程的白帆船。然而它其实一直没有动。一切都纹丝不动，一切都在等待着。几只孔雀默默走过，漫无目的地闲逛着，它们的步伐非常缓慢，仿佛正午让空气变得黏稠了，时间也成了某种固态的胶状物。

　　庄稼长得很茁壮，田里一片黄澄澄，却没有丝毫动静，因为没有风吹过秸秆。放眼望去，亮晃晃的田地里只有阳光在嗡嗡作响，刺得那人眼睛生痛。右手边有一条穿过树荫的蜿蜒小径。知更鸟，歌鸫，黑顶林莺。顺着小径朝坡下走去，能看到种植圃，前方的路通向森林，再往上就是小岛最高点。那人的目光一次又一次从明亮的树叶滑到水面上。老橡树下生长着浓密的灌木丛，人无法穿过，一棵树的树冠上立着一只黄鹂。

　　小径沿着圆形的坡顶蜿蜒着一路朝下，从高高的河堤延伸到小岛的中央部位，直到森林敞开成了田野。四处都是炎炎日光。暑气在那人面前缓缓蓄积着，沿着农田朝库房蔓延而去。一只野鸡忽然扑腾着翅膀飞起来，刺耳的声音在金色的庄稼地里掀起了一阵哗动，野鸡黑色的尾翼在飞行时摇摆着。在风平浪静的高空，那人看见了几只叽叽喳喳的寒鸦，它们吃力地拍打着翅膀飞着。谷仓的木板在阳光中哗叭作响，门是开的，里面传来嗡嗡声。畜棚里的动物一声不吭，只能听见蹄子蹬着地面的闷响。那人隐约觉得，在那些塞得满满当当的库房的阴影中，似乎潜伏着什么东西。烟囱雨燕啾啾叫着，绕着屋子的角落转着圈。一个马车库房。旁边有一条宽阔

第四章 | 莱尼

的沙子路，路通往农田的方向。农田再往前是一片沼泽地。草坪的另一边是废园风的牧场。一只布谷鸟。后面的哈维尔河再次映入眼帘。一只苍鹰在看不见的某处叫着，叫声在天空久久回荡。在无垠蓝天的穹顶处，一只鱼鹰正在无声地盘旋着，它拥有那时的人类还没有的技能：飞翔。

鸟瞰是一种难以想象的角度，今天的人更是无法想象鸟瞰本身的难以想象。所有俯视性地图的非现实性也是难以想象的。屋脊、塔顶、山峰：这些所谓的观景台，其实都深深扎根于大地中，它们拔地而起的高度根本不值一提。从来没有一只眼睛能像鸟一样，自由地在世界之上翱翔，每一张地图都是一种无法实现的征服感。

费迪南·芬特曼手绘过一张孔雀岛的地图，在彼得·约瑟夫·莱尼首次登岛之前，这张图纤毫具现地画出了小岛的每一寸土地，包括他开垦的农田、城堡、道路、树木和草坪。土地测量学。三角测量法。他把一张黄铜的平板仪架在三脚架上，放在面前的风景前，将三角形的线格举到风景上，测量边缘和角度，以此来确定距离和面积。每一块池塘都缩成了三角形的点块，就像冬天覆盖在池塘上的冰层裂纹一样。那些一眼望不到边的区域，要用四角形配合罗盘来测算。测高计装在一个盒子里，挂在芬特曼的皮带上。除此之外他还亲自用黄铜做了一些测量器和量角器。钻针是他用英国的优质缝衣针做的，针头处用火漆封过。他用钻针在室外画好的测量图上打孔，把图点到下面的另一张纸上，然后再把这张纸粘到一张展开的卡其布上。这时他再把所有细节画到图上，每一棵树，每一条路，每一个屋子。图上的阴影处显示着一种现实中不存在的鸟瞰角度，阴影的长度、灌木的高度、着色的晕染、土层的移动。黑色的水彩，印度果阿邦的橡皮，胭脂红，靛蓝，铜绿染料。眼睛像鱼鹰一样，在地图上空盘旋。苍鹰的叫声穿透了图中的线影。

　　费迪南·芬特曼是一个出色的绘图师。莱尼和他完全相反，莱尼画图很快，不同种类的灌木在他笔下都是一个样子，他不会去区分阴影的长度或是差别着色，也根本不了解实际情况，任何职业绘图师随便就能画出他的图纸，而芬特曼为自己的皇家岛主绘的图却源于自己真切的认知。他在图上标识岛上最重要的那几棵古老的橡树时，仿佛在绘制小插画。因为莱尼要来岛，所以今天他把平时镶在玻璃框里的这张图纸取了出来，拿进了工作室。芬特曼心知，这张图上的小岛今后将不复存在。

　　书桌边的地上放着几个钟形玻璃盖，夏天的时候，人们把罩子扣在那些弱不禁风的瓜果上，用来抵挡暴雨。桌上放着一个绿漆铁皮的植物标本采集箱，旁边还有一把象牙柄的接枝刀。刚过二十七岁的莱尼环顾了一圈屋里的东西，好奇地弯下腰来看着地图，芬特曼站在他身后，等着他开口。莱尼穿着时下最流行款式的大衣，对面前的长辈表现得彬彬有礼，但言辞间依然流露出无比的自信。虽然他对芬特曼的地图赞不绝口，沿岛考察时也一路颂扬，还殷勤地打听各种细节，但通过谈话间的各种明显停顿，芬特曼能够感觉到，自己多年来在岛上孜孜经营的经验和理念，对这位年轻的园丁其实毫无吸引力。

　　国王对他下了指示之后，彼得·约瑟夫·莱尼不出意料地联系了他。莱尼也走访了其他所有宫廷园林。他是宫廷园丁布吕尔的儿子，法国大革命那年出生，家族是世代园丁传承，拿破仑战败后，普鲁士的科隆选侯国也随之解散，他为了寻找新的机会来到波茨坦，并很快赢得了内务大臣马萨乌的欢心，获得了后者的强力支持。他起先只是在新宫花园的改建中担任了一个低阶职位，后来又去了无忧宫和小格里尼克，直到今年，内务大臣突然出乎意料地指定他接手去世的园林督察员朗格的工作。

　　由此一来，从未以宫廷园丁身份掌管过任何园区的莱尼，已然晋身为普鲁士园林管理部一员，他的同行们对此颇有微词。莱尼在哈登堡管辖下的小格里尼克园区工作时，皮克勒见过他，身为哈登堡的女婿，皮克勒在信中经常讽刺地把莱尼称作"矮子赖尼"，以此影射他原来的家族名，还顺带嘲讽了他那虽非侏儒却神似侏儒的个头。

"亲爱的芬特曼先生，我可以问您个问题吗？"

莱尼在地图前抬起身来，转头看向宫廷园丁。他的脸上带着笑意，说话时身体显得很轻快，甚至有些手舞足蹈的意思。"您见过露易丝王后吗？"

芬特曼沉痛地想起最后一次见到年轻王后的那个春日，那是她去世几周前的一天，她和国王与孩子们站在阳光明媚的城堡草坪上，脸上笑逐颜开，一切依然历历在目。那天之后的哈登堡密会启动了普鲁士的又一次复兴，宫廷园丁对复兴之路坚信不疑，从此加入了改革派的阵营。十年的光阴转瞬即逝，其间发生了别列津那河战役，还有吕佐夫志愿军的英勇奋战。芬特曼不由自主地想起了玛丽，他的侏儒女儿在这十年中已经长成了一个女人，他看着莱尼时，心里开始为玛丽感到担忧。玛丽在这个人面前可得小心一点。芬特曼点了点头，没有再说什么，顺手把莱尼毫无顾忌地放在孔雀岛地图上的茶杯拿开了。

奇怪的声音闯进了她的梦中，那是从卸船处传来的骚动声，她知道，又有动物被送到岛上了，但那种叫声

第四章 | 莱尼

她从没听过,是一种陌生而奇特的声音,叽里呱啦的,到底是什么动物呢?

高烧让她疲惫不堪,很快又睡过去了,然后再次醒来,觉得浑身燥热,床上的被单浸透了她的汗水,她在自己的小屋里已经躺了多少天了?有时候信亨胡特教的婶婶会来看她,送来一罐凉水和粥,她艰难地咽下去,婶婶待一会就走了,玛丽也不知道她大概多久来一次。她清醒的时候,总是虚弱地盯着屋顶的白漆横梁,听着人们在屋子里忙碌的动静,那声音是从楼下传来的,椅子的拖动声、脚步声,还有餐厅和门厅里的谈话声,然而她听不见他们在说什么。小屋窗外的那棵树在阳光中绿意盎然,沙沙声透窗而入。她又睡着了,睡得很不安稳,做了很多梦,然后又打着寒颤醒来,烧得更严重了。天已经黑了,她头疼欲裂,艰难地点起了蜡烛。咳嗽时整个床都在震动。她盼着有人来帮她清理一下便桶,最后还是咬着牙从床上爬起来,自己拎着便桶下楼,完事后又虚弱地栽倒在床上。她在黎明的熹光中等待着楼下的声音响起,好让自己不那么孤独。她在等古斯塔夫吗?他没有来。

古斯塔夫已经如愿以偿地开始了园艺学习生涯,大多数时候他都在岛上转来转去。要做的事的确很多。莱尼走访了小岛之后,给国王呈交了一份《孔雀岛未来修缮建议》，国王看完后立刻着令施行。城堡附近的农田已经被铲平重新播种了，孔雀棚、鹰圈、浣熊住的小铁丝笼也都被清理了。栈桥旁边修了一个暖房。源源不断的新动物被运到岛上，都是人们闻所未闻的种类，它们奇异的叫声在玛丽的高烧梦境中回荡不息。有时候她仿佛听见了楼下传来古斯塔夫的脚步声，无限期盼着他能来，然后在徒劳的等待中又睡了过去。有次她梦见了彼得·施勒密尔来看她，跟她讲起自己跟着一个俄国考察队前往南太平洋考察的经历。

哥哥拿了一条凉毛巾搭在她烧得大汗淋漓的额头上，告诉她那些动物是袋鼠，约克大公给国王送了五只袋鼠。冯·奥尔费斯公使参赞从里约热内卢又运来了一些非洲和巴西的猴子，除此之外还有五只㯏毛虫，最早接手这些动物的是汉堡的自然标本收藏家贝斯克，他见动物在路途中折损了几只，又捐献了一只巴西猪。索林根的一个商人皮珀尔送了三只上埃及的绵羊。巴登宫廷的公使大臣范哈根·冯·恩瑟参赞大人在卡尔斯鲁尔的拍卖场拍下了三只蒙古山猫，据说花了一百九十七弗洛林，此外他还豪掷四百四十弗洛林买下了两只袋鼠，八十一弗洛林买了一只浣熊，三十弗洛林买了两只白头鹅，二十弗洛林买了一只迷你鹅。袋鼠现在正在城堡草坪上吃草，它们一见人就翘着尾巴大步跳走。

第四章 | 莱尼

袋鼠，玛丽轻声念叨着，感觉哥哥的手渐渐离开了，于是她又睡着了，梦见那些奇奇怪怪的动物从她身上跳来跳去。她不安地踢着被子，睡衣也被退到脖子处，汗湿的肚子暴露在冷空气中。她艰难地张开黏在一起的眼皮。现在是什么时候了？早上还是傍晚？她用手抚摸着自己的肚子。我不是动物，她想，我比动物拥有更多的耐心。克里斯蒂安再次来看她时，高烧终于退了。

"你好些了吗？"

她点了点头，惊讶地看见他没有再穿那件羊皮裤，也没有打赤脚，竟然正经八百地套上了衬衣和裤子，甚至还穿着鞋。他靠着门站着，连头发都剪了。

"我马上要跟老贡德曼去小格里尼克了。"

"所以才打扮成这样吗？"

他坏坏地笑了笑。

"你去那干吗？"

"叔叔让我跟麦尔贝裁缝学手艺。"

"你？裁缝？"

"现在一切都要变了。老贡德曼也是这么说的。我不够资格照顾袋鼠。"

"袋鼠？"

是呀，克里斯蒂安说，她还在高烧的时候，他对她讲了很多袋鼠的事，她听得可着迷了。但是现在负责照管袋鼠的人是贝克尔,他昨天才带着女儿来岛上。

玛丽不希望哥哥走,却不知道该如何对他开口。

"让我看看你的肚子。"

哥哥的要求让她感觉无比幸福,她微笑着推开被子,把睡衣提上来。她享受他注视自己的目光,在目光中渐渐兴奋起来。玛丽渴望着哥哥的爱抚,然而克里斯蒂安却站在门边一动不动,目光在她身上游移着。她张开了大腿。我不是怪物,她心想。他终于走到了她身边,却只是动作轻柔地把被子缓缓盖在她身上。

"他们跟你说了吗?"

"说什么?"

"岛上要热闹了。很多人要来参观我们。每周两次,国王不来的时候,小岛对外人开放。"

"那你呢?你什么时候回来?"

"不会太久。"他悲伤地说。

对于普通人,玫瑰园的迷宫或许只是一个游戏,对于玛丽却完全不一样。她站在玫瑰丛中时,根本无法在艳光逼人的花海中找到路径。开得如火如荼的花园中汇集了各种最名贵的品种,有百叶蔷薇、雷杜德玫瑰、印

第四章 | 莱尼

度玫瑰，还有一些缠枝的藤本蔷薇。几年前，这个地方还是葡萄园，后来莱尼让人拔掉了葡萄架。名花们由四艘货船从柏林陆续送到了岛上，它们是住在大剧院附近的贝棱街玫瑰藏家伯恩的藏品，其中包括一千多株园中露天培育的长茎玫瑰、一些盆栽玫瑰，以及将近一万株灌木月季，为了这些花，国王花了五千塔勒的天价。

玫瑰园像一颗宝石嵌在城堡草坪边一处浅浅的洼地中，俯视着下面的栈桥。通往花园的入口很窄，里面小路曲径交叉，错综复杂，玛丽不知道该怎么走，那片红白相映、斑斓缤纷的花海拦路而开，散发着甜蜜的芬芳，正午的阳光中，那种浓烈的香气几乎让人晕眩。

园里非常安静。玛丽忽然听见石子路上传来了渐渐靠近的脚步，还有路过人群的笑语声。她还是没有习惯那些在岛上四处参观的陌生人。她不明白为什么人们会觉得小岛很稀奇，毕竟这是她一直生活的地方。不过玫瑰园是禁止外人进入的，门口悬着一张小小的警示牌。没有人会跟着她进到这里。玛丽朝一个方向走了几步，然后又犹豫不决地转过身来。空气中弥漫着玫瑰的粉糯气息。她合上了双眼。

"啊，我的小姐！终于见到您了，不胜荣幸！"

玛丽吃了一惊，仿佛做坏事被人抓了现行。莱尼就站在离她很近的前方，他的确是个矮子，虽然不至于到侏儒的程度，但也差不多就是和玛丽基本平视的高度。他皮笑肉不笑地打量着玛丽，仿佛在观察一种奇葩植物。莱尼似乎很确定玛丽知道他是谁，没有作自我介绍，完全不顾忌礼节。玛丽理解他的举动。其实她也一样，岛上所有遇到她的人，都知道她是谁。

"大人。"

玛丽马马虎虎地行了一个屈膝礼，同时瞥见跟在莱尼身后的人是古斯塔夫，胳膊下夹着几卷图纸。她完全没想到会遇见他，心倏地跳到了嗓子眼。阳光轻柔地抚过他的脸庞。他像平时那样，面对面也是一副视若无睹的表情，她早已习惯了他的冷落，虽然对此感到痛苦，但只要能见到他，幸福感还是占据了上风。他多么美啊，她想着，目光在他温柔而明朗的身形上打着转，成为莱尼的助手后，古斯塔夫似乎多了一些阴柔感。

莱尼注意到了玛丽恋恋不舍地看着古斯塔夫的目光，露出一丝惊讶的表情，随即得意洋洋地回过头，像安抚孩子一样，轻轻拍了下古斯塔夫的脸颊，又用手抓了抓他的头发。然后他又心满意足地从俩人身边走开，仿佛是在玫瑰丛中找什么东西，随后又从紧身的深蓝色大衣口袋里掏出了一个非常精致的小器械，那是一把专门用来剪玫瑰的银质剪刀，可以直接夹着剪下来的玫瑰送给别人，而不用担心刺扎手。一转眼，莱尼就熟练地从一株正在怒放的花枝上剪下了一朵极美的玫瑰，花开得绚烂，纯白的花瓣镶着鲜红的边。莱尼把花递给了她。

玫瑰散发着一种清凉、幽暗而生动的香气，玛丽点了点表示了感激，深深嗅着花香。白色的花瓣轻轻擦过她的鼻子和脸颊。

"我们坐坐吧。"

玫瑰园那些蜿蜒的小路在东边汇聚到了一起，敞出了一片椭圆形的园地，那块地方掩映在一丛灌木和两棵老橡树下，即使在这样的中午也有些阴凉。那里建了一个凉亭，和花园颇有些分庭抗礼的意思，亭子是莱尼让建筑师申克尔专门设计的，椭圆形的镂空木结构，柱子上攀爬着一丛丛藤本月季。莱尼走进亭子里坐下，招呼玛丽跟过来。古斯塔夫在他身边坐了下来，手里依然拿着图纸不放。

"很美丽，不是吗？"

莱尼点了点头，朝玛丽拿在手里把玩的玫瑰示意着。如果孔雀岛的玫瑰能从5月一直开到下初雪时，该多好啊。"当然，得浇水。要浇很多水！为了维持花朵的美丽，要从早到晚不停地浇。还能怎么做呢？自然不是完美无缺的。只有劳动才能从自然里发掘出最美的东西！"

他亲昵地弯下腰贴近她，意味深长地补了一句："因为美才是走向世界的通行证。"[1]

玛丽虽然不知道他心里在想什么,却听懂了话音里的鄙夷意味。莱尼当然知道岛上住着一对侏儒兄妹,然而他一直回避着俩人,直到玛丽在面前的玫瑰丛中出现时,他才不得不正视她的面孔,也正是在那一刻他才醒悟,自己为什么要回避他们。如果不是他摸到大衣口袋里的小剪刀,用玫瑰来转移注意力,恐怕他当场就要失态了!他那时的感觉,仿佛在照一面浑浊的镜子,镜子里虽然不是他自己,却依稀映出了他被人背地里耻笑的名字。他不喜欢成为别人的笑料。这张脸!这个鼻子!这双手。他一直很欣赏英式园艺掩藏边界的艺术,然而边界是必不可少的,赏园的人往往最后才注意到它们。站在那些巧夺天工的园林里,人们可能会以为世界上并不存在界限。他庆幸自己想起了歌德的那句话,话音依然在空中回响着,没有任何回应。不可能,他想,这个侏儒藏不住那条把她挡在外面的界限。可叹这丑八怪居然好意思跟他一起坐在这个美丽的凉亭里。莱尼痛恨她,恨她玷污了花园的美好。

其实他对女人一向不太上心。撇开她们丑陋的性器

---

[1] Schönheit ist überall ein gar willkommener Gast ——语出歌德 1809 年的长篇小说《亲和力》。

官不谈,在他看来,女人有点像园林中的奇点,所谓奇点,就是一种观景点,人们以为在奇点上能看到全景,但真的到了那里,却总会被它本身花里胡哨的建筑风格分散了注意力,忘了自己在哪里。此外,女人总让人唯恐避之不及。莱尼觉得,女人跟花园实在是风马牛不相及的两种存在。这个侏儒对他引用歌德关于美的那句话怎么没有回应?

玛丽固执地缄默不语,莱尼突然被一种激烈的冲动攫住,猛地站了起来表示告辞。如果是心无芥蒂的旁人,或许以为这是园丁的忙碌作风。玛丽却读懂了他动作中的恶意。

"督察先生……"古斯塔夫轻声说了一句,话未说完,莱尼已经明白了助手的意思,居高临下地对他点了点头。

"别太久!"

随着莱尼的脚步声在石子路上渐渐远去,玛丽整个人都被幸福感淹没了,她没想到能获得和古斯塔夫暂时独处的机会。她想起几周前,古斯塔夫学完了园艺课程,大家为他庆祝的场景。按照惯例,叔叔亲自制作了学徒结业书,在那张精美的羊皮纸上写下了最庄重的字迹。有了这张结业书,根据普鲁士的规定,古斯塔夫就正式成了园林助手,接下来他就要开始游历生涯,造访各处园林。可能去闻名种植界的荷兰，也可能去法国，也可能去正在兴起全新自然风格园林的英国。玛丽回忆起那天晚上，所有人都坐在餐桌边，叔叔斟着酒，到场的人中有婶婶、古斯塔夫的两个弟弟尤利乌斯和奥托，克里斯蒂安也从小格里尼克赶了过来，仿佛大家都回到了童年。

"玛丽？"

她看到他疏离而冷漠的目光，却只能情不自禁地朝他微笑。

"怎么了？"

"我要走了。就这几天。行李已经收拾好了，我跟大家都告完别了。督察先生要带我去柏林。"

玛丽摇头。

"我要服一年兵役，钻研园艺，然后开始游学，莱尼帮我从国王那里争取了一份资助。"

莱尼。听到这个名字，她不自觉地一阵尴尬，觉得自己又肮脏又丑陋，仿佛依然身在莱尼的目光中。她几乎忍不住要说出一些激愤的话，却又生生地憋了回去，因为她知道莱尼有恩于古斯塔夫。

"你要走多久呢？"

这句话她也问过哥哥。所有人都走了，只有她留在原地。可这个小岛属于他们所有人：克里斯蒂安、古斯

第四章 | 莱尼

塔夫和她。

"再见。"古斯塔夫起身说,仿佛没有听见她的问题。

他多么美啊,她又一次想到,不由自主地伸出双手,想接受他的拥抱。古斯塔夫却往后退了一下,对她笑了笑,笑容以一种生硬的方式一格格展开,玫瑰园的石子在他的鞋底吱嘎作响。

  费迪南·芬特曼在栈桥边种了一些铃铛葱,这种植物俗名奇异韭,开花的时候散发出一种浓烈刺鼻的洋葱味。铃铛葱花期刚过后的一个大雾天,玛丽一大早就手脚并用地爬到哈维尔河坡上,在渡口站着。她刚才听见了很轻的钟声,钟声表示有船从陆地那边过来了,她很好奇,谁会在这么早就来岛上。

  她先是听见了河水拍打着船舷的声音,然后才看见浓雾中冒出来的船。布兰德斯撑着杆站在船尾,高大的身影有种鬼魅般的感觉,他身前坐着一个人,那人的个头十分惊人,坐在那里差不多到船夫肩膀的高度。玛丽还在惊讶地猜测着那人的身份,船已经碰到了栈桥,发出了一声钝钝的闷响。船舷吱吱呀呀地蹭着栈桥的木条,布兰德斯把缆绳套圈扔到一个系揽柱上,跳到桥上,固定住船头。那人站起身来。玛丽屏住了呼吸。只见那人从容地往前迈了一步,就已经跨到了栈桥上,他穿着一件旧军服,虽然他走路时半弯着腰,中等身高的布兰德斯戴着帽子才刚及他半胸的高度。

这是个巨人吧,玛丽心想。这时俩人已经走到了她面前,布兰德斯友好地打了个招呼,巨人却面无表情,一言不发。他就以这种沉默而匿名的方式,从她身边大踏步地走了过去。当然,玛丽很快就打听到了他的名字,卡尔·埃伦赖希·里希特,生于德民附近的乌策德尔,父亲是个瓦匠,卡尔是上过战场的老兵,以前在禁卫一团服役,身高五尺二十三寸,因为他的个子太高了,所以国王在孔雀岛给他安排了一个住所,让他来城堡帮忙。

玛丽从后面看着他往坡上的理事处走去。她看见布兰德斯敲了敲门,然后门打开了,几个人寒暄了几句,布兰德斯进了屋,那巨人深深地弯下腰来,才跟在后面进了门。玛丽摇了摇头,裹紧了肩上的薄纱巾,整了整大衣,忐忑不安地慢慢跟了过去。

袋鼠在城堡草坪上吃着草,玛丽还是不太习惯它们的模样。新鲜的草地上腾起了一种令人心醉神迷的芬芳。

第四章 | 莱尼

玛丽扭过头看着跟在自己身后的巨人，他就像一条巨大的阴影。她朝巨人笑了笑，巨人也回应了一个微笑，连他的笑容都那么大。袋鼠谨慎地用细细的前腿支着身体，长尾巴撑在地上，拖动着后腿，这是一种踌躇而温和的移动方式，它们一边走，一边津津有味地啃着草，咀嚼时双颊抖动的样子像山羊一样。

"真像山羊！"玛丽说，巨人卡尔大声笑起来，声音像炸雷一样。动物看护赫尔曼·贝克尔站在离袋鼠不远的地方，身边是他的独生女，今年刚八岁，名字和玛丽的中间名一样，叫多罗特娅，但岛上人都叫她多罗。

"怎样？你喜欢这些新荷兰跳兔吗？"玛丽问女孩，"那边的当地人叫它们袋鼠。"

多罗摇了摇头。巨人也在草地上坐了下来，眯缝着眼睛看着阳光。在中午的光线下，他皮肤白得发光。因为关节的原因，他站着和走路时都很吃力。据说他去世的妻子当时之所以嫁给他，是因为国王每天都赏他一瓶酒。其实他的性情非常温和。忽然他转了个身，眯起眼睛，仿佛在透过透明的睫毛观察着什么。玛丽顺着他举起的胳膊也望了过去。有几个人从森林的阴影中走了出来，身上考究的衣装远远地闪着微光。

"是那个英国园林师。"玛丽说。动物看护环顾了一下四周，仿佛在思忖是否要准备射击，但最后还是没有举起肩上的猎枪。

从那边走来的人叫约翰·阿德·雷普顿，是英国著名风景园艺师胡弗莱·雷普顿[1]的儿子，1822年的初夏，约翰应皮克勒大公的邀请来造访普鲁士宫廷。莱尼负责带他走访无忧宫、夏洛特堡宫、新花园宫和孔雀岛，皮克勒多次表示自己对这个安排深感遗憾，因为和雷普顿的才华相比，莱尼实在是相形见绌，皮克勒认为莱尼的园艺理念过于单调，在英国也早就过时了。

一定意义上，莱尼的发达史或许的确得益于他身上某种阴柔的特质，那是一种轻浮的气质，这种气质和他的工作领域实在是格格不入，毕竟他经手的都是大气磅礴的内容，无论是园林的规划，还是他手下浩如烟海的助手、绘图师和园丁。说他追名逐利是不准确的，因为事实上他的名望已经来得太晚了，此时他跟在雷普顿的儿子身后考察孔雀岛时，更加意识到了这一点。英式园艺已经在走下坡路了，即使莱尼如此兴师动众地大兴草木，改建他的美之园地——孔雀岛只是其中一小部分——也无法改变英式园艺是强弩之末的事实。

雷普顿穿着一件朴素的黑大衣，手里拄着一根长长

---

[1] 胡弗莱·雷普顿（Humphry Repton，1752—1818），英国园艺师、景观设计师。

第四章 | 莱尼

的园丁杖，停住了脚步，杖指向了什么。一个仆人撑着一把红色的中国式遮阳伞，举在他圆圆的头上。莱尼一直跟在英国人身后一步左右，此时忙不迭小跑到他身边，镶满银饰的大衣烁烁闪光。然后他身后冒出了一个小小的身影，玛丽看见了哥哥。

"克里斯蒂安！"玛丽惊讶地叫了一声，对他招着手，看着克里斯蒂安从草坪那边跑过来。

小女孩多罗拉了拉玛丽的裙角，仿佛在好奇发生了什么，玛丽弯下腰摸着女孩的头发说："我哥哥来看我了！"

"对，正是在下。"克里斯蒂安已经来到了她们身边，大笑着抱住了妹妹。

玛丽头靠在他的肩上，久久地感受着他的怀抱，然后又一把推开他，仔细打量着他的模样。自从他去了小格里尼克跟裁缝学艺，自己的衣服都是亲手缝制的，形象从此焕然一新，玛丽看着他觉得很骄傲。今天他穿着一件黄色亚麻夹克，裤子也是同样质地，他把背上的大行囊扔到了草地上。

"你怎么和园林督察在一起？"

"我在路上拦住了车夫，搭了个便车。今天没什么活，所以我就想着趁机回来一趟。"

"这是卡尔，"玛丽说，"禁卫一团的卡尔·埃伦赖希·里希特，是打过仗的老兵，和爸爸一样。"

巨人咧嘴大笑，克里斯蒂安疑惑地看着妹妹。

"你看见他身上穿的衣服了吗？卡尔需要裤子和衬衣。"

"所以呢？"

"叔叔会付钱的。卡尔在城堡里干活。"

克里斯蒂安点了点头："这样的话，那你躺平吧。"

他打开行囊包，从里面拿出了卷尺、针线包和一本小书，然后又从夹克里摸索着掏出一支短铅笔。巨人像一棵被砍倒的大树一样已经在草地上躺好了，平底锅般大小的双手叠在肚子上，温和地眯着眼看天空。多罗站在他身边看着，手指绞玩着乌黑的头发。克里斯蒂安趴在巨人身上忙活起来，一手拿着书，另一手拿着卷尺，嘴里叼着针。这时动物看护神色不悦地走过来，一手拉住目瞪口呆的女儿，招呼都不打就走了。

"你看见了吗？"晚上的时候，克里斯蒂安悄声对妹妹说，"他怒气冲冲的样子。"

玛丽点了点头，更近地往他怀里靠了靠。"你看见了那个小姑娘的表情吗？我喜欢她。"

克里斯蒂安已经很久没有和其他人一起在餐桌边吃过饭了，也很久没有进妹妹的阁楼小屋了。

"那里面装着什么？"玛丽朝床边那个鼓鼓囊囊的行囊努了努头。

第四章 | 莱尼

"把衣服脱了!"他低声说。

她已经预料到了,立刻跳了起来,"是什么?"

"把衣服脱了!"

"是裙子吗?"

"把衣服脱了!"

玛丽手忙脚乱地脱下了衣服,然后穿着内衣满怀期待地站在他面前,看着他拉开包的拉链。

雨已经没日没夜地下了好多天,一条条蜿蜒的雨溪沿着巨大的窗户淌下来。几个月来,城堡里一直空无一人,里面到处都散发着潮气和霉味,大厅尤为严重。寒意逼人,玛丽努力沉静地呼吸着,望着窗外大雨中阴气沉沉的冬日,等待着。

终于她听见了说话声、脚步声和笑声,一个副官重重地推开了侧门,门弹到墙上发出了一声巨响,然后国王走了进来。他从来没有以这样的阵势出现在城堡里,而且以前他都是一个人来。国王急步走进了窗龛,平时他都在那里坐着,今天,他只是瞥了一眼玛丽,对她点了下头,然后莱尼也走了进来。玛丽见古斯塔夫这次没跟着他一起过来,感到很失望,然而她在失望的同时,心里却忽地闪过一个念头：她其实并不希望古斯塔夫看到她和国王在一起的样子。无论如何，古斯塔夫没来，在国王身后的那一大群随从中，玛丽反倒看见了叔叔的身影，他身边还站着一个陌生的老先生。

莱尼手里拿着一张巨大的图纸，一进来就开始滔滔不绝地说话，不断引用自己的规划书。但国王很显然对刚才莱尼在公园里展示的内容不太满意，不为所动地打断莱尼，让他用自己的语言解释。莱尼点了点头。明白，陛下。然后他开始讲自己为鹰圈、猴子棚、袋鼠和山羊的畜栏、狼笼、猪圈，还有那些异域禽鸟、水禽的笼子做的规划。莱尼没有参照巴黎植物园的设计，打算把这些动物棚笼沿着视线轴的方向安置。国王一脸无动于衷的表情。

"陛下依然没有理解我理念的精妙之处！"莱尼蓦地咬牙切齿地冒出了一句，话音刚落，他已经意识到了自己的放肆，愣住了。

一片令人坐立不安的沉默，所有人都不敢动弹。大家都等待着国王接下来的反应。然而什么都没有发生。国王换了一只腿支撑身体，拽了一下佩剑，剑的顶端碰到了木地板，发出一声钝响，然而国王什么都没有说。这时莱尼动作迟缓地展开了图纸。那个瞬间过去了。国王朝玛丽的方向迈了一步，仿佛想走出去，眼睛望向哈维尔河上的雨。

"利希腾施泰因。"他轻声令道,这时和芬特曼一起进来的那位老先生立刻走上前来。

马丁·欣里希·卡尔·利希腾施泰因以前是好望角总督的私人医生,他在非洲迷上了研究动物,二十来年一直是大学里的动物学教授。玛丽仔细打量着他,她在《钦定柏林国务文识报》上见过他的名字,这家报纸是福斯文遗出版社发行的,因此也简称《福斯日报》,他经常在上面发表一些短文章,涉及的内容五花八门,关于西伯利亚猛犸象骨、冰岛的麋鹿或是普罗岑湖里发现的罕见鱼类等等。玛丽听说,城里人都说他和飞禽走兽厮混,是百兽之王,据说他独自住在大学里,和那些狮子、老虎标本朝夕相伴。

"欣里希?您怎么看?"

玛丽完全没法集中注意力听利希腾施泰因的话,因为他说话时眼睛不停在她身上扫来扫去,那感觉让她很不舒服,仿佛他在给她作物种分类。她低头看着地面,让自己保持冷静,从容呼吸。我是一个物,她想。这时屋里突然安静了下来。木地板在男人们的鞋底吱嘎作响,仿佛在期盼着什么。玛丽小心翼翼地抬起头,惊恐地发现,教授和国王正在定定看着她。动物学家的目光很冷漠,国王隐约向她微笑了一下,目光温情地从她身上掠过。最后,国王仿佛下了某种决心,踱着靴子转过身来。

"先生们!"

屋里一阵骚动,所有的目光都汇聚到君王身上,他简单地说了几句,然后人群中发出了赞许的嗡声。玛丽看见莱尼靠在背后的双手握在了一起,得意地挺起了身体。然后所有人都朝外面走去,楼梯上传来男人们轰隆作响的脚步声。国王走出城堡的样子非常轻快,以至于和他保持一定距离的两个随从后来猜测,他是从大门前的两级台阶上跳下来的。他在石子路上站住了,戴上了军帽,因为外面还在下雨,然后转过身来,深深呼了一口气。

他的意图从来就不是美化孔雀岛。所有那些以为他喜欢这个岛的人都错了。他的动力一直是对父亲的痛恨,对岛上父亲留下的所有那些痕迹的痛恨。也正因为如此,他才对矮子莱尼青睐有加。他对美一直无动于衷,美对于他只是一种有效的手段,一种用来耗尽父亲繁殖力的手段,他那些可恶的兄弟姐妹,也要归功于这种繁殖力,所以他才让莱尼把岛上那些精巧而有机的产业推平,然后在上面建起一个毫无生机的花园,让里面只剩下美。他把世界各地的动物都送到这个园子里,让它们和他一样,感受身在此处的无所适从。"陛下依然没有理解我理念的精妙之处!"那个蠢货在想什么呢?国王忍不住笑了一笑,用靴子把脚前湿漉漉的石子踢到一边。他太理解

第四章 | 莱尼

莱尼的理念了，比他自己理解得更透彻。

"亲爱的芬特曼，您知道吗？走动时的身体感受才是理解花园的真正窍门。"

莱尼站在城堡草坪边，手里拿着一根指示棒，回头看着芬特曼。开春后，莱尼的助手们一直忙着在给兽宛定线，土地都已经清理完了，现在要做的是确定道路动线。他打算把孔雀岛改造成一个风景公园，维持两端的城堡和牧场不变，中间区域建成一片古典主义风格的动物园。整个园子将围绕着两条主要中轴线展开，一条从这里的城堡草坪一直延伸到牧场，另一条从玫瑰园到兽宛，然后再通向东边的哈维尔河岸。到时候园中移步成景，近观远眺都能欣赏到最美的风光，而且以后在城堡，视线还能远及目前被挡住的哈维尔河谷的景色，小岛的那片区域一直裹在茂密的芦苇丛里，仿佛是世外遗谷，等待着目光的停泊。

岛屿的规划中，园子的中心区域是城堡草坪，站在草地上可以远眺西边通往波茨坦的河面，侧前方是感伤风格的城堡，南边是玫瑰园迷宫，往北面和东面可以沿着两条中轴看到无边无垠的自然风光，两条中轴的顶端分别是废园风的牧场和动物栏中央闪闪发光的喷泉，牧场代表着过去，而喷泉则象征着繁衍不息的生命力。莱尼很满意。

今年的任务是把中轴线附近的场地清出来，建造兽宛，明年要开始铺路种植。他打算在河岸边种上针叶树，用来遮挡凛冽寒风，除了本地生长的那些树木，山毛榉、菩提树、榆树、欧洲山杨和枫树等，他还想种一些异国树木。第一批要种上国王最喜欢的法国梧桐、落羽杉树、散发着神秘气息的银杏树，还有《圣经》里出现过的黎巴嫩雪松（香柏木）。然后可以考虑种些枫杨、锥栗树、皂荚树、桑树。臭椿那时还是很罕见的树种，莱尼买来了美国种子，让岛上人自己培育。他还规划了两片区域用来种美国鹅掌楸。

莱尼对芬特曼点了点头，俩人接着往前走。他双手握着指示棒在地上拖出了一条划痕。"工作中，"他解释道，"既要朝着既定的规划核心直线前进，同时又要大力兼顾美好的波形线，这种波形线能启发我们该作何种合理想象，甚至栩栩如生地看到下一步的内容。"

莱尼一开始就知道，他在岛上的兴建项目已经和自

第四章 | 莱尼

然风光无关了,这些项目也无法依赖岛上的资源供养。因此他在规划书里提出要在哈维尔河边建一个蒸汽驱动的液压机,以后为岛上的动植物供水,国王很快就许可了。这是普鲁士境内第一次为此组建的蒸汽机,机器被装在紧靠河岸的一个机房里,一个管道吸入湖水,另一个管道再把水泵到小岛最高点,莱尼在那里建了一个井状的储水池。1824年,坐址柏林新腓特烈大街的英国詹姆斯&约翰·科特瑞尔公司交付了机器,收取的费用是六千塔勒。

约翰·科特瑞尔生于伦敦东区,在柏林已经工作了五年,他一脸雀斑,一头红发,身上考究地穿着曼彻斯特紧身西装,跨着大步从小岛的卸船处上跳了下来,弯下腰朝沙地上吐了一大口痰,然后好奇地四处张望着。他的公司在第三后院,即使是在那样一个闭塞的地方,都听说过国王这个美丽的小岛。真他妈见鬼了,他心想。

亨丽埃特号缓缓沿河而来,烟囱朝深蓝色的夏日晴空吐出一条细细的白烟,站在甲板上的人是普鲁士海上贸易主席罗特,他在汉堡接收了一头送往孔雀岛的狮子。国王带着随从在理事处满怀期待地等候着,岛民们在四周围成了一圈。船发出一声靠岸的鸣笛声，然后似乎是为了回应笛声，空中突然响起了一声兽吼，所有人都吓得脸色煞白。缆绳系好后，船上放下了两条木板架到栈桥上，主席跳到陆地上，朝着面前走来的国王忙不迭地敬了个礼。罗特嘴角紧张地抽搐了一下说，它来自圣托马斯岛，很年轻，是在塞内加尔被抓住的，和两只猴子、一只食蚁兽和一只巨蜥一起被运到了汉堡。

四个船夫扛着两根铁条，深一脚浅一脚地架着一只一人高的箱子沿着木板下到栈桥上，然后再挪到地上，他们咬着牙抬着箱子走过理事处，沿着陡峭的山路朝坡上走去，边走边唉声叹气，腿摇摇晃晃。他们打着水民的赤脚，裤子卷到膝盖处，玛丽看见他们的小腿肚子都晒成了褐色，因为用力而胀得鼓鼓的。她紧跟在四个船夫后面走着，比国王和随从们都靠得更近，罗特的话音在她耳中仿佛消失不见了，她只听见箱子里传出的极有规律的咕哝声。走到城堡草坪上时，罗特终于命令他们把箱子放下。

然后所有人都听见了。那是一种陌生的呼吸韵律，伴随着窸窸窣窣的兽喃声，在那种喘声面前，所有人都屏住了自己的呼吸。孔雀们飞上了树枝，在树上发出了尖叫，它们从来不会在白天叫。玛丽小心翼翼地把一只手贴到箱子上，箱子是用粗木条组装的，木条间的缝隙

第四章 | 莱尼

足以让人看见里面。她身边的一切仿佛都消失了。刚开始时什么都没有发生，然后玛丽看见了：有东西在靠近。孔雀叫得更凄厉了，就像孩子的哭声一样，也正是在此时，黑暗的箱中出现了狮子的眼睛。她没有拿开手。狮子的气息迎面而来，热烘烘、湿乎乎的。它比她大很多很多，它发出的咕哝声原来就是有规律的呼吸声。木板后的黑暗中，它的双眼就像闪着光的金块，在那丛冰冷的金色火焰中央，有一个杏仁状的小缝。

玛丽朝着黑暗中的那两块金块弯下腰来，某一个瞬间她似乎趔趄了一下，那道微光对她仿佛有一种无法抵御的吸引力。这时突然有一只手抓住了她的腰，把她拉开了。那人是国王！

"变化可真大啊。"

"是啊。看着太难受了！"

1825年8月一个烈日炎炎的日子。约翰·戈特弗里德·沙多[1]带着柏林艺术家协会的成员们来孔雀岛郊游。

---

[1] 约翰·戈特弗里德·沙多（Johann Gottfried Schadow，1764—1850），德意志雕塑家，柏林雕刻学派的创始人。

孔雀岛

他们受到了宫廷园丁的接待,沿岛漫步了一圈,然后有两个访客来到了机房附近的弗里德里希夫人的店铺,请她提供一些咖啡和点心。弗朗茨·约瑟夫·弗里德里希是阿尔萨斯人,以前是宏伟军团的一员,从俄国撤军时留在柏林成了一名机师,带着妻子和两个女儿过活。除了蒸汽机,他还负责岛上所有的器具维修工作,因为禁酒令的原因,他的妻子在岛上开了一个招待客人的铺子,柏林人都知道这个地方。

他们和弗里德里希夫人寒暄了一会儿,恰到好处地奉承了几句,又按惯例送了她一个小礼物,然后两个访客在花园里找了个舒服的地方,拿来两把椅子放在阳光中。花园正对着低矮的机房,背靠着岛屿高高的河岸,往河水的方向延伸而去。

"你难过什么呢?现在的情况比以前好多了!"年纪稍长的男人叹了口气,解开了大衣的扣子。天气热得让人窒息。他的目光投向了河面。机房里传来活塞运转的轰隆声。"蒸汽是我们这个世纪的未来。借助蒸汽的支持、手段和氛围,闵希豪森那些奇幻故事才会变成现实。我已经感受到了一个新世纪的胎动,它会在热腾腾的蒸汽中诞生。骏马们都要解甲归田了!没有人再需要它们。以后犁具都会自己动了。车夫用一根手柄就能驱动马车。"

第四章 | 莱尼

机师的妻子端着一个托盘走来,托盘里放着一大瓷壶咖啡,还有糕点。

"可是,这里的变化依然让我觉得很不舒服。全世界的动物都在莱尼的花园里落户了,一切都安排得很精心,用来教化和取悦大众。这个岛在我眼里就像一艘诺亚方舟,但正是这种感觉让我不舒服。"

"要是沙米索[1]在这里会觉得很开心的。他从南太平洋回来后,一直对各种奇观造物津津乐道。"

"你知道彼得·施勒密尔以前经常来岛上吗?"

"沙米索的施勒密尔吗?那可是个怪人,"他打了个哈欠,目光看向藤蔓,"你到底是对什么不满意呢?"

"我觉得,在这样一个又小又闭塞的岛上,养着这么多种动物,是一件很荒诞的事情。当然也可能是因为这里还有一些奇形怪状的家伙。"

"你是说我们在栈桥那边看到的女侏儒吗?"

"是,还有那个大个子家伙,她叫那个人巨人,我指的就是这两个。那些漂亮的兽宛本来是非常现代化的,我感觉,在这两个人的映衬下,那些动物园子好像染上了一种来自其他时代的恶趣味。"

---

[1] 阿德尔贝特·冯·沙米索(Adelbert von Chamisso,1781—1838),法籍德意志作家、自然科学家,创作了浪漫派著名小说《彼得·施勒密尔的奇幻故事》。

"别瞎想！听说她是已故的露易丝王后的侍女，可怜的孩子！因为大自然的无心之失，她才出现在了这里。她就像从古时国王们珍奇屋里那些匪夷所思的收藏品里走出来的。请允许我这么表达吧，当代人总以为自然背后是上帝的秩序，把它视为现代人形貌的基石，可是我们不能拿这个量尺来看待她这样的人。"

"正如你所言。可是那家伙的眼睛里，有一种和我们这个现代世界格格不入的东西。这种东西和现代世界毫无交集。看着她我突然意识到，自己的确是时代的奴仆，我们其实根本不知道，那些被抛弃、遗失的东西，到底真正意味着什么。"

"正是这样，世界才是合理的！因为万物都遵循着这个定律，旧的消逝，新的诞生。如果不是这样，我们会一生沉浸在悲痛感中，完全无法行动。"

"啊！我的小说，日思夜想的小说啊，总有一天我要动笔把它写出来，我要写的不是别的，就是这个蜘蛛网，时代空气中薄如蝉翼的那层茧，它稍纵即逝，在那些关于进步和启蒙的豪言壮志中，我们很难摸到它的痕迹。而我觉得，正是眼中的这个蜘蛛网决定了我们看待世界的方式。暂且不论施勒密尔在其中扮演着什么样的角色吧，这个蜘蛛网才是真相，也塑造着真相。那个我们不知道该如何理解的女侏儒也不例外。"

第四章 | 莱尼

年轻的男访客擦了擦额头的汗，呆呆地看着湖面。下午的暑气在小岛平缓的河岸边蓄积着。小屋的窗口大开，掩映在花丛中，屋里没有人。他清晰地感到了一种词不达意的痛苦。那个一针见血的句子总是从嘴边滑走。最终只剩下了绝望带来的深渊般的死寂。除了蒸汽机均匀的律动声，一切都悄然无声。蜻蜓在水面上嗡嗡飞着。

孔雀岛汇集美异之物万千，1827年11月，东普鲁士柯尼斯堡附近的布尔格斯多夫农林官在给内务大臣的信中写道：

> 然而依在下所见，普鲁士森林中的一种异兽也当有一席之位，因热切期盼岛上收纳异兽一员。在下已驯养麋鹿一头，性顺可牵引，且着其改变素日食性，饲以燕麦土豆，不若同类难以圈养。鹿亦食杨柳树叶，饲养简便经济。卑职恳请阁下请求国王意旨，允人快马加鞭将麋鹿从特拉克能送至柏林。

第二年夏天，这只麋鹿乘着马车从特拉克能出发，

10月7日抵达小岛。没到两个月，麋鹿就死了，虽然人们对它作了各种放血灌肠治疗，也无济于事。然而动物的运输队依然源源不断。埃伦贝尔格的一个教授送了一只西伯利亚狐狸和两只旱獭，卡尔登-路德维希斯鲁斯特的少将送了一群东印度母鸡，彼得堡的商人维尔纳送来了一只白兔，俄国的萨尔斯克瑟尔农场送来了三匹骆驼，和骆驼一起到达的还有它们的饲养员，斯坦尼斯拉夫·拉帕廷斯基少尉。岛上要给所有客人安排地方，小岛的动物数量已达几百头，而居民数更是高达八十。渡口新盖了一个船员宿舍，牧场的畜棚被改建成了马厩，农田也改成了牧养动物的草地。国王买下了但泽一处房子的文艺复兴风格墙皮，让申克尔贴在庄园楼的外立面上，从此这个地方就改名叫骑士庄园，供王子们居住，里面还设了仆役间。申克尔又在城堡和理事处之间设计了一栋瑞士风格的房子，让园丁手下的员工居住。

在忙碌的工作中，几乎没有人注意到，古斯塔夫的两个弟弟也都离开了小岛，每次玛丽和他们告别时都会痛哭，因为她总是想起古斯塔夫，想到自己对他的漫漫思念。三年的时光悄然流逝了，他离岛去服役和学习后，就再也没回来过，仿佛他的远行不曾意味着巨大的变故。他已经在她的世界中消失了。有时候他会来信，向叔叔汇报自己的见闻，他在信的末尾都会让叔叔转达对所有人的问候。玛丽总想象着那句客套的致意中也包括自己，虽然她也知道那是妄想。叔叔为了安慰她，让她觉得一切都在朝好的方向改变，曾提出让她搬到男孩们空出来的房间去住，那里条件更舒适，但她还是坚持一切维持原样。

然而一切并没有维持原样。1828年10月18日，玛丽像往常那样独自坐在理事处的餐厅里看《福斯日报》，在报上她读到了一桩让她心跳的消息。那则很短的消息提到，在宪兵广场附近的耶格街上，普鲁士海上贸易部正在举办一场声势浩大的展会，展览导师号护卫舰运到柏林的物品，她刚看到这则新闻时，还不是很在意。

导师号是一艘有些年头的双层甲板战舰，重达三百三十七吨，人们在弗格萨克港口对战舰进行了重新加固和镀铜，船上装着六门大炮，船员共二十一名，普鲁士海上贸易部斥资买下船后，满载西里西亚麻布，从好望角航行到智利，完成了普鲁士的第一次环海之旅。玛丽读到，战舰最先到达的地方是三明治群岛，在火奴鲁鲁前又停了一次船，买了很多货物，然后开到了中国广东地区，采购了茶叶，接下来又途经巴达维亚[1]和圣赫

1　雅加达旧称。

勒拿岛[1]回到了希维诺乌伊希切[2]。报上提到了船在路途中买到的各种珍奇异宝，其中不仅有商品，还有很多自然界和艺术类的稀罕物，所有这些奇物日前都在柏林向大众公开展出，以后城中还会为之建一个长期展览点。最后，《福斯日报》上提到，"为了未来的博物馆拥有良好的看护"，接下来的话让她猛地一震，"一名来自三明治群岛的志愿者已经抵达。他的名字叫哈利"。

玛丽的心剧烈地跳动着，自从第一次走进塔希提群岛室之后，她一直梦想着去那个地方，而此时此刻，有一个来自她梦中天堂的人，已经来到了城中。她仔细读着关于哈利的描述：哈利的年龄大约在十五岁到十八岁之间，不属于黑人种，虽然他黝黑的皮肤和扁平的鼻子和黑人颇为相似，但不同之处在于，他的嘴唇轮廓优美，发质柔顺，蓄得很长，他的肤色不甚均匀，手臂和脸上都有文身。他具有良好的领悟力，性情友善开朗，习性勤奋。除了一些多辅音的词汇，他已能说流畅的德语，最大的困难是"R"音节，对这个发音他毫无头绪。这名岛民对某位大腹便便的先生表现出了异乎寻常的喜爱，多次冲上前拥抱此人，以致有人担忧，作为食性独特的

---

[1] 南大西洋中的火山岛，隶属英国。
[2] 波兰西北部城市。

第四章 | 莱尼

岛民一员，他的热情是否与食欲有关，毕竟库克船长曾因此殒命。

在接下来的几个月中，玛丽在报纸上到处搜寻关于哈利的报道，然后如饥似渴地阅读着。她了解到，普鲁士海贸主席克里斯蒂安·冯·罗特，也就是护送狮子上岛的那位先生，给哈利安排了一个住处，让他照顾动物。她还读到威廉·冯·洪堡也拜访了哈利，向他打听三明治群岛的语言情况。玛丽坐在叔叔的工作室里，思绪翩跹地看着窗外。她在心中看见了南太平洋的棕榈树丛，在这里想象那个世界似乎并不困难，因为叔叔最近在屋里养了一红一蓝两只鹦鹉，它们站在铜杆上欢快地叫着，附和着玛丽想象中的世界。她的目光慢慢游离到窗沿上停了下来，那里放着一只不起眼的红玻璃杯子。

"施勒密尔先生，您给我讲讲柏林吧！我从来没出过岛！"

施勒密尔热情地跟玛丽讲起自己早上从柏林出发的过程。他说，自己住的地方离波茨坦大门只有几步之遥，每天的加急邮政马车就从广场上的那块里程碑处出发，那边还有很多奔波于各个官邸之间的马车，人们把它们叫做报车，因为它们也负责送报。施勒密尔说自己登上了一辆马车，坐在车里看着城市渐渐在身后消失，路上还听到了舍纳贝尔格教堂钟楼的钟声，然后又沿途经过了黑鹰饭店，穿过了斯特格里茨公园，到岑伦多夫的驿站换了马，然后又穿过杨树大道朝着万湖的施提姆格斯驿站走，再穿过森林到达斯托尔普，整个路程大约需要三个小时。从斯托尔普到渡口的路他是步行过去的，这条路她也知道。

"再跟我说说您在柏林住的地方，是什么样子呢？"

"我住的地方离施皮特尔市场不远。"他说。星期天的时候，他偶尔会散步穿过普伦茨劳城门，往普伦茨劳山上的磨坊那边走，站在那里可以远眺城市的美丽风光，有时他也会在那边的啤酒公园里坐下来，喝杯啤酒。菩提树下大街真美啊，他说起来就两眼放光。清晨的时候，整个街道人流如织，到处都是行色匆匆的工人和文员，然后那些高阶官员的马车纷纷停在各个机要部门的大门前，学生们在大学门口走来走去。每天中午，卫兵们会准时列队上岗。接下来的一两个小时里，一切又变得很安静，到了下午，街道上尽是闲逛的人：军官、保姆和来自斯普雷瓦尔特的贵妇们，她们体态丰盈，打扮得花枝招展。

"还有呢？"玛丽问。

第四章 | 莱尼

"有时候,国王会穿着一件灰色大衣,戴着一顶朴素的军帽,坐着一辆朴素的双驾马车去动物园,路上他都会跟人们打招呼。"

"还有呢?"

"有时候我会去一家叫科朗茨勒的甜品店,那家店就在通往腓特烈大街的拐角上,我去那是为了看店里放着的各国报纸。汉堡、科隆和布雷斯劳的报纸上经常会刊载一些柏林不敢发布的新闻。"

"还有呢?"

"秋天里但凡遇到个好天气,整个柏林的居民们都会沿着菩提树大街拥向动物园那边,男人们带着妻小,穿着礼拜日礼服,神父啊、犹太人啊、见习官员啊、妓女啊、教授啊,所有人都会去,包括那些制作女帽的女工、舞蹈演员和军官。人群走到勃兰登堡大门时,那些夏洛特堡的车夫就会招揽他们上车游玩。所有人都奔着克劳斯&韦伯那家店去了,店里的所有角落很快都坐满了人,咖啡冒着蒸汽,公子哥们点起了雪茄。我的小姐啊,您可知道,那是什么样的景象吗?我真希望自己是卡洛特[1],或是当代乔多维茨基[2],能给您栩栩如生地画出来!"

---

1 雅克·卡洛特(Jacques Callot,1592—1635),法国铜版画家。
2 丹尼尔·尼克劳斯·乔多维茨基(Daniel Niklaus Chodowiecki,1726—1801),18世纪德国铜版画家、插图画家。

施勒密尔说得手舞足蹈，明亮而精致的眼睛闪闪发光，玛丽看着他，心里觉得很快乐。今天她看见施勒密尔从船上走下来时，心里又惊又喜。他穿着一件蓬松的夹克，绿色的裤装和上衣都是相同质地，身上还用背带挂着一只巨大的绿色铁匣子，仿佛不是来游玩的，倒是来作植物学考察的。玛丽一看见施勒密尔就情不自禁地笑了出来，施勒密尔见到她也很吃惊，但很快就回过神来，对她报以同样的笑容，然后他就被玛丽拉着来到了她在岛上最喜欢的地方——岛顶喷泉"吊灯"边的广场上。

那根铸铁柱是在杜什尼基-兹德鲁伊（波兰）烧制的，位于水池中央的柱身呈波浪形，支着两个庞大的水池，水池里的水是蒸汽机泵上来的，1825年，在国王的诞生日，这个喷泉第一次喷出了水帘。喷泉的名字"吊灯"来自拉丁语，原意是指灯具，之所以取这个名字，是因为折映着阳光的水光熠熠生辉，宛如灯火。夏天时坐在这里，喷泉就像一丛冰凉而闪耀的火焰。喷泉四周种着高大的橡树，从森林里走来时很远就能看见，但路却很难找。直到喷泉的沙沙水声传到耳中时，访客才能发现一条通往这个圆形喷泉广场的环形小路，看到水雾在枝杈盘曲的橡树间渐渐消散。施勒密尔坐在池边的大理石椅子上，对眼前的一切仿佛视若无睹。

第四章 | 莱尼

"我总是观察着那些人,心里猜测着他们从何而来,跟在他们后面走。那里面有膏药贩子、舞蹈师,还有高官家的小姐们。人们在马车边买梅果酱,酱装在罐子里,买的人用一根木勺挖酱,四分之一磅卖三分尼,那些闲逛的人买来包在纸里舔得咂咂作响,这是他们的清晨小零食。有次我看见一个年轻男人,上身穿着一件黄色的短款厚呢大衣,领口是黑色的,扣子是金属质地,头上戴着一顶银色刺绣的红帽子,上嘴唇上留着一撮精心修理的黑色小胡子,心里就知道是一个大学生。还有一次,我遇到一个外地人,她头上围着一方鲜亮的柠檬色头巾,那种缠头的方式是法国的,一看她的面容和体态,就知道是法国女人,大概是战乱时流落到这里的。"

施勒密尔沉默下来,沉浸在回忆的图景中,玛丽也没有说话。然后他像突然回过神来,才发现自己跟着玛丽来到了这样的一个地方,久久地盯着"吊灯"和水帘中的光影斑驳,同时在衣服里摸索了一阵,掏出了一个扁扁的长盒子,从里面拿出了一支雪茄。

他又把盒子举到玛丽眼前,带着询问的眼神看着她,玛丽虽然从没见过这样的世面,只是听说过吸烟是一种时髦的举动,却毫不犹豫地从盒子里也取了一支雪茄。他又掏出了一个小工具握在手里,看不清是什么模样,只见他默不作声地用那个工具分别在两支雪茄的顶端打了个孔，然后点燃了自己手中的那支，一股好闻的香味腾空而起，然后他又把玛丽这支也点上。她小心翼翼地吸了一口，然后拼命忍住呛口的冲动，又把烟吐了出来，之后她感觉到，身体里缓缓涌起了一种奇妙的晕眩感。施勒密尔在一旁仔细看着她。

"它们来自古巴岛。"他轻轻地说，然后大口吐出了一团烟雾，烟把两个人都罩在了里面。

玛丽点了点头，又抽了一口。施勒密尔笑了笑。

"这里真美啊！早在罗马时代，人造喷泉一直是人们喜闻乐见的实用性的副产品。喷泉取悦完我们之后，水又会乖乖地流向需要它的地方。然而人们却总是迷恋上毫无实用性的美。《威廉·迈斯特》[1]中说：'人们看到任何和谐的事物都会心中感动，因为看到它们，我们会觉得自己并非身在他乡，妄想自己离心中的故土更近了一步，那个故土，才是心中美好而真切的自我永恒渴望的地方。'"

玛丽惊异地看着他。她读过《威廉·迈斯特》。然而她从来没有和别人谈过自己读的书，施勒密尔却是一个

---

[1] 德意志古典作家歌德的经典成长小说，共有两部，分别为《威廉·迈斯特的学习年代》（1795/1796）和《威廉·迈斯特的漫游年代》（1821/1829）。

第四章 | 莱尼

例外,她会很愿意和他谈。"不!您不能走。"

"我不能不走。"

"您要去哪里?"

"我要穿上飞靴,去希腊。您可以答应我吗,在我离开的这段时间,千万不要尝试土耳其烟草?"

"最好的方法是,"她说,"我也跟您一起去。"

"小姐啊,这可不行!"施勒密尔微笑着驳回了她的请求,"您的家在这里。"

"为什么?"她反驳道,"因为我是怪物吗?一生都要关在这个岛上?"

"怪物?"施勒密尔惊诧莫名地凝视着她,"谁说的?"

玛丽摇了摇头。说出那个词后,她很尴尬。刚才她想到施勒密尔也要离开她走向世界,然后俩人再也不会见面,忽然没控制住自己的情绪。

施勒密尔似乎看穿了她的心思,眼神里饱含怜惜:"不,亲爱的,您不是被关在这里。您是孔雀岛上的宫廷侍女,是小岛上最美好的象征!莱尼是不是用他那套关于美的邪说冒犯了您?"

玛丽又摇了摇头,避开他的眼睛,问他为什么这样说。

"您知道吗?我对当代人的审美观非常不屑一顾。他们说,古时候的美人造出了美的雕像,所以今天的人必须看着美的雕像，才能造出美人。可是世界比温克尔曼[1]之流想象的更大、更富饶。斯特拉孔小姐，您完全无需害怕这个世界。尤其是这个地方，这个小岛依然被一种古老的魔力庇佑着，"他牵起玛丽的手，贴到自己嘴边，"老实说，我真的很希望有朝一日能带着您去我在世界上最喜欢的地方。"

"是什么地方？"

"意大利有一个公园，名字叫怪兽巨石公园，那个公园是按照一个疯疯癫癫的王子的奇思妙想建起来的。园里到处都是怪诞有趣的东西，您一定会很喜欢。它就像这个世界一样。公园里有一块石头，上面写着一段箴言般的文字：Solo per toccar il cuore! 意思是'只是为了打动心灵'。这不是我们生于世界的使命吗？打动别人的心，也打动自己。无论我们身在何处。"

她一言不发地点着头，抽着雪茄，喷泉广场上没有一丝风，烟雾直挺挺地腾空而起。

---

[1] 约翰·约阿希姆·温克尔曼（Johann Joachim Winckelmann，1717—1768），德意志考古学家和艺术史家，对古希腊艺术的研究奠定了古典研究的基础。

第五章　兽宛

玛丽从新建了很多暖房的苗圃边走过，翻过小山顶，路过鸟舍和树篱时，突然感到一阵毛骨悚然，树篱还是国王的父亲以前从贝利茨的猎区运来的，是一个形状奇特的房子，一切都是用树皮做的，纹路、梁栋和壁柱都是用树皮材料修筑的，她之所以害怕，是因为这条路自从变成现在这样后，她再也没走过。然后她闻到了一股焦煳味，那味道在她意料之中，却依然让她充满恐惧，气味是从一处洼谷中传来的，小岛高高的河岸在那里陡然变峭，她蓦地感到一丝恶心，不由得停住了脚步。

随着越来越多的观光客拥上孔雀岛，这里原本是个避开人群的好去处，因为鸟舍后面的路上拉着一条粗粗的链子，禁止行人进入。出于禁令背后的原因，岛上的居民也渐渐地对这里敬而远之，那些不明所以的观光客都以为那条链子是为了让他们不踏足孔克尔遗址的地界。玛丽却对一切心知肚明。她缓缓向前走去。

今天的天气潮湿而炎热，几周以来都没有风光顾这个夏天，即使站在森林的树荫中，空气依然黏稠得让人难受。玛丽小心翼翼地走着，针叶在她脚下发出纸张碎裂般的声响。她知道沿着坡下去，就会走到那个散发着焦煳味的地方，那里正是炼金室的废墟，四处都是碎裂的墙皮和炉子废渣，她小时候经常在那里玩耍，几乎每次都能捡到一块红玻璃。今天她怀着对红玻璃的渴望，又一次来到了这里。只可惜，她早就不是孩子了。她觉得自己仿佛走在寻找过去的路上，那个过去才是她的家。她想起小时候自己总是沿着山坡狂奔下来，而此时却只能迈着缓慢的步子慢慢往下挪。她恐惧地看着面前那个空空荡荡的地方，里面的一切都是深渊般的黑色。她经常吃力地想象着，曾几何时，世间万物到底是如何井然有序、密不可分的样子，这样的世界不久前还存在着，那时她还是宫廷侍女，孔克尔还是真正的炼金师。然而那个时代已经落幕了，宫廷侍女也谢幕了，在她很小的时候，人们把这个头衔赏给了她，当时她多么幸福啊！然而那个头衔不过是狂欢节的道具罢了。

去年冬天，老贡德曼中风了，他在床上躺了很久，脸上就像被闪电劈过一样，嘴眼歪斜。叔叔请来的医生看了后，无言地摇了摇头，最后大家只能尽量给他提供最好的看护，等待着他的死亡。

玛丽虽然后来已经很少去牧场，但贡德曼病后她经常去看望，直到他临死前不久。他死在一个清晨，尸体躺在狭窄的小床上，高高隆起的脸颊让人想起棺木的形状。缠绵病榻的最后几个月，他已经不能说话了，有人搬了一把椅子坐到他床边时，他只能用一种含糊的咕哝声来表达欢喜或勉强。他需要人喂食，因为双手还保持着中风那一刻的形状，像爪子一样蜷曲着，痉挛着，仿佛要抓住什么东西，医生或许是出于对病人的同情，吩咐人用羊油反复给他的手做推拉按摩。有个老女仆一直在他病床前精心照料，然而粥还是从他扭曲的嘴角流下来，流过老人蓬乱的白胡茬，一直淋到污迹斑斑的睡衣上。

贡德曼似乎很喜欢玛丽来看他，或许是因为她比别人都坐得离他更近。她也不知道该对他说些什么，但她并不惧怕老人僵直的目光，毕竟那些城堡里的观光客一直都用这样的目光打量着她。她总是对老人的眼神报以微笑，感受着时间的静静流逝。有时她仿佛在老人的眼中也看到了一丝微笑，那时候他发出的呻吟和呢喃，那种和焕然一新的孔雀岛格格不入的声音，似乎也变得轻柔了一些。

他和她都属于另一个世界，而随着他的逝去，这个世界在岛上已经不复存在，她只不过比其他人撑得更久一些罢了。曾几何时，孔克尔为了深入大自然，在炼金室周围划出了一个魔法结界，而贡德曼和她又何其不同，所有人都是岛上的过客，就连国王和利希特瑙公爵夫人也不例外，那些满怀期望而来的人或许会相信城堡精心营造的童话，以为人在这里能摇身一变成为公爵夫人，就好像木头和胶水也能搭出一座城堡一样。美则美矣，却经不起岁月。即使对于贡德曼而言，农活也不过是一场游戏，因为他也知道，笼罩着岛屿的结界在自然面前根本撑不了多久，毕竟他们都是自然的孩子。在国王的热切期盼中，莱尼终于营造出了一个远离死亡的全新自然。玛丽每次沿着莱尼设计的路线穿过面目全非的花园时，都会惊讶于莱尼的成功，他做到了，所有那些格格不入的东西都消失了。他的中轴线像一道贯穿了自然的旋律，一切都服服帖帖地夹道而安，兽笼们就像昂贵珠宝的匣子一样，托着里面的奇珍异兽，笼子都锁得死死的，无论动物如何推搡栅栏，都无法逃脱。

乌泱泱的观光客围在狮子、猴子、袋鼠周围，好奇地张望着，每当玛丽站在这群人面前，听着动物的吼声，看着它们心惊胆战的眼神时，总会感到十分痛苦。她痛苦，是因为她完全理解动物的感受。她也是它们中的一员。人们来到这里是为了欣赏异国情调，在他们眼中，她也是异国情调的一分子，而这种情调的另一层意思是无足轻重。她已经不再渴望塔希提群岛了。一旦奇特之

第五章 | 兽宛

物的样本汇集到一个奇特的场所,它们的魔力也会消失无痕。玛丽害怕这样的热闹,在小岛开放的那些日子里,她一般都躲在自己的房间里。

此时此刻,她站在洼谷边,恶心的感受愈发强烈,每走一步都要忍住呕吐的冲动。动物们啊!她知道很多动物都死了,但直到此时,她走到这片宛如墓园般的死亡之地时,才知道那些笼子里发生了多少次死亡。它们从世界的各个角落赶来,最后葬身在这片废墟中。她看见了一只袋鼠的残躯,尸体被火烧得肿胀起来,巨大的尾巴僵硬地竖着。玛丽并没有察觉袋鼠少了一只。那边有一堆烧剩的焦黑骨头,应该是水牛,果不其然,她看见了它头骨上的牛角。到处都是匆促挖成的土坑,里面横着动物的尸体,上面草草盖着一层石灰,坑里遍布各种残躯,动物的腹部,一张嘴从石灰里探出来,像溺水者一样。白色的灰铺成了一条长长的路,向哈维尔河的方向拖去。人们搭了一个临时支架,上面放着鲜血淋漓的毛皮,那上面只有一块地方是干净的,能依稀看出毛皮的纹理。骨头和爪子成堆放着。那只袋鼠的残躯在火中肿得仿佛随时要爆炸一样,散发着难以忍受的异味。无数巨大的绿头苍蝇成团地飞着,她从来没在岛上见过这样的苍蝇,它们的样子仿佛从地狱里爬出来的。

她来时一路心惊胆战,害怕看到这样的情景,然而此时此刻,她的心突然平静了下来。她已经忘了自己是奔着红玻璃而来的,仿佛过去的魔力也终于消失了。她冷静而认真地走在火葬的残体间,看着它们无神的灰白眼睛,看着地上的血迹,突然想起了施勒密尔和他提过的那个花园中的箴言:Solo per toccar il cuore。只是为了打动人心。是的,这里的一切都打动着她的心。

玛丽知道,负责这里工作的人是猎手柯立普和他的手下,他无动于衷的脸浮现在她眼前。想到他时,她心里突然很难受,那个瘦高个的男人长着一双警惕的眼睛,曾经有那么一次,他对她动手动脚,而她没有反抗。自从她成年后,岛上有些短工和助手经常来献殷勤,她每次都推拒了。只有那一次,柯立普差点成功了。

拇指姑娘,女侏儒,是的。那是童话里的词汇——我们在开篇时就提过。可是,真的握住那只小得可怜的手,会是什么感觉?抚摸着她瘦小的脊背又是什么样的感觉?那难道不是孩子的身体吗?是的,那就是孩子的身体。这个小小的身体躺倒在身边时,床垫都不会下沉,她的动作像小鸟一样轻盈。然而事实并没有这么简单。他弯下腰,抓住她。然后,童话里那些耸人听闻的一切都消失了,和她的身体相比,她的嘴并不小,吻住那张嘴时,他仿佛进入了一个女人的世界,是的,她是一个成熟的女人。柯立普突然愣住了。就在那时,玛丽挣脱了他的怀抱,逃走了。

只是为了打动人心。可是,打动我们的,难道一直不是美吗?玛丽不禁想起了那些暖房,叔叔在里面日复一日地生产着美,随心所欲地让植物开花、授粉。多么可怕的工作啊!她想起了马尔科以前教给她的一句奥维德的话:Forma bonum fragile est。美是不堪一击的。

她又想起,有次巨人跟古斯塔夫开玩笑,把他高高地抱了起来,他经常那么干,让成年人瞬间变成孩子,或是侏儒。玛丽每次看到都觉得很好笑。然而古斯塔夫对巨人的拥抱猝不及防,在空中吓得连连惊叫。他蹬着脚尖叫着,脸上带着恶心而慌乱的表情,直到巨人把他放下来才作罢。是什么在打动我们的心?古斯塔夫曾打动了她的心,在她的眼中,他是美的,虽然他身上一直有种阴柔的气质,他的屁股很大,下唇湿漉漉的,看起来甚至有点女里女气。古人认为,完美的身体是脆弱的,所以阿多尼斯不是赫拉克勒斯,而后者从来就不是美的。古斯塔夫曾对她说,植物不懂得爱,也不会渴望。所以也可以这样理解,植物是一种美丽而无助的符号,表达着对抚摸的强烈渴望。但古斯塔夫连这一点都不接受。玛丽心知,比起花朵,古斯塔夫更愿意自己是植物的叶子。这都是莱尼灌输给他的。不知道他在远行的路上,是否改变了自己的观念?等他回来时,一切是否会变样？

玛丽背对着动物的尸体和腐臭的气息，像来时想好的那样，在一个树墩上坐下来，看着夏日中的哈维尔河，视线一直延伸到河的对岸。她打开一块方巾铺在膝盖上，方巾上面放着晒干的桑椹，这是她特意带到这里来吃的。她细细的手指在那些小小的果实里拨动着，有些桑椹颜色很浅，有些很深，其实她并没有什么食欲，但最终还是强迫自己把那些软乎乎的桑椹一只只扔进嘴里。

狒狒4只，孟加贝猴3只，捷克猴2只，山魁3只，僧帽猴3只，锡兰猴1只，袋鼠4只，雷珀尔山羊6只，西藏山羊27只，骆驼8只，苏格兰绵羊12只，埃及绵羊5只，肥尾羊4只，匈牙利绵羊16只，美利奴绵羊14只，牧赤鹿9只，旃鹿25只，孟加拉鹿1只，狍子1只，瞪羚3只，鹿马1只，瘤牛1只，水牛5只，阿拉伯沙瞪羚7只，澳洲鹦鹉2只，长尾小鹦鹉4只，狨猴4只，黑猩猩1只，豚尾猴1只，蜘蛛猴1只，皇狨猴1只，狮子1只，熊3只，狼1只，狼狗1只，圣伯纳犬4只，狐狸2只，野猪6只，中国猪1只，麝香猪1只，豪猪1只，孔雀岛天鹅2只，南美浣熊3只，巴西

第五章 | 兽宛

狐狸1只，刺豚鼠1只，旱獭1只，松鼠2只，野兔5只，白鹭6只，鹳4只，鹤3只，鹈鹕1只，鹦鹉1只，阿尔卑斯乌鸦1只，乌龟6只，海鸥4只，金雕2只，黄鹂1只，莺5只，雀鹰4只，猫头鹰1只，仓鸮2只，林鸮6只，长耳鸮1只，非洲秃鹳1只，各种鸭子85只，喜鹊1只，黑乌鸫16只，椋鸟5只，红腹灰雀8只，金丝雀4只，秧鸡3只，燕雀3只，锦鸡15只，蒲鸡2只，黑水鸡4只，渔鸥2只，各种鸽子119只，山鹑3只，孔雀63只，珍珠鸡31只，各种鸡119只，黑天鹅2只，咳声天鹅3只，大雁7只，各种鹅34只，野鸡13只，吐绶鸡13只，田鸫8只，鹌鹑8只，蜡嘴鸟1只，云雀5只，蓝冠短尾鹦鹉1只，赤胸朱顶雀2只，金翅雀2只，白鹇29只，芬特曼仔细记录着孔雀岛上的动物储备。

古斯塔夫远行后，三年就这样过去了。在他归期将近的那个秋天，野蔷薇的果实红了，刺李树的果子泛着幽幽蓝光，大家来到了田野边，在花果丛边生起了篝火烤土豆。这里的所有人，玛丽心想，其实都是孔雀岛上的怪人。这天不是观光日，在小岛对外开放的日子里，他们都避免聚在一起，以防引起不必要的注目。卡尔站在火边，他身边是来自非洲安哥拉的台奥巴尔特·依提萨，据叔叔说他是摩尔族人，长得孔武有力，皮肤漆黑，

— 157 —

孔雀岛

他只会说几句德语，借助这种有限的表达，他不厌其烦地炫耀着自己家乡的湖多么美丽。国王来岛上时总会召见他，而且特意吩咐他打着赤脚、裸露着上身来。多罗也和他们在一起，身为动物看护贝克尔的女儿，她从很小的时候就迷上了巨人。玛丽懂这个女孩，她也一样，喜欢看巨人笑起来的样子。有时候她会用整个小手握住巨人的大拇指，让他把自己高高抱起来。

这天，连克里斯蒂安都回到了岛上。兄妹俩已经很少见面了，这天他穿着一件材质柔软的褐色大衣，她觉得他的样子赏心悦目，秋风灌进了他的裤腿，篝火在风中烧得愈发欢快。枯枝在火中哔叭作响，很快就烧成了一簇白灰，园丁助手不断往火里添着柴火，人影在浓烟中忽隐忽现，其间他们还拿起锄头迅速地刨一刨，把冰冷的地面弄松一些。土豆袋鼓鼓囊囊的，在火堆里拖出了一条深深的沟。热浪从欢快燃烧的篝火上缓缓腾起，飘到了树上光秃秃的枝条间，然后又朝着天空散去。玛丽出神地望着那些在冷风中稍纵即逝的火苗。

突然，所有人都听见了一声狮吼，那声音令他们毛骨悚然，大家沉默了下来，面面相觑。这时玛丽想到，其实狮子也是他们中的一员，它和他们一样，是族群的孤品。其他的动物都是成群饲养的，这样有利于它们繁衍出下一代。然而他们却没有伴侣，因为他们的丑陋令人畏惧，这样的血脉不可以再传下去。狮子是危险的，它在孤独中发出的吼声让他们心惊胆战，然而他们的命运终将和这头狮子一样，在这里完结。

那年冬天，国王最后一次召见了玛丽。在过去的几年中，他已经很少召见她了，尤其是在他娶了奥古斯塔·冯·哈拉赫之后。所以玛丽被通知去觐见时，感到很意外。她走进城堡时，更惊讶地发现，里面竟然静悄悄空无一人，只有一个侍从引着她走上楼梯，为她拉开通往大厅的门，待她进去后又在后面合上了门。

大厅里也没有人，床边的椅子上散漫地搭着一条羊绒巾。玛丽走过去，抚摸着那条天蓝色的围巾，窗外是黑漆漆的夜晚，烛台上只点了寥寥几支蜡烛。玛丽认得这条围巾，它的绒毛来自岛上的尼泊尔山羊，岛上的人用它们的毛做了三条围巾，这是其中一条。这种精细的绒毛人们攒了好几年，攒到了差不多的时候，绒毛先是被运到波茨坦的孤儿院清理，然后又被加急送往亚琛，再由那里的信使带到巴黎交给普鲁士使臣，然后使臣又把绒毛送到了蒙马特区的佛丝街2号，那里有一家公司叫阿尔贝特&西蒙，前身是费尔南&菲尔斯公司，专营新式美利奴羊绒和喀什米尔围巾。在那里，羊绒被制成了三条围巾，然后又沿原路被送回了柏林。国王把其中的两条围巾给了两个女儿，俄国王后和荷兰公主。第三条围巾给了里格尼兹女亲王，也就是奥古斯塔·冯·哈拉赫，她是一个刚满二十七岁的女人，信奉天主教，门第并不显赫，因此和国王的婚姻被视为高嫁。

"陛下？"

没有人回答。以前他召见她时，总是坐在窗边，但他从来没有在夜里召见过她。玛丽有些手足无措，只好拿起羊绒巾贴到脸庞边，那围巾轻软如无物，散发着铃兰的香气。

这时大厅的一扇高高的侧门被推开了，一束幽幽闪烁的蓝光打在了木地板精致的纹理上。她一眼看见，站在门框中的人正是国王，可是他出现的样子却让玛丽吃了一惊，以至于怀疑自己是不是看错了人。国王穿着睡衣，逆着微弱的光线，玛丽看见他的睡衣是开敞的，露出了里面的白色内衣，连着袜扣的袜子踏在皮拖鞋里。国王对她招了招手，示意她过来。她把围巾放回到椅子上，默默走进了国王身后的房间，国王在后面合上了门。她知道，这是国王的寝室。

玛丽的目光不由自主地落在了床上。当她看见床上那一幕时，吓得立刻闭上了眼睛，甚至用手挡住了自己的脸。这时国王抓住了她的肩膀,她哀求地抬头看着他。她不想看!然而国王只是点了下头,示意她继续看下去。躺在那张狭窄的床上的人,是里格尼兹女亲王,她一眼就认出来了。国王带着自己的新妻子第一次上岛时,就把她介绍给了岛上的人,那时所有人都不由得想起了露易丝王后,那是一种冰冷的回忆,却比她死后任何时候都更加历历在目。

女亲王是一个高个子女人,身材健美而不失窈窕,嘴唇的形状很硬朗,留着黑色小鬈发。她站在那里的样子看上去有些苍白,却气派十足,看得出来,她特别喜欢自己脚上穿的那双马靴,靴子是上好英国皮革制成的,后来她每次上岛时都穿着这双靴子。她最喜欢骑的那匹阉马性情急躁,马仆暗地里叫苦不迭。女亲王热爱骑马,在柏林她还得顾忌礼节,用女士马鞍,穿长裙,但一到了岛上,她立马换上马靴和长裤,马刚被牵过来,就迫不及待地跳上去在草坪上驰骋起来。和已故的王后相比,俩人的差距实在不能更大了,已故王后在岛上的时候,如果不是带着孩子散步,都是坐抬轿出行。国王倒是安慰了一番芬特曼,说王后骑马造成的损失,他会额外偿付。

玛丽在床边一眼就看见了女亲王的马靴。马靴靠在脚踏边,帮靠帮,跟抵跟,整齐得一丝不苟,然而床上女人的样子却凌乱不堪。绣花被因为热被掀开了，摇摇欲坠地挂在床边，女亲王躺在床单上，健美的身体一丝不挂。玛丽又扭过头想走出去，国王却拦住了她，沉默地拉着她转过身来。她隐约闻到了一缕肥皂的香气，不禁朝着气味的方向看去，可是房间里唯一的光源就是那束闪烁的蓝光，她根本看不清床上究竟发生了什么。

初时她只看见了亲王苍白的身体，她痛苦地呻吟着，头扭来扭去，左手被锁在铁床架上，右手拿着一个器具，在双腿间来回动着，玛丽看不清那个器具的样子。然后她才发现床边还跪着一个婢女，那女孩年纪很小，留着和主人一样的鬈发。婢女身前放着一只球，那束闪烁的蓝光就是从球里发出来的，玛丽发觉，那束光似乎是女孩以一种奇怪的方式造出来的，因为她面前放着一个大理石托盘，上面除了那只发光的球，还有一个摇杆，那婢女一直在不停摇着那只柄，脸上和主人一样大汗淋漓。

园林艺术的发展和我们的性幻想一直并驾齐驱，两者永远分庭抗礼，即使在那些以其中某种技艺而闻名的国家也不例外。意大利有文艺复兴园林，与此呼应的是薄伽丘的情色小说；法国有规制森严的巴洛克花园，也有萨德这样放荡不羁的文人。而英国园林映射的正是我们的现代世界，它的倒影恰恰正是大城市的黑暗面，印在我们孤独而变态的心灵中，可怜的瓦尔特在伦敦游荡着，他的笔记带有一种机械的情色意味，宣告着爱情幻想的破灭。玛丽对此一无所知，她只能可怜巴巴地看向身后的国王。然而他和她的反应一样，一动不动地看着面前发生的一切。她突然有点同情国王。最后他感觉到了玛丽的目光，轻轻地推了一下她，俩人穿过房间，在两个女人的视若无睹中离开了寝室，走进了工作室，国王在身后轻轻关上了门。

国王坐在小书桌边的椅子上，书桌正对着一扇窗户，书桌的位置是他特意吩咐摆放的，窗外的夜色透窗而入。国王脸上带着无比严肃的表情，注视着从门缝里流出来的蓝色微光，坐了很久很久。玛丽不知道该做些什么，也不敢去问国王的意思。他的目光既呆滞又严峻。最后她走到了国王身边，解开了他的睡衣。国王似乎根本没注意到她的举动，眼睛依然死死盯着门口的光，玛丽开始搓弄他的阳具。国王射精后，她手捧精液行了个屈膝礼，然后悄无声息地走了出去。

第六章　毛与刺

1828年冬天的一个清晨,古斯塔夫终于按约定的时间返乡了,当他的声音从楼下的餐厅里传来时,玛丽从睡梦中倏地惊坐起来,心跳到了嗓子眼。她飞一般地从床上跳了下来,把睡衣沿头脱下来,然后就着门后儿童柜上的水盆洗脸。阁楼里寒气森森,她用手指敲破盆里的细冰渣时,却一点都没觉得冷。她哆哆嗦嗦地把脸打湿,又用手沾了点水擦了擦腋窝,然后迅速穿上内衣,再套上自己最漂亮的裙子,那是一件沉甸甸的织锦裙,颜色介于暗紫和黑色之间,她吸着气叹息着系上紧身胸衣,把头发梳高,系上鞋带,然后照了照小镜子,又扑了一点粉,最后才朝楼下走去。

"维也纳的冬天很美。"古斯塔夫正在说话。

玛丽走进餐厅时,无论是古斯塔夫,还是叔叔或姊妹,都没有注意到她。他继续往下说着,玛丽定定地看着他,双手扒着桌沿站着,手掌被袖口的绸边遮得严严实实。她用眼神抚摸着那张熟悉的脸庞。

第六章 | 毛与刺

"下一年去了因斯布鲁克、威尼斯、慕尼黑,还有荷兰。冬天我到了哈勒姆,在那边的斯雷福尔格贸易园林,园林总督已经提前帮我打好了招呼。"

"那边的图书馆一定很气派!"叔叔两眼放光。

古斯塔夫点了点头,又接着滔滔不绝起来,玛丽虽然很想听听他说的内容,却完全无法集中注意力。她一直在从头到脚地打量着他。他从来没给她写过一封信。玛丽经常想象,古斯塔夫回来的时候会变成什么样子。她多么希望看到他面目一新地回来。所以现在如何?她自问道。他看起来又长大了一些,脸上似乎还带着风尘仆仆的倦怠,在一双双圆睁的双眼前,他的眼皮耷拉得比往日更低了一些,除此之外,他的一切都没有变,还是和离家时一样。玛丽心中涌上了一丝恐惧,她害怕昨日的一切会重现。

"坐下来吧,玛丽。"

古斯塔夫瞥了她一眼,眼里的善意让她吃了一惊,但她还是摇了摇头,依然贴着桌沿站着。在这样的场合爬到儿童椅上,实在太丢人了。

"我在那边主要学习球茎花卉和蔬菜水果的培育。8月我又到了巴黎,给一个桃树园的园丁做助手,学习他的技术。然后我又去了里索朗日的弗浩蒙公园,在索朗-博丹手下学水果种植,夏天快结束时又换到了阿尔萨斯的博尔维莱,在那里继续学了一些相关知识。后来又去了卡尔斯鲁尔、杜塞尔多夫,最后才到了英国,去了伦敦、都柏林、格拉斯哥、爱丁堡、利物浦。因缘际会,我在那边认识了《园丁杂志》的主编卢登。"

"好,好!"侄子无论说了什么,叔叔都连声附和着。叔叔变得多么苍老啊!玛丽觉得,他似乎一直在苦苦等待古斯塔夫的归来,只有在古斯塔夫回来后,他才能允许自己老去。

"最后,我在秋天沿着河道回到了哈勒姆的斯雷福尔格园,一路上都是糟糕的暴雨天气,园里的人非常好心地收留了我一段时间。到了12月,我见圣诞节临近了,不想再耽搁,就急着一路从汉诺威、卡塞尔和魏玛赶回了孔雀岛。"

"是啊,你能在圣诞节回来和我们团聚,实在是太好了!"母亲不停抚摸着儿子的手,古斯塔夫对母亲微笑着。

"你现在还住在我们这里吗?"

玛丽清了清嗓子,才敢提出这个问题。可是话脱口而出的那一刻,她就意识到这个问题有多么傻气。可是,现在的古斯塔夫就像一个"那边人","那边人"是岛上人的用语,他们每次眺望河对岸的陆地时,就会用上这个词。在很久以前,玛丽和克里斯蒂安一起观察古斯塔夫时,哥哥说过一句话。哥哥说,他和我们一样,是个残废。可惜哥哥错了。古斯塔夫早就从往昔的茧中破壳而出了,只有她和克里斯蒂安还蜷缩在茧中。

"当然了。"古斯塔夫说,第二次笑着看向她。

"他当然住在这里。"叔叔也强调了一句,然后桌上突然一片安静。

曾经美丽动人的婶婶也和叔叔一样苍老了,这个虔诚的亨胡特女信徒的脸上已经没有了昔日的神采,她默默地放下了手里正在织的针线。芬特曼有点担心她。这栋房子越来越空,三个侄子都离开了小岛,家庭教师也卸职走了,所有的助手们都搬到了骑士庄园里,每天和他们一起用餐的人只剩下玛丽。在这样的时候,露易丝的沉默渐渐变成了他心里的大石头。他早上往城堡草坪走的时候,总是忧心忡忡地想着这些事情,不久前的一个清晨,他在草坪的雪地上看到了一摊血迹,几只孔雀的尸体躺在白雪中,喉部被咬开了。因为哈维尔河面结冰了,一些狐狸窜到了岛上,在夜色中袭击了孔雀。他到现在都没搞明白,这些狡猾的狐狸是怎么拦住孔雀,不让它们逃到栖息的树上的。他想到雪地里的那摊鲜血,想到那些被咬开的脖子上的蓝色羽毛,心里就一阵痉挛。他不禁又想起了莱尼,莱尼是古斯塔夫的伯乐,今年孔雀岛的改建终于大功告成,他多么高兴啊。路铺好了,树也种完了，安置着千奇百怪动物的兽宛也完工了，国王对兽宛尤其赞不绝口，认为已经超越了巴黎植物园。

莱尼在这一年被任命为园林总督，接手了舒尔策的职位，薪水是两千塔勒，差不多是他的四倍。木秀于林风必摧之，芬特曼心想。其实他不属于莱尼的反派阵营，但他也理解舒尔策的女儿卡洛琳娜的感受。卡洛琳娜在所有愿意听她抱怨的人面前大倒苦水，谴责天主教徒莱尼，说他是没有敬畏之心的异乡人，对高贵的霍恩索伦家族毫无敬意，说他野心勃勃、只知追名逐利、贪图财富，是个不知感恩的无赖，她带着鄙夷的神色说，他连拉丁文都不懂，完全靠着阴谋诡计才走到了这个位置。当然她有点言过其实了，芬特曼并不否认莱尼的才华，但是他还是更怀念莱尼来之前的小岛，那时草地仍是绵羊的牧场，他怀念岛上曾经盛产的鲜奶，怀念围绕着雅克布井的苗圃，怀念鲤鱼欢腾的池塘。

这个岛曾经是前国王的爱巢，它远离尘嚣，却又在世界之中，以前他还没有感受到这个爱巢的魅力，然而今天的小岛已经不再属于真实的世界了，每一棵树、每一条路都散发着人造的气息。有时他会隐隐闻到一种死亡的气息，岛上的一切都散发着这种气息，而只有最精致的美才能像浓烈的香水一样掩盖那种味道。美的这种奇效是新时代的魔法，或许它本身就是一种魔法。他和莱尼的观念不同，他不认为园丁的角色是画家或诗人，艺术感只是园丁各种使命中的一种。而他所创造的一切正在摧毁一些其他的东西。这是需要深思的。大地不是予取予求的。

芬特曼沉浸在思绪中，根本没有注意到理事处的餐厅一直笼罩在一种可怕的静默中，桌上洁白餐布上的咖啡杯根本无人问津。老人没有察觉到的内容很多，例如他的嫂子怀里抱着针线，眼睛却呆呆地凝视着白色的餐布，仿佛古斯塔夫返乡带来的快乐已经消耗殆尽，又例如古斯塔夫正定定地看着玛丽，玛丽却毫不回避他的目光。最后，沉默还是被身高只到桌面的小侏儒玛丽打破了。

"我带你看看岛上的变化。"她安静地说。

她的声音仿佛打破了屋里蓄积起来的巨大沉寂，一切又活络起来，婶婶深叹了口气，继续做起了针线，叔叔点了点头，仿佛他们在征求他的许可，然后拿起了杯子。过了片刻，古斯塔夫和玛丽像儿时那样，并肩朝坡上的城堡草坪走去。清晨的天气还是阴沉沉的，此时的阳光忽然明亮起来，照得他们睁不开眼睛。他们刚走过玫瑰园，古斯塔夫突然犹豫地停下了脚，因为他突然听见，无数陌生的动物叫声朝他们扑面而来。

玛丽早就习惯了各种飞禽走兽的独特叫声，毕竟在岛上的任何一个角落都无法绕开这种动静，她笑着回过头，看着站在草坪边踟蹰不前的古斯塔夫。她知道自己完全无法了解他此时的心理活动，但这并不影响她对他热烈的爱。她要做的，只是驱散他的恐惧。在这一刻，她只需让他短暂地忘记从前她在他心中的形象。她不知道是什么给了自己勇气，竟然产生这样的妄想。

"快来，"她说，"你一定要看看动物们。"

莱尼以城堡草坪为起点设计了两条通往森林的视轴线，其中一条轴线的视野非常开阔，可以看到小岛尽头的牧场，牧场像海市蜃楼一样浮在蓝色的哈维尔河上，而另一条视轴却以一种神秘的方式引向了森林内部。这种神秘感在树叶丰茂的夏天显得尤为强烈，然而到了冬天，从他们所在的位置看过去，只能看到红砖砌的山墙角，透过树木光秃秃的枯枝，还能瞥见兽宛的铁栏尖。动物的吼声就是从那里传来的。玛丽朝那边走去，古斯塔夫犹犹豫豫地跟在她后面，保持着一步之遥的距离。

兽宛的入口处就是骆驼屋，屋子是按照意大利风格建的，里面有一个塔楼，围着栅栏的庭院，还有一个喷泉，和周围虬枝盘旋的橡树和北地的桦树相比，整个骆驼屋显得格格不入，走进院子的人不禁都小心翼翼，生怕破坏了这个异域动物园中的人造温暖气候。园子里除了骆驼还养着几只鸵鸟，它们迈着从容的步子到处溜达着,此外还有褐色的羊驼和西印度鹿。几只普通鹦鹉站在塔楼顶上叽叽喳喳,它们身边还有几只红色和蓝色的长尾鹦鹉。

古斯塔夫瞥了一眼那几只鹦鹉,开口道:"黑格尔教授有次在讲座中描述了亚马孙地区的鹦鹉。结果我的同学里有一个人就是从亚马孙地区来的,他举手说,真实的亚马孙鹦鹉根本不是那样。你知道黑格尔是怎么回答的吗?"

玛丽摇头。

"那就是真实的遗憾了!"古斯塔夫得意地大笑出来。

玛丽身上带着喂骆驼的饲料,隔着栅栏,她用小手给里面的动物撒着谷料。动物们立刻聚拢过来。一只个头最大的从中挤到了最前方,玛丽欣然看着它薄薄胡须下柔软的嘴巴一开一合,小心翼翼地把谷料舔进嘴里。古斯塔夫在一旁看着她,又默默地打量着那只来自异乡的动物。

"我经常读卢梭。"玛丽找了个话题说。

"是吗?"古斯塔夫听起来非常惊讶,玛丽不得不向他解释了几句,自己为什么会看这些书。她以前从未跟别人谈起过自己读的书。

"马尔科还在的时候,我经常问他借书,现在叔叔也很照顾我,帮我从波茨坦、从科斯特图书馆借书。城堡书架上还有一些老书，可能是利希特瑙公爵夫人的，我都读了。你看过布干维尔的《世界环游记》吗？我特别喜欢这本。你还记不记得塔希提群岛室？"

"当然。"

"你知道吗？每次我在书里读到关于南太平洋以及那边住民的内容，总会想起我们的岛。书里说，那里四季如春，人们不穿衣服，用花环和贝壳装饰身体，那边的海洋永远金光闪闪，每次读到这里我就想，我们的岛也可以变成这样。"

"黑格尔提过，奴仆会发起自下而上的反抗。"

"卢梭说，果实属于所有人，而大地不属于任何人，如果我们忘记这一点，就会迷失方向。"

玛丽把手里剩下的谷料都撒到了围栏里，然后转过身来看着古斯塔夫。他的目光让玛丽有些惊讶。他从来没有用这样一种严肃而好奇的眼神看过她。毕竟，他们从来没有这样聊过天。

"黑格尔说，当历史中的两个人第一次邂逅时，他们就进入了一种殊死斗争的关系。他们争夺的目标并不是财产或是其他，而是纯粹的认可。"

认可，她在心中思忖这个词，反复念叨着：认可，然后点了点头。我们一开始就在争夺目光，她想。

"跟我来。"她轻声道。

第六章 | 毛与刺

莱尼很有技巧地把各种兽笼安置在森林的路径边,让它们显得仿佛浑然天成。从骆驼屋再往前走是鹰舍,然后是猴子笼,笼里挂着一些攀杆,猴子在上面攀爬,转着圈圈打闹着。他俩靠近笼子时,猴子的叫声忽然热烈起来,那声响简直震耳欲聋。领头大叫的是三只狒狒,古斯塔夫瞥见母狒狒鲜红的屁股,那形状就像卷心菜一样,厌恶地转过头来。玛丽假装没看见他不悦的神色,和两只白胡子的长尾猴打着招呼,那两只猴子一见她,立刻跑来用长长的手指抠着笼网的铁丝,忧伤地望着她。动物们在寒冷中打着颤。

古斯塔夫简直不敢相信自己的眼睛:他看见玛丽亲了亲小猴子,然后欣然接受猴子的亲吻。几只小长尾猴也跑到了他们身边,它们应该属于某种狨猴。还有几只蜘蛛猴吊在笼顶荡秋千,激动地咴着嘴叫。

"真恶心。"古斯塔夫忍不住说了一句。

他不知道,自从猴子们上了岛之后,玛丽就有了一个秘密。她很喜欢这些猴子,见它们在岛上很无聊,就经常来看它们。她跟猴子们混熟了,不久后,就瞒着理事处的人,偷偷问一个园丁助手要了一把剃须刀,定时来给猴子们的小身体剃毛。她边剃边拔,那是一个痛苦的过程,从肩膀到腿甚至到生殖器都不放过。此时她看着猴子们,想到了自己给它们剃毛的过程,对于她,那个过程很煎熬，却又有一种释放的痛快，她不知道古斯塔夫如果知道此事会怎么想。突然间，她情不自禁地笑了一声，摇了摇头，对他喊了一句。古斯塔夫在猴子们呼天喊地的叫声中没听清她的话，只勉强听到了"认可"这个词。还没等他问，玛丽已经走开了，她站在兽宛里最后一个笼子边，笑着示意他跟来。

他踱着小步朝玛丽走去，扪心自问，和她的重逢的确让他感到喜悦。遥想当时，他几乎是迫不及待地离开了这个小岛和玛丽，然而在时光的流逝中，他和玛丽的孽缘似乎变得不那么虐心了。当然他的离开还有别的原因，他必须脱离莱尼的控制，莱尼是他的金主，然而他在莱尼身边就像一个童仆，一种装饰品。莱尼那只穿过他头发的手。他在旅途中经历过几个女人，还有男人。但他确信自己已经克服了那个弱点。这时他骇然看见玛丽的身边趴着一头狮子，它的腹部靠在笼子的栅栏上，随着深深的呼吸一起一伏。狮子闭着双眼，一动不动地任由玛丽抚摸。它散发着一种庄严的气息。

"走吧。"他微笑着说，一边掩饰着对狮子的恐惧，一边拉着玛丽站起身来。

他们沿路走到一个圆形兽园，住在里面的是袋鼠和各种兔子。动物看护对它们照顾得尤为用心，甚至为它们的住所配备了暖气，以防这些娇弱的小家伙在冬天挨冻。

第六章 毛与刺

"可惜它们的寿命太短了。"

人们在园区的一棵橡树下放了一圈长椅,玛丽坐到了一张绿色长椅上。每次她走过这些笼子,总是忍不住想起孔克尔遗址,想起在那里被焚烧的动物尸体。想到那样的画面,她再也无法把小岛视为一个伊甸园,这里根本不是狮羊同眠的乐土,因为所有那些被运到岛上的动物都在死去,而它们死后又会有源源不断的新动物被送来。

古斯塔夫并不知道她心里的这些念头,他正在为终于摆脱了喧闹的猴子们和狮子感到高兴。他坐到她身边,望着从前庄园所在的地方,透过树林能看到庄园的全新外墙。橡树的树枝在空中盘错交结。他们还是孩子的时候,曾经溜进这里的树林中玩耍。古斯塔夫用鞋子把地上的石子踢到了一堆。再顺着路往前走就到骑士庄园了,庄园后面是牧场,现在是水牛吃草的地方,然后路会绕回来,穿过落叶松和冷杉树,通往熊住的坑洞和鸟舍。玛丽望着远处的鸟舍,那里面住的都是一些猛禽,有山鹰、猎鹰、雕鸮和猫头鹰。

"得带你看看鸟舍。"她说着,从椅子上滑下来。古斯塔夫默默地跟在她后面,走上了一条通往森林的沙子路。

圆形的鸟舍整个罩在铁丝网里,网像帐篷顶一样张在鸟舍上方,里面分了无数个不同的鸟笼,那些小笼子就像切开的糕点一样各据一方,里面养着来自土耳其和西班牙的鸡、美国山鹑、迷你鹭和白孔雀。俩人缓步绕着鸟舍走着,玛丽感觉到,古斯塔夫在鸟舍这里心情平和多了。他很喜欢白孔雀,靠在栅栏边想引诱它们靠近,孔雀却不理他。

"从这里往前有两条路,"她注视了古斯塔夫半晌后说,"一条路通往水鸟的笼子,另一条通往印度瘤牛和欧洲盘羊。"

古斯塔夫耸了耸肩,然后俩人走上了左边的那条路,他依然一言不发地走在她身边。玛丽想不通,究竟是什么改变导致了这种今非昔比的感觉,所有的心结都消失了,她的感知也变得无比敏锐。她闻到了森林土壤的气息,那是一种幽深而湿润的气息,她还听见了高空中寒风拂过树冠的声响。同时,她也确信古斯塔夫和她有一样的感受。她停住脚步,对他微笑着,那是一种介于柔情和友善之间的微笑,或许也带着浓浓的爱意,无论如何,这个微笑代表着她对他的所有好感。玛丽看见他眨了眨眼,也还了她一个微笑。夹道的古老紫杉树篱朝他们散发着阵阵幽香,这一刻她觉得自己很幸福。

"你离开太久了。"

他点了点头,坏坏地笑了一下。她惊叹他站在那里的样子。这么多年过去了。就在刚才,那些岁月还是有某种意义的。她的爱却已经变成了一块龙涎香,从生命甜蜜的暖巢中喷涌而出,然后又在海水咸涩的寒意中凝结成块。然而此时此刻,她心中的某种东西融化了。

玛丽总感觉,小岛也像动物一样,在被人们喂养着。古斯塔夫正在竭尽全力参与这种喂养,甚至做得更多:他刚回岛没多久,就一头扎进了工作,一点点地填补着莱尼离开后留下的空白。在岛上人看来,他的工作完全是在执行莱尼的意志。直到很久之后,玛丽才渐渐理解古斯塔夫想实现的是什么。岛上人开始像对待笼中动物那样,把植物当成珍品一样来照顾。有时候玛丽想象着,如果植物能像动物一样呼喊,会发出什么样的声音。然而即使植物会呼喊,人们也只会对它们置若罔闻,就像林峰上的那个"吊灯"一样,人们不会觉得它是美的,只会认为它是小岛浇灌系统的核心装置。岛上先是用陶制管道运输用水,几十年后,这些管道又被换成了铁管,管道把水送到玫瑰园、猴子笼、葡萄园、骆驼屋,再到水果园、骑士庄园和城堡,又以溪流的形式汇入水鸟池塘。种在勃兰登堡沙土中的玫瑰太渴水了,它们仿佛不是长在岛上，而是在沙漠中。如果不是岛上的人工供水系统，新来的植物也会像动物一样纷纷死去。

钢铁活塞在火焰的驱动下有节奏地运转着，为岛上精巧的浇灌系统生产着动力。得益于这样的浇灌，人们培育了很多新植物，根据它们对温度的要求搭建不同类型的大棚，还建了一个种植樱桃和花卉的混合棚，此外还建了专门用来培种的暖房，种子在暖房里发芽后，才被移植到普通暖房中，然后再种到花园里没有暖气供应的温床箱里。暖房、种植棚、养育室，所有这些玻璃房子其实都是假肢，只有借助它们，南方的乌托邦才能在勃兰登堡的天空下存活下来。而大羊驼之所以会死去，是因为它们敏感的脚无法适应普鲁士冰冷的泥土。大棚的玻璃吸纳着阳光和炉火的温暖，植物在这样的玻璃下抽枝拔芽，然而它们早已不知自己身在何时何地，它们在吊桶里被园丁们运进运出，在芬特曼和侄子的摆布下懵懂地开花结果。3月的梨子，圣诞节的葡萄，人们通过调温让它们不进入冬眠，在形形色色的暖房里指挥植物的发育，甚至能让植物像热带地区一样，同时开花和结果。

园丁的技艺虽然让玛丽叹为观止，然而看着他们随心所欲地用自己的节奏来摆布植物的生长，她只觉那是对自然界季节循环的一种恶意干涉。每次她跟着古斯塔夫来暖房帮他为幼苗移盆，看着里面那种人为的美，心里就十分压抑。她觉得,在这个地方,似乎自己的畸形也放大成了无所遁形的怪诞。这天他们在暖房里时,门突然当啷一声被人关上了,满怀心思的玛丽被那声音吓得打了个冷战,仿佛做坏事被人抓了现行。

王储站在门口,从头上摘下了军帽,又唏嘘了一声,解开了身上那件沉甸甸的羊毛斗篷。暖房湿热的空气让他全身都开始发汗,刚才在外面,他身上的军装还弱不禁风,完全抵挡不了1月寒风的长驱直入。一到了暖房里,军装突然变得像铅一样沉重,连呼吸都变得十分艰难。王储快速地把斗篷脱下来扔到一边,解开了军服的扣子,眼睛却望着窗户,雪花一落到窗户上就倏地融化了,变成涓涓水溪流下来。

暖房里白漆柱子是铸铁做的,柱身上缠着常春藤。柱子底端扎在裸露的泥土中,土壤中有几条石块铺的小路,路边是挖出来的供暖道,里面流着潺潺水溪,温暖的潮气从水中蒸腾而起,流水发出汩汩的声音,有几处供暖道上盖着铁板。靠窗的位置放着宽大的桌子,桌上放着各种盛满花土的屉子,里面还插着园丁铲和耙子,屉子旁边放着一堆花盆。暖房是一个颀长的空间,坐落在种植园朝南的位置,面向着大陆,高高的后墙边挖出了一方深深的水池,水池上有一个绿锈斑驳的铜制水龙头,细细的水流沿着龙头落进池中。池水中的浮萍映得整个池子都绿幽幽的。玛丽知道水池里养了金鱼，有时在池边能看到它们色彩绚丽的背部。每次园丁在池子里洗花盆时，金鱼们都会躲进深水里。高大的暖房正中间放着几个巨大的吊桶，桶里种着三棵桃树，其中的两棵正在开花，另一棵已经结果了。

古斯塔夫走过来摘了一只桃子，在池边的水龙头下简单冲洗了一下，递给了王储。王储咬了一口桃子，汁水沿着下巴流了下来，他不得不弯下腰，防止果汁弄脏身上的军装。

"谁不曾听闻喀什米尔的河谷，"王储用英文吟诵道，"那里玫瑰明媚／举世无双／更有庙宇石窟／喷泉也如此清亮／宛如水波上脉脉含情的目光。"他吐出桃核，走到水龙头洗了洗嘴和手，问道："还记得吗，古斯塔夫？"

古斯塔夫点了点头。他记得很清楚，那是他刚开始在柏林服役时的事，有一天他意外地收到了王储邀请他进宫的消息。当时俄国大公正携妻子（也就是王储的妹妹），在柏林作短暂停留，王宫特意为他们举办了一场罗曼采《拉拉罗克》的演出，宫廷乐队指挥贾斯帕罗·斯彭提尼谱写了剧目音乐，申克尔绘制了舞台背景，他画了很多印度宫殿，宫殿背后是一片雄浑古老的森林，林中到处是棕榈树和异域花朵。

"前不久吕纳堡报纸上登了一则消息，说有一座完

第六章 | 毛与刺

整的印度庙宇正在市场上拍卖,那个庙被分装在二十二个柚木箱子里。卖家的经纪人在汉堡,据他说,一个英国人在孟加拉把这个庙拆装打包,用船运了出来,可因为艺术品的关税太高了,他只能放弃原先的计划。我征求了父亲的许可后,以匿名买家的身份,花了相当于一千五百塔勒的汉堡先令,为孔雀岛拍下了这个庙。"

王储走进暖房的时候,玛丽一直在等着他和她打招呼。在过去几年中,他已经很少上岛了,但玛丽相信他还记得小时候他们在夏天一起玩耍的时光,而且在他们长大后,还在塔希提群岛室有过一次意外的邂逅。现在的他已经三十多岁了,当年的少年模样已经消失不见。然而王储一直没有理她。暖房让两个男人大汗淋漓,玛丽却能忍受这样的炎热。她觉得自己仿佛也是一个异域果实。她每次来暖房都穿着领口开得很低的单裙,但即使穿得这么单薄,她的皮肤上还是沁出了汗珠。

"古斯塔夫?"

"怎么了,玛丽?"

僧帽猴黑黑的大眼睛里泛着湿润的水光,眼中映着天上飘过的厚厚秋云,这样的云层通常预示着冬天的临近。这只猴子和同伴们是公使参赞冯·奥尔福斯从里约热内卢送来献给国王的,人们在荷兰属的圭亚那雨林中抓住了它们,然后又在帕拉马里博将它们装上了船。僧帽猴用长长的手指扒拉着笼子的铁栏,对笼里其他的猴子视若无睹,它的脸是裸露的,面部周边长着浅色的细毛,仿佛穿着一件毛色考究的连帽大衣。猴子一直在做鬼脸,每一个鬼脸都带着一种忧伤的神色,有时它会发出温柔而低沉的哀叫,然后又换成狗一样的愤怒吠声,毛茸茸的尾巴绕在脖子上。

这只猴子看不见此时正从渡口朝牧场踱步而来的那行人,却清楚地听见了人语、石子路上的脚步声,还有女士乘坐的马车的喧声,它的哀鸣声变轻了,仿佛在聆听是否有人来看它。然而不久后,一切又复归了平静,猴子捡起散落在地上的坚果,其间有一只蜘蛛路过它身边,猴子闪电般地用长长的手指抓住蜘蛛,吞了下去。

申克尔很早就为露易丝王后的陵墓雕绘了一个门廊,然而因为计划一直耽搁,今日才姗姗来迟地从夏洛特堡宫运到了岛上。因为门廊已经旧了,所以在这个1829年的秋天,岛上只是举行了一个小型揭幕仪式。玛丽站在代表着王后黑森家乡的红色石英柱子下面等着,国王带着里格尼兹女亲王首先走进了陵墓前的狭小空间。这里的陈设非常简单,最显眼的是高处的王后半身像,是劳克斯的作品。芬特曼在雕像前的地面上放了一束岛上在秋末时节依然盛放的鲜花，这束花是整个寡淡空间中的唯一亮色。

玛丽看到女亲王觉得非常尴尬。亲王挽着国王的胳膊，听着国王对她说话，一脸喜气洋洋。玛丽扭过头寻找着古斯塔夫的身影，发现他站在叔叔身边，一旁还有一个白发老人，那老人和叔叔的样子颇为神似。她对古斯塔夫微笑了一下，古斯塔夫也远远对她点了点头，正在这时，王储突然走到了古斯塔夫身前，玛丽不禁又想起了上次在暖房他对她视若无物的样子，心里蓦地一阵刺痛。

玛丽还是第一次见到王储的妻子，巴伐利亚的卢德维卡公主。据说这对夫妇感情很好，然而因为一直没有生孩子，引起了各种流言。有人说胡弗兰德医生诊断王储没有生育能力。他的两个兄弟威廉和卡尔也来了。卡尔年纪不过二十来岁，已经是少将军衔了，他目前正在负责格里尼克的改建，从那边过来并不远。夏洛特公主十二年前就去了莫斯科，梅克伦堡世袭女大公亚历山德琳娜目前不在柏林，家族中最小的公主露易丝四年前被封为荷兰公主，也没有来。那个穿着禁卫一团军装的瘦小男人是阿尔贝特王子，年纪还不到二十岁。

国王看向自己的几个孩子，挥了挥手，让他们来到自己身边。女亲王没有加入他们,转头和站在王室家族一侧的两位艺术家攀谈起来。玛丽认识那两个人,他们以前来岛上作过画。利奥波德·比尔德是柏林一所兽医学院的老师,曾经给那头在岛上夭折的普鲁士麋鹿画过一张画。克里斯蒂安·利奥波德·穆勒对骆驼和袋鼠特别感兴趣,给它们画了无数张素描。玛丽只知道人们会给国王作画,却不懂他们为什么要画麋鹿和袋鼠。也许以前的人也会给她和巨人画像吧,玛丽想,这时,身为学院教授的穆勒教授正在口若悬河地说着什么,仿佛正在给听众作讲座,玛丽听到他说的内容,不由得吃了一惊。

"有些鸟类有阳具,"他正说到这里,"或者是一种有阳具功能的柱形器官,可以伸缩自如。例如鸵鸟、鹤驼、鸭子、天鹅、鹅、鸨鸟、乌安杜鸟。"

"是吗?"亲王好奇地问道。

玛丽看见亲王脸上露出了一丝掩饰不住的笑容,仿佛她很得意能在此刻进行这样的谈话。穆勒却一脸无动于衷,仿佛丝毫不觉这个话题非常不合时宜。

"不过公鸵鸟的阳具是很长的,大概有五到六寸那么长,阳具上有一道空心的凹道,是用来输送精液的。它的阳具形状就像舌头一样,勃起时尺寸会暴涨。"

亲王点了点头,嘴里发出唏嘘声。这时她突然看见了一旁的玛丽,眼神闪烁了一下。

"丽达的神话里也是这么说的。"利奥波德在同伴的介绍上又补充了一句。

玛丽的脸腾地一下红了。亲王目不转睛地看着她,仿佛在回想自己是否认识她,是否要把她视为一种威胁,其实她们已经见过好多次面了。玛丽因为畸形的原因,反而经常能赢得人们的信任,她对这样的反应已经习以为常。她知道,只要自己保持面无表情,就能穿过人群而不被注意。亲王带着一种恶作剧般的眼神,问两位画家是否了解那些雌雄同体的软体动物的生殖器官,据说那种器官的结构非常精奇。比尔德摇了摇头。

穆勒却道:"蝗虫只有精子包囊。我曾经见过一只母蝗虫压在公蝗虫身上,像玩闹一样咬住了它的腹部。公蝗虫挣脱开来,想逃走,但母蝗虫又把它抓了回来,然后母的踮起高高的后腿站着,和公的肚子贴着肚子,两只尾部的顶端缠绕在一起。然后公蝗虫那个颤动的肚子里突然伸出来一个巨大的东西,仿佛它把自己的所有内脏都翻了出来。这个管状的东西就是精囊,母蝗虫把精囊贴在自己腹部,然后一走了之,而公的却因为巨大的创伤倒在地上起不来。"

"那它还能恢复过来吗?"亲王问,"还是说它会因此而死掉。"

"是的，王后说得不错。公螳虫会死去。"

"那狮子呢？百兽之王的爱情生活是怎样的？"

亲王问得很大声，导致围着内廷大臣和私人医生的那群等候的人都惊讶地回过头来，古斯塔夫和芬特曼也在人群中。冯·马尔特赞恩男爵——杜赤沃、赫尔茨贝格和伦首的封主、普鲁士枢密官兼王室城堡和园林部长，狐疑地打量着王后的一举一动，而威廉·胡弗兰德医生依然埋头和芬特曼谈着什么，这位老人虽然年届七十，却依然在柏林的夏里特医院工作。叔叔最近几周一直在感冒，所以见到胡弗兰德立刻就和他谈起了病情，然后又聊到了其他。

"乌克马克那边"，年迈的宫廷园丁说，"最近送来了一头公山羊，乳头和普通山羊一样，轻轻挤一下就能出奶。"

他说这些话的时候，眼神越过了胡弗兰德，看向了国王和王子们。他们站在露易丝雕像前的那个场景，唤醒了他对战争的记忆。哈登堡曾经苦口婆心地劝说年轻的王后，在大厦将倾时力挽狂澜，走出了勇敢的一步，最终赢得了胜利。然后她就去世了，而在那段历史的浪潮中，所有人都没有注意到，真正启动这段历史的人已经溘然长逝。毋庸置疑的一点是，维也纳会议埋下了错误的种子。哈登堡和施泰因在普鲁士和俄国的交易问题上针锋相对，是不幸的由头。芬特曼心想，一切倒错都是从那时开始的。

今天呢？那场会议带来的和平已经变得千疮百孔。希腊正在掀起反对庄严朴特[1]的独立运动。波兰政局和法国局势一样流言纷飞，据说波林尼雅克公爵的手段激起了人民的反抗。就连柏林的大学生们也开始唱起了大逆不道的歌曲，芬特曼灰心丧气地想。他身边的胡弗兰德医生看着露易丝王后的雕像，却勾起了另一段心事。他回忆起1806年，王室在拿破仑大军来临前被迫流亡，当时他是露易丝王后的随行私人医生，经常和她一起坐在马车里。每次她的目光掠过外面的平原时，都仿佛在寻找着能让她不再远行的东西。然而车队还是无穷无尽地在普鲁士的大街小巷穿梭着，一直走到了柯尼斯堡。

"芬特曼？"

叔叔闻声吃了一惊，这才回过神来。"在的，陛下。"

国王站在两位老人面前，双手背在身后，眼睛却瞅着人群那一边的里格尼兹女亲王。她还在和利奥波德·穆勒聊天，不时发出开心的大笑。穆勒是一个年轻的公子哥，穿着一件不太应景的天鹅绒礼服，稀疏的头发留得很长。

---

[1] 庄严朴特指奥斯曼帝国的底万，是政府政策制定的地方。

"巴黎。巴黎附近的帕西有个叫菲尔希龙的,联系了国务部长阿尔滕施泰因,打算把收藏的四十二棵棕榈树卖给柏林植物园。"

"哦?"

"是的。那位菲尔希龙先生好像暖房里放不下了。报价三万法郎。"

"这个价格太贵了。"

"的确。但据说单株的尺寸极为可观,光凭这一点就值得买下来。已经决定收购了。但不是给植物园。"

"不给植物园?那要放到哪里?"

"这里。孔雀岛。"

"哦,这个主意实在太棒了。"

"长在岛上,它们那种天然的特点会格外引人注目。已经吩咐植物园监察去买了,还让沙多宫廷建设司的监察做好规划,明年春天建成一个棕榈屋。"

国王用目光打量着站在叔叔身边一言不发的古斯塔夫。他沉思了片刻后,脸上滑过一丝微笑。"年轻人,你愿意跟园林总督一起去巴黎吗?听说你对巴黎颇有了解。"

古斯塔夫忙不迭地点着头,结结巴巴地表示愿意。王储这时刚好也和兄弟们一起走了过来,听到这个建议也表示很高兴。王储今天本来打算让父亲看看那个印度庙，庙早就用船运到了汉堡，目前暂时安置在城堡草坪旁边。他已经和内廷大臣商议过这个方案。不过现在他决定放弃原先的计划，听闻父亲要建一个棕榈屋，他不由得开始想象这个东方风情的庙宇和棕榈屋摆在一起的样子。然而要让美景成真，还需要很具体的规划。

陵墓的大理石间已经长出了青草，墓石上盖着落叶，纹饰的凹槽里汪着雨水，小鸟立在旁边喝水，蜗牛在上面爬来爬去，刺猬忙着在角落里筑巢过冬。在这一天，没有人打乱它们平静的节奏。谁也没有管它们，很快就踏上了返回渡口的路程。女士们登上马车，其他人步行，因为天色渐晚，大家都着急回去，他们穿的衣服很单薄，经不住落叶萧萧的秋寒。玛丽自然是没有资格坐马车的。在回去的路上，她趁人不注意脱离了大部队，跑去看那只僧帽猴。猴子的眼中依然飘着片片秋云，直到玛丽站到了它身边时，才发现她。

施勒密尔上次来岛之后，彼得·布施，也就是给叔叔供应球茎花卉的卖家，给岛上送了一批艺术和贸易园林用品，运来的物品中有一个指名寄给玛丽的箱子。箱子里是几打巴西雪茄，品牌是施勒密尔上次给她尝试的那种。箱子里除了一封简信，还有一个小小的纯银打孔器，以及一个小盒子，盒里装着硫酸和小火柴，火柴的一头用氯酸钾、硫磺、蔗糖和橡胶刷过。用的时候，要打开盒里的小瓷盖，把火柴头浸到里面的硫酸中，火柴就像被幽灵之手拂过一样，燃起了磷磷火光。如果一直把火柴浸在酸液中不拿出来，那种腐蚀性的液体就会溅到人脸上，玛丽的脸颊上也因此留下了一个伤疤。此刻她在猴子身边小心翼翼地点燃了一支雪茄。

　　她抽了几口雪茄，一边看着小猴子好奇地攀在笼子铁栏上的样子，它仿佛在期待着什么。于是玛丽噘起嘴，把一团雪茄烟雾喷到猴子身上。猴子对她的举动似乎毫不惊讶，也完全没有生气的意思，却发出了一声心醉神迷的呢喃，闭上了双眼，嘴里流出了口水。玛丽又朝它喷了一口烟，仿佛在给它注入灵魂。猴子抽着鼻子大口呼吸着，一动不动。最后玛丽把快抽完的雪茄塞到了铁栏里，嘴里发出引诱的吸溜声。猴子一把抓住烟头，放进嘴里大口抽起来，玛丽却转身走了。

　　"为什么自然的美总是有缺憾？"

　　"什么？"

　　"这是黑格尔的问题。他认为自然中不存在毫无瑕疵的美。"

　　古斯塔夫躺倒在深深的草丛中，眯着眼看着头上的玛丽。她背后的天空泛着一种销魂蚀骨的蓝色。"如果是动物的话……"

"我不是动物。"玛丽打断他的话,站在他身前微笑着。

"动物要保证自己的存活,只能站到它眼中那个无机自然的对立面,它要撕裂、消化、吸收这个自然,把外界的东西转化成内部的东西,这样它才能实现自己的存活。"

"为自己而活。"

"是的,但动物的这种自我存续、自我感受以及灵性和人是不一样的。动物的生命中只有欲望,它的所有肢体都服务于自己的存续,它们挂靠在生命上,生命也挂靠在它们上。我们注视动物的时候,看到的不是主体,而是某种形象的轮廓,包裹在羽毛、鳞片、毛发、皮、刺、壳中。黑格尔说,这种包裹虽然是动物的特性,但其实和植物并无区别。"

"所以你的哲学家认为,毛和刺跟树叶是一样的?"

"是的。"

"这个想法真不错!"

"但在黑格尔看来,这种形式也导致了动物之美的致命缺憾。因为我们在动物身上看到的永远不是它的灵魂。动物展现给外界的表象和它的内心永远无关。那种表象是低等生物的形态，里面毫无灵魂。"

"那人呢？"玛丽也躺倒在他身边，疲惫地把头埋在凉丝丝的草丛中，草发出唰唰响声。

古斯塔夫立刻翻了个身，面朝着她。他们头抵头侧躺着，深深的草丛把他们遮得严严实实。外面的世界寂静无声，俩人仿佛是误入昆虫世界的不速之客，躺在这个世界的外壳上，聆听着各种虫子窸窸窣窣的叫声。古斯塔夫对她微笑着，蓦地抬起手抚摸她的额边。玛丽的心跳到了嗓子眼，激动地闭上了双眼。究竟发生了什么，让他能这样对待她？她不知道，也不想打听背后的原因。

"人呢？"她又低语道。

"人？"

"是啊。"

"人是一种高等生物。人的皮肤不是植物性的无生命外壳，从表皮上就可以感觉到血液的流动，跳动的心脏迸发活力，指引着一切。不过人的身体虽然和动物不一样，在表象中可以感到生命力，但这种表象依然表达着一种自然性的渴求，体现在人类身体的分区、皱纹、毛孔、绒毛、毛细血管中。"

"你能感觉到我的心在怦怦跳吗？"

玛丽依然闭着双眼，感觉到古斯塔夫抚摸她额头的手突然停顿了一下。

"黑格尔认为，人类躯壳最大的优势在于它的敏感。"

玛丽闭着眼睛点了点头。然后古斯塔夫吻了上来，先是温柔地吻住她的唇，然后动作变得越来越迫切激烈。她羞涩地用小小的手围住了他的脖子。他们无休无止地吻着，呼吸着彼此的气息。不知何时，他的头也贴着她埋进了深草中。她依然没有睁开双眼，额边却感觉到他悸动的脉搏。

"原谅我吗？"他轻声问道。

玛丽又点了点头，带着孩子般的严肃，默默地将他的头搂在臂弯里。我原谅你，原谅那些岁月，那些在无意义中流逝的年华，所有的光阴。

他们久久地躺在深草中，玛丽呼吸着小岛泥土的气息，心中涌起了一种异样的感觉，她一直回味着那种异样，最终才明白过来：她不再为自己感到羞耻了。这是她人生中第一次不为自己感到羞耻。小岛的确是一个天堂。玛丽感到由衷的幸福，这种幸福感更甚于童年的快乐，同时她又不禁有点忧伤，因为她需要经历这么多岁月，才能获得这样的感受。天堂就在这里，她心里想着，此时她才明白，人们在小岛上究竟在寻找什么。她睁开眼睛，看着无垠蓝天的穹顶处，那里有一只鱼鹰正在默默盘旋着。

"那植物呢？你的哲学家怎么看植物？"

古斯塔夫挺身坐了起来，用一种突然变得严肃的眼神凝视着她。"植物吗？他对植物不感兴趣。黑格尔说，植物没有自我意识，也没有灵性，它们只会一味地制造下一株同类。植物不会吸纳外物，也没有感觉。"

"所以？"

玛丽突然感觉到一丝不对劲。其实她也不知道自己为什么要提出这个问题。或许是因为往事，因为她情不自禁地想起了蓝色的绣球花。她多么希望自己没有提出这个问题。然而一切都太迟了。他笑了。那是一种梦游般的笑容，仿佛刚才的吻根本没有发生。仿佛她根本就不存在。那个笑容让她不寒而栗。

"植物，"他脸上带着那种仿佛贯穿了她身体的冰冷微笑说，"植物没有欲望。它们也不会给人带来痛苦。"

1830年7月3日，菲尔希龙的棕榈树收购手续在巴黎完结后，那批树被打包运到了一艘专门租用的蒸汽船上，花了六天时间，开到了勒阿弗尔港口。负责在勒阿弗尔迎接的是普鲁士海贸部的导师号，船长是舒尔策。棕榈树在这里被卸装到导师号上。7月23日，船下海启程了，古斯塔夫在运树的船上随行，而柏林植物园监察官弗里德里希·奥托则、格罗皮乌斯和贝克曼先生从陆路赶回了柏林。8月6日，导师号抵达了斯德丁，棕榈树在那里被分装上了两艘奥得河轮船，这一段路程也耗时多日。8月20日，两艘船才开到了斯潘道的船闸，然后又连夜开到了波茨坦，经历了三十七天的航程后，才终于抵达了孔雀岛。

那是一个凉爽的初夏清晨，暑气还没有开始肆虐。哈维尔河静静地流着。古斯塔夫归期将近的那些天，她每天都在城堡附近的河边坐着看书，那天也不例外。起先她只看见幽灵般的轮廓从遥远的河岸线中出现，仿佛是深色的水滴，看不清数目，那轮廓在潮湿的晨霭中仿佛微微颤抖着。

玛丽手里的书落到了地上，她闭上了双眼。等到再张开眼时，那些深色的轮廓变得更大了，她看清了它们有两个，正在渐渐靠近小岛。那是两艘轮船，吃水很深，开得很慢，然后她看见了船上晃晃悠悠的高大棕榈树，恍惚还看见了古斯塔夫站在船上挥着手。如果在之后的岁月中有人问起玛丽这一刻，她的回答将是：她人生的厄运就是在这时抵达了小岛。那两艘船满载她的厄运而来，她却欢欣鼓舞，以为船带来的是她的幸福。她满怀和古斯塔夫重逢的喜悦，一路狂奔到了工地，通知叔叔船来了的消息。

孔雀岛

费迪南·芬特曼站在高高的铁栏小露台上,这个位置可以俯视下方棕榈屋的雏形,明天屋子就要装玻璃了。今年一开春,岛上就忙着建这个暖房,在寒冬摧残这些植物前,所有的工作都得完成。这位老园丁听说侄子带着国王指派的浩浩荡荡的人马回来了,吓得差点停止了呼吸。他的目光投向了下面那座印度庙宇,镂空的大理石垒得如栅栏一般,构成了一个半圆形,立在高出地面的几级台阶上,坐落在印度风格暖房的后面。只有这片种满奇花异草的地方才适合这个庙宇。他的侄子跋山涉水运来了这些植物,它们古老、奇异、娇弱,最早时只是干巴巴的种子,人们从亚洲或非洲风尘仆仆地把它们带了出来,它们在海船上的小木桶里抽丝发芽,经历了一个又一个买家的手,早已遗忘了自己出生的那片湿地,也不知道自己离开了那样的土地会枯竭而亡。

把这些巨大的棕榈树养在这样的土地上,让它们像那些异域动物一样活下去,是渎神的妄举啊!他知道,那批棕榈树里有一棵最珍贵的红脉棕,此外还有一批大鹤望兰,以及非常罕见的非洲白芙蓉。这些植物需要暖气、玻璃顶棚、泥炭和遮板。这些都不属于他所了解的巴洛克式暖房和温室设施,虽然在那样的暖房里,他们也种了一些外国柠檬和石榴,但那些都是供应给国王们的食品。他不理解,莱尼和侄子为何会有这样奇怪的欲望。

"叔叔！"这时，楼下的玛丽喊了一声，将他从思绪中拉回了现实。

"怎么了？"

"他们来了！"

船终于缓缓靠岸了，人们开始卸货，船运来了数不清的桶装花卉，还有那些巍峨而奇异的棕榈树，它们颤颤巍巍地抖动着，由气喘吁吁的水手和园丁们从甲板扛到了小岛上。大家高高兴兴地饮了酒，吃了饭，所有的问题都得到了回答。古斯塔夫终于从骄傲的心绪中平静了下来，不再缠着叔叔说话，两位老人也都上床安歇了，最后只剩古斯塔夫和玛丽俩人坐在餐桌边。

今天是个重大的日子。古斯塔夫把大腹瓶里的最后一点酒都倒了出来，俩人喝完了酒，然后他默默地站起了身。玛丽吹灭了灯火，跟在他后面。走到门厅时，古斯塔夫停住了脚步，让她先上楼梯。她走到了他的房间门前，也停住了脚步，回头望向她。

他打开门说："请进。"

古斯塔夫在床边点起了一支蜡烛，除了那缕微弱的火光，屋子里一片黑暗。窗户没有合上，夜晚的声音透窗而入。大鸟笼里的夜莺啾啾叫着，然而每次狮子一发出沉闷的低吼，夜莺的鸣叫就归于沉寂。玛丽觉得自己听见了风穿过棕榈叶的唰唰声。他感觉着她的双手,如此柔软小巧,是他从未有过的感觉。然后他说了什么,玛丽笑了起来,头朝后仰去,他在昏暗的光线中看见了她的嘴唇,不由得想到,她的嘴唇从很早前就长得很丰满了,像果实一样丰满而诱人。玛丽一边笑,一边用舌头舔着嘴角。

有一种说法认为,人因为拥有性器官,所以是一种性生物。可是如果反过来看呢?如果人之所以拥有性器官,是因为他是一种必须与他人共生的生物呢?欲望其实就是某种共生的形式。触摸切断了他人的其他可能性,触摸是一种夺取的过程,在触摸的指间,他人的血肉才进入存在。这就是欲望的本质。玛丽一直都懂得这个道理,从国王第一次注视她,从哥哥第一次抚摸她开始。这天早上,她看见古斯塔夫站在船头,立在摇曳的棕榈树下,那些树簇拥着他而来,仿佛在进行一场肃穆的游行。它们像是面目模糊的卫兵,沉默地跟随在他身后,树干远远高过了船身,直达青云,散发着海市蜃楼般的异域气息,她看见这一幕时,就知道他会爱上她真实的样子。她知道,她和这个小岛是一体的。他回到岛上,就意味着回到了她的怀抱。

事实上,古斯塔夫在旅途中的确多次想象过他们重归于好的场景。玛丽对于他一直是一个奇特的存在,那时的他觉得自己突然变得强大了，终于可以不再惧怕她的奇特，他怀念他们的童年时代，渴望再次感受那种亲密无间的相处，如果那种亲密代表着对她的爱，那么他渴望爱她。那既是一种希望，又是一场赌博。此时此刻，当他把她抱在怀里亲吻时，他感受到，她依然是病态、畸形的，是自然无法弥补的缺憾，但在他的渴望中，这些概念突然失去了意义。他有过女人，在柏林时有那么一段青涩的恋情。欧洲那三年的游历中，他除了女人，还有过男人，然而没有人给他留下任何深刻的印象。没有感受能与他此刻的感受相提并论，他沉浸在打破心结的巨大幸福感中。自那个谷仓里的雨天之后，这个心结就让他远离了玛丽，甚至——他心里明白——远离了所有的女人。

一切都如此娇小！古斯塔夫呢喃着，吻遍了她的身体，他没有看她，却感觉到了她的身体对他的渴望，这种渴望让他十分兴奋。然而她却一边躲闪，一边迎合，这是她从国王和哥哥身上养成的习惯。他知道我是什么。这是她心里的想法。要微笑着，一次又一次地躺倒在他的目光之下，身体是赤裸的，一丝不挂，要知道他喜欢自己的样子，要把自己呈放在他面前，如此的光滑、温柔。她可以是一切，但不是动物。不是怪物，她心里这样想着，对他嫣然一笑。而这个微笑在他看来似乎是一种推拒，他的亲吻变得愈发迫切而绝望，在她嘴里横冲直撞。他一次次把她拉近自己，抓着她的手放到自己身体上，她却每次都躲开，他变得有些气急败坏，玛丽却不明所以地微笑着，似乎对此感到很开心。如此循环反复后，最终他愠怒地强行压在了她身上。

我们不能将性器当作器具使用。性器永远不能成为我们的爱情所需要的灵活而精准的器官。它们在兴奋中勃起时，就变成了独立的、植物般的生命。我们在欲望中变成了血肉凡人，也变成了植物一样的盲人和哑巴，一切努力都围绕着一个目标前进，那就是用自由来浇灌他人的身体。这就是幸福。其他的一切都不过是欲望的死亡。玛丽感受着压在身上的古斯塔夫可怕的重量，一切魔法都在此刻熄灭了。没过多久，他就呻吟着翻了下来，悲伤地把脸埋进枕头里，逃避似的沉入了睡眠。

有那么一刻，她觉得一切都是正常的。他的温柔里面带有一些胆怯的意味，仿佛他害怕这种感觉，害怕自己失去理智。然后他的目光变了，她感觉到他在期望她做些什么，然而她并不知道他期望的内容是什么。每一个动作都让她觉得难受无比，当一切结束后，她在他的目光中看到了自己的悲伤，然而两个人都没有勇气面对这种悲伤。最终，古斯塔夫在睡着前，避开她的眼神，低声问了一句："他和哥哥是否不同？"这个问题让她瞬间涌出了眼泪。她狠狠地摇了摇头,再无后话。

玛丽躺在他身旁,听着动物们的叫声,一夜都没有睡着。当凌晨的微光洒进房间时,她看着古斯塔夫沉睡的面孔,终于意识到:古斯塔夫爱她,然而这并不是一件幸福的事情。对于两个人都不是。永远都不是。

第七章　翠鸟时光

那个年轻的男人站在小船的船头，眼神警惕，仿佛他不是在短途渡河，而是在无边无际的大海上航行。罗特主席的马车把他从宪兵广场送到了河边，他回头望去，马车早已消失在森林中。

孔雀岛虽然以自然界和艺术界的奇异藏品闻名，却也从未见过如此奇异的面孔：他高大瘦削，头发乌黑，在背后打了一个松松的结；他的肤色是黝黑的，半张脸上涂绘着大面积的文身，那是一种卷曲的花纹，从额头一直延伸到眼睛上，然后像波浪一样沿着脸颊向下蔓沿，一直爬到脸子上，消失在领口处，最后又从右手的袖口里钻出来。男人像魔怔了一样，从栈桥跳到了地上，眼睛紧紧盯着他在河上就看到的某个东西。最后，他终于走到了那棵扇叶棕榈树前，脸上显出惊讶的神色，那棵树大概有四米来高，被人们临时放在了栈桥边。

棕榈屋还没有建成，时值夏天，也不宜将树运到暖房里，更何况它们的高度也塞不进去，因此这些伟岸的棕榈树暂时被种在了孔雀岛渡口，冠盖如云地迎接着新来的访客。男人将双手放在树干上，微笑着闭上了双眼，此时此刻，在整个欧洲大陆，或许只有寥寥几人敢宣称自己是在这样的树下长大的，而他就是其中之一。男人像喝醉了一样，完全无视岛上的理事处、玫瑰园等一切景观，眼里只有分布在路旁的那一排排棕榈树的身影，他从一棵树走到另一棵，每走到一棵树前都要摩挲它的叶子，直到他走到了城堡草坪，眼前的场景让他的心几乎跳出了嗓子眼。

此时他仿佛觉得来到这个奇特小岛上的并不是自己，而是他的故乡。所有那些珍稀棕榈树就像洪水中的漂浮物一样，散落在草坪各处，各种形态、种类的棕榈叶在拂过小岛的微风中轻轻摇曳着。海恩里希·威廉·马尔泰——也就是传说中的哈利——走进了这片棕榈林中，坐在棕榈树的树荫下，思绪回到了故乡和自己来到这里的旅程。

大概二十五年前，他出生在奥豪岛上，幼年的某天，他看见一艘大船停靠在了家乡的海湾，船上人说这艘船叫导师号，来自普鲁士海上贸易部，而岛上人只知道大英帝国，从未听过这个国家的名字。虽然对那个国家一无所知，小马尔泰却溜上了船，央求他们带他走，于是1824年，他来到了普鲁士。刚开始，人们还对他感到好奇，他被安置在海上贸易主席的家里，后来主席也对他渐渐失去了耐心。最终他来到了孔雀岛，身份是国王的养子、未来的孔雀岛机师助手以及刚刚受洗的基督徒。

哈利聆听着棕榈叶的沙沙声，仿佛从中听出了海涛的声音。他开始轻声吟唱起来，岛上散发着令人惬意的气息。他听见了鸟鸣，还有人声，以及锤子敲打的噪声，这些声音他刚才都没有注意到，此时他才看见，在城堡草坪和高大的橡树林交界的地方，有一群建筑工人在忙碌着。他们在造一座高大，不，庞大的房子，那些排列均匀的高耸橡木让他不由得想起了故乡的男人住的房子，然而他惊讶地发现，这座房子的周身似乎只有窗口。

橡树的叶子落完了，人们才终于把花盆从城堡草坪移进了棕榈屋，至此它们已经在这里等候了半年。草地上留下了一些圆形的盆印子，被枯草染成了黄色。申克尔站在一块浅色的盆印子边，脸色不悦地用靴子尖部踢着干燥的泥土，仿佛在寻找一个借口，避免让目光投到对面。

"您还是走吧，小姐！您的那位朋友肯定在等着。"

玛丽大笑了出来。每次他来岛上监工时，她都会来找他。俩人独处时,她总是叫他"泼猴"。她非常喜欢他。

"您倒是看看啊!"她说,"这里变得多漂亮!"

申克尔点了点头,却依然没有抬起眼睛。国王希望棕榈屋整体都能够打开,所以他把外立面全部设计成了窗口,每一扇都能用铰链单独开合。棕榈屋的正面是精致的玻璃结构,以细细的木支柱做成了透气的栅栏支架,块面间以修长的半高支柱隔开,窗户就镶在这些支柱间,屋檐下还设计了两块缘饰,上面镶着黄蓝绿红色的彩色玻璃。他磨蹭了好久才愿意抬起头来,注视着面前的建筑,仿佛在打量一个狭路相逢的陌生人,在普鲁士无瑕的蓝天下,棕榈屋仿佛坐落在皇家瓷窑出品的一方精美花瓶上,周围的老橡树却把骨节粗糙的指头探进了瓶口。

他看着棕榈屋,仿佛看到了一个新时代的许诺。几只孔雀悠闲地走过草坪。它们来管什么闲事!创新之处在于:他把这些窗户设计成了系列风格,每一扇都和其他相差无几。据他所知,还没有人这么干过。这就是现代风。他忍不住微笑了出来。现在他终于有勇气朝草坪那边望了过去。屋子看起来多么美丽!他感受着温柔地洒在皮肤上的秋日光线。周围没有一丝风,阳光似乎微微发暖。

"翠鸟时光!"他对着温柔的空气念出这个词。

玛丽不知道他在说什么,似懂非懂地点了点头。然后她迈着小碎步沿着城堡草坪匆匆走了,申克尔在后面目送着她的身影。直到今天依然有植物盆栽被送到岛上。棕榈屋前方有一块半圆形的开庭,穿过这个庭龛就能进到屋里。年轻的宫廷园丁此刻正站在庭院里,等着玛丽。奇怪的恋人!只有在这样的地方,才能想象这种恋情的存在吧,申克尔心想,继续用靴子踢着地上干燥的泥土。毋庸置疑,对于棕榈屋而言,更理想的建材是铁而不是木头,他想到这一点,有点生自己的气。

古斯塔夫牵着玛丽的手,领她走进了棕榈屋,然后就急不可耐地跑来跑去,没头没脑地介绍了一堆东西,他的热情让玛丽很开心——她终于成了他倾诉热情的对象。最后一丝阳光透过高高的玻璃,在斑驳的绿植间舞动着。工人已经离开了,屋里只有地下室暖炉间传来的轻微咕隆声,为了启动这个暖炉,斯波尔和工人忙了一整天。

玛丽最先看到的是一棵巨大的扇叶棕榈树,在巨大的空间里,这棵树是毋庸置疑的中心。它的枝条修长无比,上面的扇叶勾勒出了优雅的弧线,朝四面八方低垂

第七章 | 翠鸟时光

着伸展。这就是玛丽在古斯塔夫乘船来岛的清晨,在岸上第一眼看到的那棵树。为了突出它的伟岸尊贵,人们把它的赤陶盆放在了横跨房间的中轴线上的一个八角矮柱上。玛丽看到,这条中轴线的尽头有一方水池,水通过一个镀金的狮子闸口流进池里。走道的两边遍布花盆,里面种满植物,挡在玛丽眼前,几乎无法看清这个被四根雕花细柱撑起的高大空间。

古斯塔夫跟随着她的目光,向她一一解释看到的内容。他说窗边的那棵灰绿色的树是东印度贝叶棕,它的叶子半掩,叶缝间有坚硬修长的经脉,朝地面低垂着。在印度,这种棕榈树叶能长到三百平方尺,一片叶子就能给一个茅屋提供一年的遮阴挡雨。这真是一种奇怪的植物,在已知的棕榈树品种中,它是唯一一种只开一次花的。生长到某个时刻,它会突然开出数量庞大的花朵,散发令人作呕的气味,偶尔也会结出一些果实,但之后它们就会死去。太让人伤感了,玛丽说,然后带着询问的神色指向另一株形状奇特的棕榈树,这棵树叶子较小,顶冠饱满。古斯塔夫说这也是一棵扇叶棕,他量过它的树干,几乎有四米长。文件里说,这棵树已经有两百五十岁了,之前被当作奇物几度转手,辗转于莱茵河边的红衣主教或其他贵族园林中。那是什么?那是荷兰扇叶棕,非常罕见的品种。旁边是枣椰树,有很多株,那边是几株日本扇叶棕，那是一棵长得奇形怪状的面包树，那是菠萝树、香蕉树、龙血树、安第斯冷杉树、肉桂树。那边是荔枝树和可可树。玛丽不敢置信地摇着头。古斯塔夫说另外一边种上了竹子，到明年人们就会目睹它拔地而起的过程，它的枝条就像巨大的芦笋头，他敢保证不会出三个月，竹子就能顶到天花板，比钟表指针的动作都快。

一切如此奇特，玛丽简直以为自己此刻真的身在热带。"天气已经变暖了吗？"她解开大衣，疑惑道。

古斯塔夫指了指地上的铁栏。申克尔在棕榈屋后方建了一座十米高的墙，墙边竖立着一排烟囱，这些烟囱管道横穿棕榈屋的门户、运营室、地下室的水渠供暖道及其为地面供暖的立炉，所有的烟囱周围都围着这样的一圈铁栏。果不其然，她感觉到暖意正在屋里徐徐升起。古斯塔夫走到她身边跪下来，举起手感受着温暖的气流。她望着他幸福洋溢的脸，吻了他的脸颊。

自从他回岛的那个夜晚，他们就在一起了。白天里他们克己复礼，晚上她才偷偷溜进他的卧室。他们的爱抚依然不得其法，却渐渐形成了一套彼此都能接受的流程，虽然俩人都无意正视其乏味无趣的事实。他们尽量不谈过去，也避开未来。我们还有时间，玛丽心想。然而她还是察觉到了叔叔时常投来的目光，还有一次，古

第七章 | 翠鸟时光

斯塔夫的母亲趁屋里没人时,和她长谈了一次。她不可能嫁给古斯塔夫。她可真是不知感恩啊。从小被收养,被照顾了这么些年。他的母亲说,最好的方法是,她像哥哥克里斯蒂安一样自寻出路。这句话让她尤为心痛,在古斯塔夫的母亲跟她说话的时候,玛丽一直在观察着窗台上的红玻璃酒杯,甚至用手指轻轻推了杯子一下,杯子转了一圈,熠熠生辉。

她在棕榈屋里观光时,脑子里突然想起了当时的情景。一切都显得如此遥远。棕榈屋里的所有布置都是印度风,无论是柱廊、墙柱,还是装饰品,螺旋台阶通往那方观景台的两端,支撑阳台的立柱也是仿照印度风来设计的,底部是花萼形状,柱身则是菱形缠绕的花纹,牢牢地顶着天花板。后墙中央有一块半圆形的敞厅,人们把墙漆成了蓝色,凹进去的部分是红色,镶嵌着金色边砖,外框又刷了一层白漆。几天前,人们把印度庙宇迁到了这里,往上走几步,就能进入那个雪白的庙龛,镂空的网状大理石夹在精致的金框间。

至此,孔雀岛的改建终于走到了尾声,这场改建始于十几年前莱尼的玫瑰园,那个玫瑰园就位于草坪的另一边,以某种一目了然的方式呼应着棕榈屋。它们比邻而座,心意相通,不仅仅因为它们是孔雀岛上两座造价最昂贵的景观,也不仅仅因为玫瑰和棕榈树同样需要大量的水——所以人们不得不依赖于人工灌溉系统,它们的关联在于,玫瑰的故乡是印度。毫无疑问,这意味着他们完全改变了孔雀岛的历史意义,找到了一种另类的方式,满足了孔雀岛凝聚的那种渴望。这种渴望的对象不再是塔希提群岛室或卢梭,而是东方富饶精致的自然乐土。人们在古庙中央的栅栏里装了一方小小的大理石水池,池中有一方喷泉,金鱼在水里游来游去,玛丽站在水池前一动不动。

玛丽回到巨大的暖房里时,见古斯塔夫依然坐在地上,出神地感受着空气里的暖流。她知道,古斯塔夫根本不在意这个屋子采用了什么样的建筑风格。站在枝蔓间的他并没有想象自己身处东方宫殿里,他也没有把这些异域珍草当成令人向往的饰品,他只会为自己拥有欧洲最大的棕榈树丛而感到骄傲,这些树对于他而言是鲜活的教材和研究对象。她踱着步向他走来,步伐非常迟缓,以便她在途中渐渐掐灭自己对于未来的恐惧。她走到他身边站住,微笑着用手拨弄着他的头发。

"翠鸟时光是什么意思?"

古斯塔夫抬起头看了她一眼,说自己也不知道,然后继续如痴如醉地观察着逐渐被夜色笼罩的棕榈树。

翠鸟时光:老人用这个词来称呼12月的每一周,在这一段时间,海洋平静无波。人们说在这段时间,那些

第七章 | 翠鸟时光

被认为从来不上岸的翠鸟会在昏昏欲睡的波浪上筑巢。那是一段非常短暂的时光,身处这样的日子里,玛丽觉得自己可以像所有人那样活下去。

怪物。在这些年月里,逝去王后说的那个词也沉沉睡着了。玛丽的身高是一米二五,用她那个时代的测量标准来说,大概有四英尺来高。每次她在镜中看见自己的样子,依然会大吃一惊。然而她总会不断忘记自己和普通女人的差异。她可以用脚掌碰到自己的额头,这是她聊以自慰的优势。劈叉对她而言也是轻而易举的事。然而这一点并不能给她带来安慰。唯一令她感到安慰的是古斯塔夫对她的爱。每次她站得太久,后背和小腿就会疼痛。呼吸对于她也是艰难的。

每一种畸形都仿佛一项罪,自然和道德两种秩序在她心中摇摇欲坠,那感觉挥之不去。古典时代的怪物神奇而威严,它们被神灵遣送到人间,是饱含寓意的启兆。同时,它们又是词语中的边缘地带,驻扎在世界的尽头,活在结界中。即使是那些盘踞在中世纪卡片中的怪物,无头的埃塞法尔、无耳的阿玛布伦、无嘴的阿斯托诺蒙,还有那些用巨大的脚掌播撒阴影的独脚怪、兔耳怪,多亏了普林尼[1]，它们都留在了历史中。奥古斯丁一直明白，丑陋是远离上帝的表现。

据说，启蒙给这段历史画上了句号。异类的世界在启蒙时代烟消云散，只留下人们的好奇。怪诞的身体变成了自然的鬼斧神工，被人们收进了宝库。人们尝试着把它们划归到已知的自然结构中，努力用自然历史的分类和解剖常识来验证这种秩序的理性。然而他们失败了。到启蒙为止，人们一直认为，上帝在微渺中造出了万物的模子，一切都在沉睡，直到逐一醒来，从侏儒逐渐进化为真正的生灵。可是，上帝的全能和畸形的身体如何自圆其说？世间缘何存在朽坏之物？莱布尼茨相信怪物也是神灵秩序的必要部分，我们只是还不能理解其奥妙。直到生物学提出了渐生说，认为生物体的器官是逐步发育形成的，才发现了个中法则。由此一来，怪物也被打入了谬误和畸形的冷宫，退出了世界的历史。

玛丽的侏儒病今天被称为"软骨发育不全症"，这是一种罕见的基因变异情况，属于原发性变异。正常体格的父母也可能会诞下软骨发育不全症的孩子，而这些孩子生下侏儒后代的概率是百分之五十。生物科学将怪物

---

[1] 盖乌斯·普林尼·塞孔都斯（公元23—79），也称老普林尼，古罗马百科全书式作家，著有《自然史》。

驱逐出了世界，却在人类世界中造出了这样的孩子。这些病孩子威胁着我们的未来，他们不是已知世界的异物，而是一切世界的异物。今天，他们已经成为我们的恐惧来源，童话奇谈也无法抚平这种恐惧，因为我们越来越担心生下自己恐惧的对象。

古斯塔夫坐在玛丽身边的草地上，听着马尔泰唱歌。每次人们请求他唱歌时，他总是扭扭捏捏，但是一开口唱起来就没完没了。唱歌时他总是坐得直直的，眼望着无人之境。他会用一些活泼的身体动作来配合歌声，那歌声漫长无比，音节却很简单，基本都是"啊""依""哎"这样的声音。岛上的观光客如果不小心听到了他的歌声，一般都以为他是个喃喃自语的疯子。玛丽喜欢他唱起来没完没了的风格，一旁的古斯塔夫却总觉得手足无措。

他听众最多的时候，除了玛丽和古斯塔夫，还有动物看护贝克尔的女儿、巨人、摩尔人依提萨。古斯塔夫从机师弗里德里希那里了解到，马尔泰的活干得很出色，所以他对这个野人颇有好感，因为这个男孩证明了启蒙思想在教化上的力量，那是一种让人改头换面的力量。但是对于其他人，他心里还是会有些恐惧。有时候他会觉得他们在用一种毛骨悚然的眼神望着他，仿佛是想让他明白：我们认识你。仿佛他自己也是某种形式的怪物。

1830年夏天，国王驾临孔雀岛视察棕榈屋。他对景观赞不绝口，除了申克尔和沙多，还特意向叔叔和古斯塔夫表达了谢意，然而大多数时间，他还是和往年一样待在机房里，每次他来岛都会带着客人先去参观机房，用他自己的话说，这叫"看看机器的能耐"。除此之外，这年没有发生值得一提的事情。对于马尔泰而言，最重大的事件莫过于普鲁士海贸部的温特船长来岛，给兽苑送来了一批南太平洋的鹅。令人意外的是，马尔泰和这位船长居然在登岛前就认识了。俩人重逢后十分高兴，花了一整个下午坐在一起叙旧。那群鹅也是马尔泰自小就熟悉的品种。所以他现在经常坐在鸟池边。这几年间，他爱上了动物看护的女儿多罗，多罗今年刚满十七岁，平时负责给鸟喂食。8月时，俩人的婚事已经提上了议程。

玛丽也想知道自己和古斯塔夫的未来。那是一个潮湿的夏夜，没有一丝风，烛火仿佛在空气中凝固了。她提出了问题，古斯塔夫却言辞闪烁地说，男人总是被欲望、堕落、暴力俘获，而妻子则是嫁接到男人身上的高贵枝条。婚姻的意义在于女人对男人的道德驯化。

"所以呢？"玛丽的声音里毫无波动。

她看见了他疏离的眼神，他不停地摇着头，微笑了一下，吻了她，然后一切似乎都回归了常态。古斯塔夫似乎想到了一个非常有趣的念头，径直笑了出来。

"山羊和绵羊要是结婚了,生下来的就是山绵羊。"他笑得停不下来,气喘吁吁地又加了一句:"就像母马和公驴只能生下骡子一样。"

"别说了。"玛丽说。

"那公马和母驴就只能生下驴骡来。"

"住口!"

"这么说来,狮子和老虎也应该结婚。"

"你让人恶心。"

古斯塔夫还不知道用来称呼跨种结合诞下的生物的准确名词,这个词叫异种。拉丁语的异种(hybrida)被用来指混血或杂种。这个词在更古老的希腊语中是"Hybris",指违背秩序的罪行。

"我怀孕了。"玛丽说。

渴望具有传染性。虽然我们总认为画面来自幻想,通往画面的道路却是真实的。年轻的申克尔在孔雀岛上造就的奇幻印度,正是跨越了真实的千山万水抵达了普鲁士,然而同样沿着这条渴望之路来到普鲁士的还有瘟疫,我们不由得好奇,如果人们没有幻想印度的话,是不是就能逃脱这场疫病的魔爪。

孔雀岛

1830年，一群驻守印度边界的俄国士兵被调到波兰镇压抵抗军，正是这群士兵将霍乱第一次带到了欧洲。霍乱从俄国和波兰席卷而来，宛如一支军队，因此普鲁士人也采取了军事化应对措施，在奥德河畔修筑了隔离带，虽然霍乱病的第一批牺牲者多为克劳瑟维兹、格奈瑟瑙、布吕歇这样的高级军官，但隔离带几乎完全没有发挥作用。霍乱前进的步伐势不可挡，人们只能选择逃离或完全隔离。1831年8月的一个清晨，一艘运泥船停靠在夏洛特堡，染病的船夫不久就去世了，而霍乱也随即来到了柏林。

据说国王原本打算携家眷到孔雀岛避难，后来出于不为人知的原因不了了之。或许国王突然想到，温暖而芬芳的棕榈屋里的那座印度神庙或许正是印度瘟疫的目的地。岛上也弥漫着恐慌情绪，最慌张的是短工，本来这些异国植物就让他们心绪不宁，然而芬特曼尽了最大努力来维持人心的稳定，就像二十五年前在拿破仑的占领下，他以船长的角色使岛屿避开了世界的尘嚣一样。所有工作性质不太重要的工人都被遣散回家，和陆地的通航也停止了，船夫和船都留在岸的另一边。唯一能抵达岛屿的只有几天一次的邮信，为了安全，芬特曼甚至吩咐人先对信笺作彻底烟熏处理才打开。

隔离的这几个月是玛丽一生最快乐的时日。她从来

第七章 | 翠鸟时光

不担心霍乱。怀孕后，她第一次觉得自己变成了真正的女人，和古斯塔夫产生了血肉相连的关系。这种感觉让她获得了一种从未有过的从容，虽然哥哥忧心忡忡地看着她，认为这件事不会善终，她却只是置之一笑。

自从疫病流行，克里斯蒂安就从斯托尔普回到了孔雀岛，他的存在让玛丽更觉安心，一切仿佛又回到了他们仨人童年的样子，没有了观光客，工地也停工了，因此岛上十分空寂，和从前一样。例外状态在某种程度上让岛上的道德感也松弛了一些，就连玛丽日渐显怀的孕状似乎也没有引起人们的侧目，而克里斯蒂安又回归了每天打着赤膊、穿着那条旧羊皮裤的生活，走路时晃着破烂的裤腿。玛丽觉得古斯塔夫也心安理得地接受了岛上的变故，一直陪在兄妹俩身边。然而她没有注意到他眼神里的恐惧。自从她怀孕后，古斯塔夫再也没有碰过她，对此玛丽也没有多想，她也没有察觉到他打量克里斯蒂安的异样眼神。只有一次，她留意到了一件让她觉得不安的事情。

"即使这头狮子会说话，我们也不会懂它的想法。"

听到克里斯蒂安说出这句话，玛丽抚摸狮子的动作停了下来，惊讶地抬起了头。秋天到了，三个人挑了一个阳光明媚的日子散步，来到了兽宛。哥哥背靠着栅栏，看着砂砾从指间唰唰落下。古斯塔夫踮着脚蹲在俩人面前。玛丽没有明白哥哥的意思,为什么狮子如果能说话,人们也无法懂它呢?

玛丽转过身来看着面前的两个男人,还没来得及向克里斯蒂安提出质疑,古斯塔夫已经接过了话茬:"是的,很可能是这样。"

然后发生了一件很奇怪的事情。古斯塔夫把手搭在了哥哥的胳膊上,用灼热的眼神凝视着他,仿佛要证明自己明白他的意思。白色的砂砾已经全部落到了地上。古斯塔夫在起身的时候,有那么一个短暂的瞬间,他的手画了一道弧线,掠过了克里斯蒂安赤裸的胳膊和肩膀。玛丽在他的眼神中感受到了一种无声的欲望,不由得吃了一惊。然后那一秒就结束了,古斯塔夫拍了拍手上的灰尘,而哥哥歪着头,脸上带着一丝冷漠的笑意,没有理睬俩人,又从地上抓起了一把砂砾,仿佛什么都没发生似的,继续玩起游戏。

玛丽没有看懂这个瞬间,而且很快就把这件事抛到了脑后,毕竟在那段时间,她心中最紧要的事就是期待古斯塔夫向她和哥哥表达诚意,为俩人的未来作出决定,除了结婚,她想不到别的解决方法。她对此满怀期待,和这件大事相比,其他的一切都不重要。然而她的希望一次次落空,古斯塔夫坚持要等。每次玛丽问起这件事,古斯塔夫只是含糊承诺说,瘟疫结束后他就会有所行动。

第七章 | 翠鸟时光

这场持久的拉锯战最终被两个消息终结,而一切也随之完全改变。

第一个传来的消息是黑格尔的逝世,那时疫情的焦灼之势已逐渐缓和,黑格尔却不幸沦为柏林最后一批牺牲者之一。古斯塔夫是从一位同学的来信中得知这件事的,他流着眼泪给玛丽读了那封信。

"我最亲爱的朋友!黑格尔去世了,没有人比你更需要我提笔告知这一噩耗,"古斯塔夫手里的信纸颤抖着,他边读边用目光寻找玛丽,"星期五他还做了两次讲座,星期六和星期日一般都没有课程安排;星期一就传来了消息,说黑格尔突然染疾,不得不取消课程,但有望在星期四回归,然而当天就传来了噩耗。整个大学都震惊了;赫宁、马赫内克,甚至李特都无心读书了,米歇尔勒特上讲台时几乎痛哭流涕。我已经把课程表撕了。昨天,也就是17日,我们安葬了他。下午三点,马赫内克作为萨尔大学的校长作了一个简短而恳切的致辞,我对他的发言颇为认同。送葬的人群情绪激动,从灵堂一直送到了墓地。他的长眠之地被皑皑白雪覆盖,右边是晚霞,左边是新月。"

古斯塔夫哽咽得读不下去,用手捂住了眼睛,玛丽在一旁打量着他。她想象着城市墓地上的那轮陌生的月亮,以及开阔墓地边的汹涌人群。以前古斯塔夫偶尔跟她讲过大学里的情景，提到过他听的讲座、教授和同学。已经过去多久了！她看着古斯塔夫竭力克制自己的情绪，念完了信的最后一句话，这句话一次次被他的抽泣打断，好不容易才勉强念完。"按照他的意愿，他被安葬在费希特墓地的旁边"。读完后，他抬头望着玛丽，眼神如此哀伤，以至于玛丽都不敢把他揽入怀里安慰。

第二个消息也是随着同一批信笺抵达小岛的，在那封信中，内务大臣写道，里格尼兹亲王将会在12月初带一批人从波茨坦来岛，在棕榈屋中用餐。亲王邀请宫廷女侍玛丽亚·多罗特娅·斯特拉孔及其长兄克里斯蒂安·弗里德里希·斯特拉孔，以及国王收养的里希特、马尔泰和依提萨一同出席该宴会。作为棕榈屋异国植物的专家，古斯塔夫·芬特曼也被邀请参加。

玛丽把这个消息告诉哥哥时，他忍不住大笑了出来。"妹妹啊，亲王可真是一个妙人！臣民正在像蝼蚁一样死去，她居然大肆庆祝，这还不够，她还要邀请自己管辖区内的所有怪物都参加。"

玛丽勉强地笑了一下。亲王上次来岛的时候哥哥已经离开了，她从没跟他提过她和亲王之间发生的事情。

此时此刻,她也无意再提。事实上,信里的"宫廷女侍"一词让她立刻动心了,差不多有几十年没有人这样称呼过她了。

"我真想知道她为什么要这么干。"克里斯蒂安沉思道。

"所以我们要接受邀请吗?"

"我们有选择吗?"

玛丽摇了摇头。

宴会那天,所有人都按照安排的时间一起来到了棕榈屋。管事的那些人一早就来了,忙着在厨房生火,为晚上的宴会作各种准备。快到黄昏时,贵客们乘坐的船只纷纷抵岸。他们先是在城堡盘桓了一会儿,仆人们说,其中有大概十来个客人身穿东方服饰。最后到达的是一群乐手,他们是从波茨坦租了一架马车来的。

宫廷园丁芬特曼很不高兴,疫情还没有完全控制住,岛上却来了这么多陌生人,在他看来,在这样的时候大肆举宴实在令人不齿,唯一值得庆幸的是国王没有来。他和古斯塔夫忙活了一整年,精心打造棕榈屋周围的环境,为游客游览棕榈屋作出各种异国情调的铺垫。他们在樗树边种了一丛丛大豕草和明艳的红刺蓖麻、烟草树、叶片宽阔皱缩的巴西冬葵,还在棕榈屋前门处种了印度美人蕉、爵床属形状的刺菜蓟和大翅蓟,四周还种了一圈加州罂粟、甘蔗和纸莎草。当然这些植物目前都所剩无几了，枯叶被清理了，枯枝也被铲走，人们用土把花圃重新填上了。

棕榈屋的两边各设了一个藤架回廊，两个入口都在回廊尽头，入口顶部的天窗被设计成了精致的孔雀屏形状。他们穿过雀屏下的回廊时，玛丽突然意识到，他们几个人一路走来都没有说过话。节日不应该是这样，她心想，然而扑面而来的热浪突然让她屏住了呼吸。

人们早在等候他们的到来。两个仆役打扮的人站在入口的两侧，手臂上搭着一大叠衣服。她牵住了古斯塔夫的手。克里斯蒂安穿着自己最得体的蓝丝绒外套，带着督促的眼神拉了拉巨人的衣领，因为他的坐姿不正确，马尔泰双眼一直盯着自己刚刚打蜡的长靴足尖，而古斯塔夫一直忙于用眼神巡查屋里的棕榈树。人们在这些棕榈树之间拉起了彩灯，灯光在空旷的屋里很快散入无形。他们听见了鹦鹉叽里咕噜的叫声，看见一只彩色的长尾鹦鹉正在扇动翅膀，而一只锥尾鹦鹉在树丛间飞舞个不停。在诡魅的灯光中，他们似乎看见了几只玛丽最喜欢的小僧帽猴一闪而过，然后又瞥见了一只小孟加拉鹿站在棕榈树丛间瑟瑟发抖。白色的斑鸠拍翅而起，在高高的天花板下绕着圈飞来飞去，然后大声咕咕叫着落在他们头顶的观景台栏杆上。大厅中心的走道上趴着一只体

第七章 | 翠鸟时光

型庞大的印度陆龟，这只几百岁的老龟不停地用腿刨着地面，像划桨一样。

这时，亲王的内廷主管冯·卡尔奈恩女公爵悄无声息地走过来，她是一位面容枯槁的老处女，声音尖锐刺耳，她走来问几人是否愿意换上盛服，然后在棕榈林里散散步。露台上的晚宴已经开始了，乐师用期待的眼神看着侏儒和巨人。女公爵察觉到他们惊疑的神色，脸上泛起了一层薄薄的笑意。他们一言不发，一动不动。女公爵的微笑仿佛凝固在他们头上，僵持地等待着。

克里斯蒂安突然狂笑起来，声音十分洪亮，惊得斑鸠在天花板下激动地扑扇着翅膀，小鹿胆怯地躲进了树丛，几只异国鹦鹉也发出了不满的喧闹声。这些骚动仿佛是一个讯号，音乐声倏地奏响了，那是一种东方的弦乐，克里斯蒂安听着那乐声，笑得越发响亮了，他笑着把身上的衣服一件件撕扯下来，同时还示意其他几人和他一起这么做，他边脱衣服，边从两个仆从手里拿起那些东方玩意儿，不屑地一件件扔到地上。

这堆衣服倒是配置得非常齐全，灯笼裤、面纱、头巾、丝编鞋、坎肩、扇子、绣花长袍和玩具佩剑。几套服装的尺寸各不相同，有极小号的，也有极大号的，这样每个人都能选择自己的尺寸。克里斯蒂安把自己脱得赤条条的，捡起了一条用蓝光闪闪的亮片织成的灯笼裤穿上了，此时其他人还在犹豫地观望着。看到克里斯蒂安穿着灯笼裤的样子，巨人也蓦地哈哈大笑起来，效仿他的样子开始脱衣服。克里斯蒂安套上了一件金色的坎肩，又把一条金色头巾缠到了头上，那头巾上还插着一根白鹭的羽毛。于是，摩尔人也开始宽衣解带。

玛丽害怕地躲进了古斯塔夫的臂弯里。刚开始时，大家以为克里斯蒂安真的要像宴会安排的那样，和那些从笼子里被带过来的小动物一起在灯火通明的棕榈林间散步，然而他走了几步，突然跳起了舞步，转悠到了通往露台的螺旋楼梯处，在冯·卡尔奈恩女公爵越来越严厉的叱骂声中，克里斯蒂安迈着舞步沿楼梯拾级而上，边跳边笑，笑得脖子上的青筋暴起，以至于人们分不清他到底是在笑还是在吼。然而他明显没有失去理智，所有人都注视着这一幕，只有玛丽跑过来跟在他后面，手里还拉着古斯塔夫。

露台上视野开阔，可以俯瞰整个棕榈屋。克里斯蒂安很快地朝下面看了一眼，然后转身面朝着宴会桌上的客人。巨大的银色烛台冒着烟闪耀着。露台上比下面的温度还要高一些，客人都穿着轻薄透明的夏日衣装，不由得让人心旌摇荡。一个胖乎乎的老男人戴着红色的眼镜坐在桌边，宛如一只大乌龟，他身边坐着一个脖颈修长的年轻男孩，面色十分苍白。克里斯蒂安还看见了一

第七章 | 翠鸟时光

位穿着深红色绸裙的夫人,以及一位气色孱弱的神职人员。他没有时间把所有人都打量一遍了,因为他看见了女亲王就坐在桌子的尽头,身边还陪着一个火红色鬈发的女孩,于是他跳着舞慢慢朝亲王的方向走去。亲王兴奋地拍着手,还示意一个仆人把她的椅子从桌边移开,可见她对克里斯蒂安接下来的表演满怀期待。

克里斯蒂安没有让她失望,她死死盯着他,看他扭着屁股慢慢靠近,这时玛丽也跑到了露台上,大声喊他的名字,让他停止这场闹剧,而克里斯蒂安只是快速地回头瞥了她一眼,然后转过身掀起了亲王的裙子,钻了进去。

宴会桌上的气氛突然凝固了,音乐也在几个慌乱的错音后停住了。玛丽感觉到皮肤上掠过了一丝寒意。他不能这么做,她在心里一次又一次地念叨着,与此同时,无数回忆倏地涌上了她的心头。在她几乎还是一个孩子的时候,克里斯蒂安是如何抚摸她的,他的身体散发着凉爽潮湿的森林气息,她想起了他钻进她被窝的情景,想起了和古斯塔夫在河边经历的那个夏天。想起了他们在谷仓里的往事,想起了他们当时的茫然若失。爱上他是多么荒唐的事啊!她想起了国王注视她的眼神,她在那目光中一动不动站着的感觉。想起了鬼魅蓝光中亲王白皙的皮肤。那种寒意仿佛一道闪耀的火焰,在她的皮肤上缓缓烧过。他不能这么做,她又想到,然后她突然间明白了他为何要这么做。他们受够了。她贪婪地看着亲王惊讶地圆睁双眼,在扶手椅上慢慢撑起身体。玛丽和所有人一样都屏住了呼吸。片刻之后——在玛丽的感觉里这一瞬间漫长得宛如永恒——亲王大声地呻吟了一下,双腿叉开,又深深地落回到扶手椅里。

宴会桌的凝滞又维持了令人难以置信的一秒,然后气氛突然间松弛了,所有人都哈哈大笑起来。有些客人起身鼓掌,其他人都笑得东倒西歪,一切又恢复了节奏感,而与此同时,亲王紧闭着双眼,表情僵硬的脸上带着一丝颤抖的微笑。人们不停地鼓掌,直到克里斯蒂安从她的裙下又钻了出来。看见他出来,欢呼声变得更加热烈了——直到人们发现,这个侏儒的裤子是解开的,这才发出尖锐的惊叫。

"克里斯蒂安!"玛丽喊了出来。

古斯塔夫从头到尾一直站在她身边,一脸羞愧的神色,此时此刻他实在忍无可忍,拉起玛丽的手,想带她离开。站在高处的露台上,他看见马尔泰和其他人正在往上面张望着。

"走,别在这里。"

然而玛丽不愿意跟他离开。为何他看不明白,克里斯蒂安正在为他们所有人复仇?她看得非常明白!然而

第七章 | 翠鸟时光

古斯塔夫根本不懂这种基于羞耻的报复。因为他不懂爱，玛丽想。克里斯蒂安依然在跳着舞，他的头巾摇来晃去，仿佛一个巨大的鸟巢。他朝亲王眨了眨眼，又往那个火红色的鬈发女孩紧紧靠过去。他贴得太近了，女孩羞涩得用手捂住了脸。

"快走！"古斯塔夫咬牙切齿地说。

玛丽没有看他，拼命地摇着头。她看见克里斯蒂安又转过身来，一脸坏笑地对亲王说了一句话。这句话显然很有效果，亲王立刻对女孩说了什么，在宾客的哄堂大笑中，女孩放下了手。克里斯蒂安贴得更近了，女孩也犹豫地往前挪了挪，脸上带着不情愿的神色。就在那时，克里斯蒂安用双手按住女孩火红秀发的脑袋，恶狠狠地压下去。亲王拍着手跳了起来。古斯塔夫转过了身。

"玛丽！"他近乎哀求地叫道。

玛丽脸上带着微笑，摇了摇头，此时克里斯蒂安又放过了红发女孩，摇摆着身体朝玛丽靠过来，拉起她的手，让她转着圈来到自己身边。古斯塔夫看见桌上的所有人兴奋地跳起来，欢呼不停。只有红发女孩在干呕不停，深深地低着头。人们打着淫秽的手势，掌声渐渐有了一种韵律感。在那种节奏中，克里斯蒂安站在妹妹面前，扭着屁股，靠得越来越近，越来越近——直到古斯塔夫终于忍到了极限，大叫了一声，朝玛丽的哥哥扑过去。古斯塔夫抓住他的肩膀，怒吼着提起他，往栏杆外扔了出去，克里斯蒂安的身体在空中划出了一道悠长的弧线。

那一瞬间，玛丽还没有明白发生了什么。她狂奔到栏杆边，却什么都看不见，于是她又跑回到古斯塔夫身边，然后又回到栏杆边，最后才沿着螺旋楼梯跑下来。克里斯蒂安躺在地上，一动不动，头上鲜血淋漓。巨人把他的头搂在怀里，抽泣着哭个不停——从来没有人见过这个巨人哭泣。玛丽站在他们面前，整个身体似乎已经不再听她使唤。这时，马尔泰突然来到她身边，她茫然地抬起头，他全身不着片缕，只有脸上戴着一方丝质面纱，马尔泰把她抱进了怀中。

第八章 玛丽的孩子

马尔泰在唱歌。寒气逼人的工作间里,他挺直身体坐在一把三角凳上,眼望虚空,双臂展开,打着复杂的手势,仿佛在和看不见的伙伴密谈。

有人给马尔泰画过一张正面肖像,画里的人就像警方张贴的通缉犯一样。一个结实、粗笨的年轻男人,脸庞宽大,嘴唇厚重,齐刘海和短马夹让画中人越发像一个法外之徒。肖像没有画出他的文身,也没有画出他黑眼睛中那种让玛丽一见倾心的眼神,那是一种温柔而茫然的目光,当然也没有画出他曼妙的声音,那是一种让德意志气质黯然失色的复杂音律。此时他正在唱着一首来自家乡的歌谣,和其他歌一样,这首歌也有很多重复的元音。这首歌是祖母教他的,内容大概是关于一条鱼和一座火山的故事,只要马尔泰愿意,这个故事就永远不会结束。

唱歌的时候,他想到了岛上的动物,它们被困在笼子里,就像他的心被困在悲痛中一样,然而这种比喻并不精确，因为他经常觉得，自己在某种维度上就是一棵树或一条鱼，这些都体现在歌谣里。歌谣讲述的故事并不重要，重要的是，它们让歌者变幻成了歌里的形象。以前他在大臣们的一次沙龙晚宴上服侍时，被要求唱一首家乡最出名的歌，然而听众并没有被他的歌声打动，只是觉得他脑子不正常。当然，马尔泰对"脑子不正常"也毫无概念。那次宴会上，在他终于结束了那场漫长无比的表演后，又喝了点从桌子上撤下来的酒杯里的残酒，因为他酒量几乎为零，因此醉醺醺地又想接着唱下去，最后人们不得不把他从现场拉走。第二天罗特批评了他的胡闹，同时开始考虑给这个监护的孩子换一个更好的容身之处，马尔泰就这样来到了孔雀岛。

此时此刻，他正坐在机师弗里德里希的工作间里唱着歌，因为他忘不了小小的克里斯蒂安在他脚边鲜血淋漓的样子。克里斯蒂安跳着舞走上楼梯后，他没看见棕榈屋露台上发生的事情，只听到了震耳欲聋的狂笑声。血是褐红色的。他吟唱的声音变得嘶哑而尖利，温柔的语音里夹杂着异样的鸣啭声，听上去就像古老森林中无数鸟儿的悲鸣。马尔泰知道那摊鲜血背后的罪，他的身体开始随着吟唱前后摇晃。他合上双眼，感受着自己被锁在笼中的心，渴望着回到童年生活的岛屿。其实他自

第八章 | 玛丽的孩子

己也不知道,当时自己为什么会跳进水中,游向那艘巨大的轮船,为什么要喘着粗气,用结结巴巴的英语恳求船长带他一起走,那时他褐色的皮肤上缀满了闪亮的水珠。清澈如镜的海洋,兄妹们的脸庞,母亲的声音,草屋里的气味,一切都鲜活地保存在他的记忆中,想起来宛如身临其境。

工作间有着高大的砖墙和宽敞的工厂式窗户,里面装满了各种工具和材料,这个房间是在孔雀岛机房旁边扩建的,机房里的蒸汽机是这里的心脏。每到夏天,机器轰鸣声会响彻全岛,然而现在蒸汽机没有运作。

机师是一个壮实的小个子男人,蓄着毛糙的络腮胡子,长年的胃痛在他的嘴边留下了深深的刻痕,他经常用烈酒来镇痛,虽然并没有什么效果。马尔泰来岛后,机师立刻发现,这个三明治群岛的岛民手艺十分精巧,很可能在家乡学过木刻。某天,马尔泰在城堡理事处前看到了一些鲸鱼骨,高兴得简直忘乎所以。这些鲸鱼骨是汉堡的科勒船长卖给国王的,很可能来自马尔泰的故乡,因为那里是著名的捕鲸区。马尔泰激动得唱了一首歌,表达了想雕刻鲸鱼骨的愿望,于是机师给了他一些骨头。没过多久,马尔泰就用鲸鱼骨雕出了一座孔雀岛城堡模型,芬特曼看到后大为惊叹,立刻派人把模型送进了宫廷。

弗里德里希毫不犹豫地把模型的功劳据为己有，宫廷给了他一笔厚赏，要求他继续雕刻，于是他在工作间里设了一个精致的台虎钳，添了一些小钻机、凿具、锉刀、锯子，还弄来了一些建筑版图让马尔泰照着样子雕。马尔泰巴不得全身心沉浸在工作里，好让自己忘掉一切，于是接二连三地雕出了普鲁士各处的名胜建筑模型，每一件作品都精致入微，在宫廷大受好评，得到了丰厚的奖赏。

马尔泰最想忘记的是死亡的气味。他不明白人们为什么闻不到动物死亡的气息，它们坐在笼子里，被死亡攫住，尸体被源源不断地清理，然后被新的动物取代。这一切的意义何在？就连这里的棕榈树都散发着和家乡不一样的味道，因为它们被关在玻璃房子里，令他们惊叹，却又不忍目睹。他们这样的人，玛丽和克里斯蒂安，巨人和黑人，他们也被关在无形的笼中，在观光客好奇的目光中徒劳地等待着死亡降临。马尔泰和监护人一起生活时，就已经习惯了这样的目光。那种目光里藏着一种贪婪的意味，仿佛那些人渴望跟他回到故乡。可是他们又不放他走，他实在是不明白。为什么这些人开着大船跨越大洋，从世界各地搜集动物，只是为了带回来盯着看？马尔泰想，或许他们喜欢我们身上的某些东西，更甚于喜欢自己。可是他们为什么要把我们关起来呢？

为什么人们不吃掉这些动物,也不用棕榈叶装饰自己的屋子?

他曾经向主席先生谈起过自己思考的这些问题,主席听后大笑着告诉他:"亲爱的马尔泰,你在那种目光中看到的,是我们的浪漫主义。"

马尔泰不理解他的意思。他看见鲜血中的克里斯蒂安后,就无法停止歌唱。他的血是这里的一种罪,他绝望地发现,没有人意识到这种罪的存在,更不知道如何去赎罪。想到这种罪的后果,他十分害怕,只能唱个不停,直到机师弗里德里希叫了一声,用重重的拳头砸着工作间和起居室之间的隔门,探进头来,气冲冲地大吼着让他别唱了,他才作罢。毕竟岛上刚刚死了一个人,唱这种异教的歌谣已经很不合适了,更何况文明社会的人都不喜欢这样的歌声。

1830年的圣诞节快到了,玛丽呆呆地坐在餐桌边的高脚凳上。她的午餐一动没动,婶婶沉默地拿走了她盘子里的食物,所有人都起身走了,留她一个人坐在那里。

天色阴沉沉的,没有转晴的迹象。费迪南·芬特曼坐在书房里写了一下午准备呈交园林部的年度报告,不知不觉中才发现已经快到晚上了。他点了一盏灯，回到了餐厅里，发现玛丽依然一动不动地坐在原地。提灯在桌布上投下了一圈温暖的光环，芬特曼把纸墨都拿到餐桌上，坐下来继续写报告。他不时地透过眼镜用余光打量着玛丽，心里十分为她担忧。他已经太老了，无力面对最近发生的这些事，这个小岛曾经是他的地盘，然而现在他感觉到，时光以一种不易觉察的方式从他手里一寸一寸地偷走了这个地方。

他在宫廷里花了一番大力气上下打点，那场可怕的事故才被定性为意外，没有牵连到侄子，在忙活的同时，他也清醒地意识到自己已经垂垂老矣，人们已经不怎么拿他当回事了。有人告诉他，里格尼兹亲王本来坚持要追究古斯塔夫的责任，为此芬特曼特地前往柏林求见国王，痛陈这样的处理会给他的家庭带来多大的不幸。国王不知出于什么奇怪的原因，在他哀求时一直面露难色，于是他又不断地提到死者的妹妹，请国王考虑她的感受。最终国王还是答应了她，把这件事归结为不幸的意外，宫廷园丁现在写的报告里就是这样定性那场悲剧的。羽毛笔在凝重的沉默中嗤嗤刮着纸面，芬特曼为自己写下的内容感到内疚。可是他不得不保护古斯塔夫！

他希望玛丽对他开口说话，给他一个解释的机会。他对她一直视如己出，从来没有轻慢过。当然事实是，

第八章 | 玛丽的孩子

如果这两个孩子不是侏儒的话，古斯塔夫恐怕逃脱不了责罚。玛丽的面孔宛如一张面具，眼神呆滞地看着空气。

在过去的那周，玛丽只有一次短暂的恢复生机。那是在斯托尔普的葬礼之后，他们一起去了克里斯蒂安学艺的裁缝家取他的遗物，在一堆东西里面发现了一个包裹，里面是一条极其精致的裙子，一看就是哥哥为她量身定做的。玛丽自从哥哥死去的那个晚上之后，一直神色呆滞，直到看到裙子的那一刻，脸上的惊讶才驱散了她整个人身上的死寂感。她把裙子抻开，欣慰地笑了笑，死死盯着裙子看个不停，最后又把裙子拿起来抱在怀中。她脸上绽开了一种骄傲的笑意，然后突然撕心裂肺地大哭起来。所有人都站在那间狭小的屋子里，手足无措，玛丽哭个不停，于是大家一个个地走了出来。玛丽回到车上时，又恢复了先前的呆滞神色。她不太关心克里斯蒂安的其他遗物，只是死死抱着裙子不放手。

费迪南·芬特曼想到这里，心里沉甸甸的，可是又无法放下手头的工作。他叹了口气，拿起了面前的一份文件，那是利希腾施泰因教授写给他的信。教授听说了岛上的动物不断死亡的事情，想了解具体情况。动物的情况的确不容乐观，上次盘点的时候，一共有八百四十六只，现在还活着的只剩六百三十只。在过去的一年半中，大批猴子纷纷死去，以前的十一种现在只剩下五种，万幸的是，那三只山魁还活着，这几只臀部鲜艳的猴子在兽苑格外引人注目，而年前那一群大个灰袋鼠也就剩下四只。

利希腾施泰因在信中还提到，有些动物的尸体不宜遗弃，可以存放在容器里，里面倒入过期的烈性酒或朗姆酒，这样还能用来做解剖研究。芬特曼开始思考如何将那些大一点的尸体送到柏林的博物馆，做解剖处理或制作成标本。他提笔开始给教授写回信，除了动物尸体的事，教授还提出了另一个请求：由于科学界还不太理解袋鼠的繁殖和生育机制，希望芬特曼能组织一些研究工作，尤其是在母袋鼠怀着宝宝的时候，最好派人日夜看守观察。岛上的工作十分繁杂，芬特曼实在不知道该让谁来管这件事，因此这封回信写得格外艰难。他摘下眼镜放到桌布上，看着玛丽。

"古斯塔夫，"他说，"在帕雷茨，他要在那边过冬。"

说话的时候，他就开始担心玛丽不会回应他，这句话在空气中飘浮着。然后，玛丽带着一成不变的呆滞表情，看向了他。

"冬天也没什么事情。"

叔叔点了点头。"明年春天，他要帮无忧宫的塞洛管瓜果园。"

她继续用那种死气沉沉的眼神看着他，芬特曼觉得

第八章 | 玛丽的孩子

身体被那种寒气森森的感觉贯穿了,不由得感到一阵恐惧。难道她希望他为古斯塔夫的事道歉吗?这又有什么用呢?

玛丽本来是想离开的,离开古斯塔夫,离开这个岛。可是她该怎么生活呢?尤其是带着即将诞生的这个孩子?这是我的岛,她执拗地想。这是我的孩子。于是她还是决定留在岛上,只要不再见到古斯塔夫。那件事之后,她一直沉浸在某种怪诞的感觉里,仿佛死去的不是克里斯蒂安,而是古斯塔夫。

"我不想再住在这里了。"玛丽说。

她总是做同一个梦,他们三个人在棕榈屋里,克里斯蒂安和她藏在茂密的树叶后面,而古斯塔夫坐在植物前的一把折叠凳上,手里拿着一本写生簿。他们透过棕榈扇叶的缝隙观察着古斯塔夫,身上一丝不挂,在梦里,玛丽看见他们白皙的身体在绿叶中闪耀着。她知道古斯塔夫在努力掩饰自己对她的关注。棕榈屋里光线朦胧,遍布阴影,茂密的扇叶摇曳着,那叶子尖尖的,宛如锯齿。玻璃外是漆黑的暗夜。

然后她突然站在了一块东方风情的地毯上,身上依然赤裸着，头发裹在一方彩色的丝巾里，腰上围着几根细细的金链，宛如一个东方公主，克里斯蒂安和她被这身打扮逗得哈哈大笑，像他们小时候那样一起笑，然后克里斯蒂安突然不见了，玛丽想站起来去找古斯塔夫，可是无论她在梦里怎么使尽全力，都站不起来。

这时她突然听到了羊蹄踏在石板路上的声音，克里斯蒂安突然出现在她面前，又穿上了那条羊皮裤子，手里牵着一根红绸绳，绳子的另一端套在一头美丽的阿斯特拉罕绵羊的脖子上，这头绵羊其实早就死了。玛丽突然又能站起来了，腰上的金链子上似乎缀着很多硬币，起身的时候硬币叮当作响。克里斯蒂安把绳子递给了她，不知为什么，绳子的红色刺得她眼睛生疼。她看见哥哥想解开古斯塔夫的裤链，后者却在苦苦反抗，然而克里斯蒂安更强壮一些，他抵着古斯塔夫，把他推到了绵羊身上。

玛丽曾听说，这头绵羊身上长着全岛最柔软的毛。它乖乖地站着一动不动，她紧紧握着绳子，古斯塔夫的手蜷曲成了爪状，伸进了绵羊温暖而肥腻的屁股里。这时她放开了绳子，然后从梦中醒来。

3月初时，岛上淫雨霏霏，玛丽住进了骑士庄园三

第八章 | 玛丽的孩子

层的一个小房间里,觉得很舒适。很久以前,在岛上还没有城堡、牧场、理事处和其他所有建筑前,这里是岛上唯一的庄园,也是国王的孩子们居住的地方,现在住在这里的人是园丁克鲁格和妻子、猎人、渔夫,今年动物看护丹尼尔·威廉·帕纳曼也搬了过来。这座建筑坐落在兽苑后面的森林里,显得很冷僻,但这里保存了一些从前的痕迹。住民们不出门的话,几乎会完全忘记外面那堵精心装饰的哥特式外墙,外墙是申克尔特意为这座陈旧的功能建筑添加的噱头,这样整个庄园也成了园林风景的一部分。庄园宽敞的楼梯上不时传来脚步声,走廊里有人说话,大厨房里有人在做饭。

玛丽很少和其他人一起用餐,大多数时候她的饭都是由克鲁格的妻子送到楼上来。叔叔来过几次,想看看她,但她每次都让人回话说自己在睡觉。婶婶也来过一次,问她需要什么,玛丽表达了感激之情,却摇了摇头。身为亨胡特信徒的婶婶仔细观察了她的肚子,然后坚持要求波茨坦的那名兽医下次来岛的时候给玛丽检查一下。医生名叫普菲尔,他给玛丽检查后,表示胎儿的情况一切正常。这是玛丽平生第一次接触医生,他非常懂得赢得她的信任,虽然对玛丽的生理结构有掩饰不住的好奇,但他还是尽量作出见怪不惊的样子,这是他长年和动物打交道养成的习惯。

事实上，还有人对她颇感兴趣。一天清晨，玛丽在床上躺得烦闷了，便走到了庄园外面，这时她突然听见了从石子路上传来一阵急促的脚步声。雨雾中逐渐显现了两个身影，走来的俩人她在岛上从未见过。他们身材高大，戴着宽檐帽，穿着宽松的大衣，衣沿上滴着雨水，简陋的靴子上沾满了泥土，俩人迈着匆忙的步子从她面前走过。因为戴着帽子，所以玛丽看不清他们的脸，只看见其中一人手里拿着一条鞭子，走路时不断地挥着玩儿，敲着自己的大腿。

这俩人其实是动物商人赫尔曼·范·阿肯和奥古斯特·希博尔。范·阿肯来自鹿特丹，经营着一个动物巡展团，同时也以动物商人的身份和普鲁士宫廷有业务来往。他经常在布兰登堡门前的训练场上搭建自己的巡演台，去年秋天的时候，国王也参观过他的动物园，然后任命范·阿肯为孔雀岛的动物顾问，负责调查动物死亡的情况，这年冬天，他开始给宫廷园丁送来一些药品，主要还是为了治疗那些咳嗽、打喷嚏、发烧的猴子。作为回报，国王允许他把自己的鸟送到岛上过冬。

"您知道吗？希博尔，"他说话时带着温柔的荷兰口音，"动物贸易已经没什么前景了，我的父亲安托尼斯很幸运，他那时候生意做得很大。奥拉尼恩的王子在海牙和阿珀尔多伦也有几座规模不小的动物园，那时我父亲

第八章 | 玛丽的孩子

还见过他。可是现在呢?"

俩人要去鸟苑去检查自己的鸟,他们路过了骑士庄园,走进了森林里。俩人沉默地在雨中前行,范·阿肯突然停住了脚步,眼里闪耀着奇特的光芒,望着希博尔。

"您注意到刚才那个身影了吗?要知道,对于怪诞现象,人类永远有遏制不住的渴望,侏儒、巨人、巨大的胖女人、浑身长毛的姑娘、雌雄同体、连体婴等等,什么都想看。您听我说,刚才那个怀孕的女侏儒,以后生下来的可是个宝贝。"

不久后,狮子病重垂危的消息传遍了全岛。这头狮子来岛上已经五年了,去年冬天染上了肺炎,好不容易才捱过来,但一直没有完全恢复。玛丽听了消息后,立刻跑去看它,动物还像以前那样,仿佛每次都在期待她的到来。狮子看见她来了,也从蜷缩的角落里站起来,拖着孱弱的身子走到了她身边,靠着笼子趴下来,让她摸肚子,它的腹部随着呼吸艰难地一起一伏。玛丽小心翼翼地挠着它的毛发,想起初见时,它的双眼在大箱子的暗处突然亮起的样子,心里涌起无限悲伤。

狮子突然暴躁地转起了圈子,仿佛想把疾病从身上甩出去，它张大嘴喘息着，直直盯着玛丽看。玛丽被它的动作吓了一跳，不由得后退了一步。狮子的眼神似乎又恢复了往日的那种力量感，玛丽被迷住了。她隐隐觉得狮子在观察着她的孕肚，它的目光让她觉得自己充满了活力和美貌，毕竟她精通于解读各种目光。狮子隔天就死了，又过了两天，玛丽的孩子临盆了。

剧烈的疼痛让她呻吟不止，一头倒在了床上。还没坐稳，她就感觉到双腿间一片濡湿，她十分害怕，大声喊着克鲁格的妻子。

玛丽以前对克鲁格的妻子提过不要助产士，后者闻言不停摇着头叹道："娃娃啊，娃娃！"叔叔曾打算在玛丽临盆时请普菲尔医生来，因为不知道她生产时是否会有什么并发症，但是玛丽更不想要医生。克鲁格夫人把手放在围裙上擦了擦，拿起床上的毛巾，擦拭了一下羊水，然后取来了一些干净的内衣帮玛丽换上。腹中的疼痛感如同缓慢的海潮，一波又一波地袭来，玛丽甚至更害怕疼痛减缓的那些瞬间，仿佛它们会引发更剧烈的风暴。

"我闲下来就来看你，你要咬牙忍住，有动静的时候叫我。"

园丁的妻子担忧地看着玛丽。她大概觉得我要死了，玛丽心想，打算说几句话安慰她一下，但话未出口，妇人已经走了出去。她一离开，玛丽立刻感到一阵孤独。

第八章 | 玛丽的孩子

但她努力控制着自己的情绪，因为体内蛮横的痛感根本不给她思考的空间，谢天谢地，阵痛的频率似乎变得低了一些。对于此时此刻发生在她身上的一切，玛丽无计可施，只能默默忍受。她静静躺着，等待着时间的流逝。外面的天色渐渐暗下来，但肚子里依然没有什么动静，玛丽有些急躁了。婴儿的个头有多大？出来时会不会撕裂她的身体？

克鲁格的妻子又来了一趟，给她带来了灯和喝的水，马尔泰的身影突然出现在门边，他神情尴尬地询问自己是否可以进来。克鲁格夫人面色难看地摇了摇头，急匆匆地走了出去。玛丽努力地作出微笑状，让马尔泰坐到她身边。疼痛变得越发凌厉了，玛丽求马尔泰讲一讲家乡的事情，她喜欢听他讲海洋，明朗的天穹下清澈无瑕的海水，还有沙滩，长在沙滩上的棕榈树，他的父亲，他的兄弟姐妹。他生活的那个小岛像无数其他岛屿一样，散落在海洋的各个角落。她想听他讲鱼的故事，闪闪发光的鱼。

"这是古斯塔夫的孩子。"

马尔泰点了点头。她曾经跟他讲起过自己和古斯塔夫的故事，从最早的开始。虽然她也不知道马尔泰听懂了多少。

"我大概是要死了。"

他又点了点头。

"你也认为我要死了吗?"

马尔泰没有回答她的问题,转而开始唱起了歌,他的声音很轻,屋外的人一点都听不见。玛丽想象着他在歌中讲述的大海和岛屿,不知为什么,歌声似乎让疼痛变得舒缓了一些,没有那么频繁了。玛丽昏昏沉沉地眯了一小会儿,在短暂的昏睡中,她梦见了孔雀和狮子,梦见了笼子里的猴子,还有袋鼠。半梦半醒间,玛丽骄傲地想起来,她曾经在栅栏边目睹了小袋鼠爬进妈妈口袋里的全过程。那一幕除了她没有人见过。那个小家伙紧闭着大眼睛,费劲地往母亲身上爬,同时还小心翼翼地嗅着母亲的味道,玛丽在一旁看着它钻进了母亲口袋里,消失不见。马尔泰的歌声突然停住了,疼痛的感觉再一次袭来。或者是相反的顺序?她已经不知道自己这样疼了多久了。她伸出手来摸索着,寻找着他的手,然后紧紧地抓住不放手,专心地感受着疼痛的滋味。

"弄疼你了吗?"她睁着惊恐的眼睛问道。

这时她突然疼得忍不住大叫了一声,感到十分难为情,那种疼痛感突然像铁拳一样,在她的身体里深深地坠了下来。她没有预料到情况会变得如此糟糕,一边费力地张口呼吸,一边随着阵痛的波动惨叫着,感觉生命在惊涛巨浪中缓缓熄灭。

第八章 | 玛丽的孩子

克鲁格夫人一把拉开门冲了进来,把马尔泰赶了出去。马尔泰出门时正好遇上了多罗,她面色苍白如纸,小心翼翼地端着一盆热水,手臂上搭着几条毛巾,玛丽依然在不停地惨叫着。多罗弯下腰来看着玛丽,把她身上的被子掀开,打量着她双腿间,然后她揽着玛丽的上身,紧紧抱住她,直到玛丽慢慢放松下来。

"现在你要使劲。孩子,要用力,使劲!"

"我想叫他克里斯蒂安,"玛丽艰难地吐出了这句话,"孩子的名字叫克里斯蒂安!"即使死了也没关系,她心想,这样一切就结束了。

玛丽不知道普菲尔医生是从哪里冒出来的。她不知道医生在她双腿间做了什么,因为那时她已经什么都感觉不到了,她没有看到浸透床巾的鲜血,只觉得自己宛如身在水底,耳边听到的只有剧烈的心跳。那种律动变得越来越迟缓,她的呼吸平静下来,能够安静呼吸多舒服啊,玛丽感到一阵困倦。然后她突然被人从床上抱了起来,玛丽惊讶地睁开双眼,发现自己已经躺在了一方干燥的新床巾上,人们在她身上盖上了一床柔软的羽绒被。这不是我的被子,她心里想着,眼皮却沉沉地合上了。我的孩子呢?她心里念叨着。就在这时,有人往她怀里放了什么东西。她睁开眼,看见了克鲁格夫人俯视着她的那张大脸蛋,还有怀里那个小东西的小脸蛋。

孔雀岛

窗外曙光渐明，床头柜上的灯火变得越发暗淡了。

这年夏天，画家卡尔·布莱辛来到了孔雀岛。他受国王委托，要完成一张棕榈屋的内景画，因此特地来要一些模型。芬特曼派多罗给他帮忙，又让马尔泰去帮他把巨大的行李箱从渡口搬过来。马尔泰很担心女朋友在棕榈屋会遭遇不好的事情，对克里斯蒂安的死亡的回忆依然萦绕在他心头，于是他每天都站在棕榈屋的大玻璃边，手里捏着一把雕工刀，往里面张望着。

奥古斯特·希博尔，玛丽在大雨中看见的那个和范·阿肯一起同行的男人，又一次来到了岛上。希博尔被聘为王室兽宛督察，年薪是六千塔勒，芬特曼对他的到来感到很高兴，毕竟他自己可以脱手不管这摊子事了。希博尔被安排和野鸡猎人约翰·格奥尔格·科勒和马丁·维森纳克——接替去年去世的埃尔斯霍尔茨的牧羊人，还有两名动物看护贝克尔和帕纳曼住在一起。维森纳克目前还在尼科尔斯科耶的家中，其他人都住在骑士庄园。希博尔在棕榈屋后面还有自己的房间和工作室。然而他来了后，动物们的境况并没有好转。希博尔只好给他的上级利希腾施泰因教授写信道，他已竭尽所能，

— 246 —

第八章 | 玛丽的孩子

但只能请教授先生或枢密官库纳斯特向陛下转达目前的情况。他虽然问心无愧,但猴子依然在大量死亡。本人深感恐惧焦虑,不知该如何开展工作。即便岛上对本人最不满的人,也很难指出我工作上的差池,毕竟我一直在不辞辛劳地悉心处理管辖的兽宛事务。

虽然情况很糟糕,柏林人对孔雀岛的热爱却丝毫没有消减。1831年夏天,人们上岛的交通工具已经不止是邮车和敞篷马车、贡多拉船和驳船,还多了用于海贸运输的哈维尔号蒸汽船。这艘船每周二和周四的上午八点和十二点半、下午一点半、四点、六点从波茨坦启航,把成千上万的游客送往孔雀岛、晚上七点则是最后一班回程船。

每到通航的那几天,芬特曼都在渡口安排六个宪兵,希博尔也派出所有闲置的手下去兽宛那边维持秩序。游客里很多都是驻扎在波茨坦的士兵,尤其是来自近卫军的步兵,芬特曼向内务大臣多次抱怨他们总是喝得醉醺醺的,闯入禁区,扰乱秩序。游客上岛的日子里,玛丽都会待在自己的小屋里,做各种奇怪的梦,然后大汗淋漓地醒来,她总会梦见克里斯蒂安,还有古斯塔夫,梦里的他们甚至会热烈地拥抱接吻,以至于她在给孩子扇扇子的时候,总会感到一丝羞愧。

秋天的时候,岛上又有一人去世了。摩尔人依提萨在一次打猎时被猎枪误杀了。猎人科勒赶到这个黑人的尸体边时，看见他躺在陈年的树叶堆上，身体掩映在杂草中，身体下面的血如泉涌般流了出来。发生了这样的意外，科勒非常惊恐，却异样地察觉到自己的感觉中还掺杂了一丝丝狩猎的兴奋意味，在那个瞬间，他眼中的依提萨就像那些往日被他猎杀的动物一样。

圣马丁节那天，古斯塔夫和玛丽在克里斯蒂安死后第一次重逢。岛上和往年一样，在这天都会售卖鸡、鹅和鸽子，城堡草坪上遍布各式各样的篮子和笼子，由于近日天气越来越冷，人们备了一些铁炉用来取暖，还低价售卖格罗格酒，深受这天登岛的游客的追捧。动物虽然是人们关注的焦点，但大多数时间里大家还是围着火炉闲聊，因为这天来的并不是普通的郊游客，更多是来自斯托尔普以及附近地区的农民和小贩。

马尔泰劝玛丽也去城堡草坪上看看热闹，玛丽犹豫了片刻后还是答应了。她给宝宝裹上厚厚的包巾，还给他戴上手套和一顶小帽子，帽子是她在克鲁格妻子的指导下自己织的，最后又给自己和宝宝包了一条大方巾。

除了骑士庄园的人和马尔泰，她已经很久没有和外

第八章 | 玛丽的孩子

人接触了,有点害怕走到人群中,但她的担忧其实是多余的,宝宝在她的怀里温暖而安宁地睡着,岛民很久没有看到她了,一见面就热情地和她打招呼,好奇地看着宝宝的小脸蛋。人们不断往噼啪作响的火炉里添柴火,火星四处乱窜。芬特曼也在集市上,老人的尖鼻子被寒风冻得通红,他看到玛丽显得非常高兴,抱着宝宝不肯放手。婶婶看见孩子时脸上也绽开了微笑,她正弯腰问玛丽什么时候给宝宝安排受洗,周围的谈话声霎时停顿了,婶婶惊讶地直起身,目光投向了所有人都在注视的方向。

"怎么了?"玛丽好奇地问道,然而她的目光被厚大衣和外套挡住了,只能求助地望向马尔泰,却发现他也望着同样的方向,脸上充满她从未见过的怨恨神色。这时人群默默地散开了,玛丽看见古斯塔夫迈着坚定的步伐,正在朝她的方向走来。玛丽呆住了,然后接下来发生的事情让她同样惊讶,古斯塔夫在人群中发现她的那一瞬间,立刻止住了脚步,转身朝着理事处的方向扬长而去。马尔泰在一旁咬牙切齿地说,古斯塔夫要是有胆子再往这边走一步,我就杀了他。

那天晚上,古斯塔夫敲了敲玛丽的门,走进了房间。此时马尔泰不在,没法给玛丽撑腰。玛丽正坐在摇篮边,推着宝宝,手里拿着红玻璃杯子给他看。自从她第一次拿出杯子转给宝宝看,让那丝红光闪耀起来时,杯子就成了孩子的最爱。每次红光缩回到杯子深处时,宝宝的眼神就会变得认真而严肃。孩子没有发现此时房间里多了一个人,玛丽的感觉和下午一样,刚开始时有些高兴,然而喜悦感只持续了短短一瞬,然后就变成了冷漠,以及恐惧。她一句话都没有说。

古斯塔夫一进来就开口说话了,他说自己既然回来了,还是想来看看她,想知道她和孩子过得如何。

古斯塔夫说完往前走了两步,来到她和摇篮旁边,玛丽平淡地反问道:"孩子?"古斯塔夫沉默不语,弯下身子久久地打量着孩子。

"叫克里斯蒂安,对吧?"他苦涩地笑着,问道。

玛丽点了点头。她一点也不希望古斯塔夫碰孩子,于是开始和古斯塔夫闲扯起来,虽然这种闲聊对于她无比艰难。古斯塔夫似乎也的确没有碰孩子的意思。玛丽提到了狮子死去的事,古斯塔夫表示自己也听说了。

"我不喜欢那只动物,"他突然有些尖刻地说,在房间里躁动地来回走了几步,"你知道有次那只熊挣脱了锁链来追我的事情吗?"

"知道。"

玛丽想起来了,那只被认为极度危险的俄国灰熊当时被人们拖着带离了小岛,而森林里的那个洞最近才被填上。那个洞高达十四英寸，宽二十寸，洞口用铁杆支撑着，一般人们走到近前才会注意这个洞的存在。当然，如果在路上听到了熊的吼声又另当别论。深不可测的熊洞散发着让人不寒而栗的气息，每个站在洞边的人都不由得心生恐惧。

"我逃命时跌跌撞撞地几乎穿越了整个森林。"

他的声音变得非常激动。

"谢天谢地，眼看着我就要摆脱那只可怕的畜生了，却又在一片生菜地上绊倒了。那股臭气啊！"他摇着头，脸上带着恶心的神色。

"你不是没事吗。"

"太臭了！每次我看到那只狮子的尖牙，就会想起那头熊。幸亏它走了，装在箱子里被送去了柏林。希望柏林人把它做成标本，它就不该出现在岛上。"

"那么谁该出现在岛上呢？古斯塔夫？"

他语塞地摇了摇头："你不明白，这里的一切都会改变的。"

玛丽很想知道他想表达什么，但她不想彻底激怒他。在这种清醒的恐惧感中，玛丽平生第一次认真地注视着他，看清了他真实的面目。她蓦地想起了他让绣球花变色的往事，那时他在花园里跪在叔叔面前，身上萦绕着悲伤的气息。那时的他已经消失殆尽了，玛丽想到，她不明白自己怎么会爱上他。

"多大了？"

他的问题把她的思绪拉回了现实，这时她才发现古斯塔夫已经站到了她和宝宝身边。"差不多八个月了。"

古斯塔夫朝着摇篮弯下腰来，"我会照顾他的，"他避开玛丽的眼神说，"但你得把孩子交给我。"

玛丽没有明白他的意思。

"你想说什么？"她轻声问。

他抬了抬头，脸离她很近。"你得把孩子交给我。"他温柔地重复了一遍刚才的话。

玛丽惊恐地摇着头："叔叔不会同意的。"

"叔叔知道。"

"除非你杀了我。"

他苦笑着打量着玛丽，神色温柔，仿佛她是一个不懂事的孩子，他说："谁说要杀你了？如果你不把孩子给我，你就得离开孔雀岛。这是一个私生子，而且还不知道是谁的孩子。"

玛丽想尖叫，却怎么都叫不出来。她不能叫，也不能逃走。所有这些年来，她一直被关在笼子里，自己却毫无知觉。

"何况孩子还没有受洗。"他又补了一句。

玛丽因为惊恐而浑身僵硬，只能呆呆地看着古斯塔

第八章 | 玛丽的孩子

夫的动作，他把孩子从摇篮里抱了起来，孩子居然乖乖地毫不反抗，仿佛他对眼前的这个陌生人充满信任。古斯塔夫小心翼翼地拿起一块玛丽放在椅子上的包巾裹住孩子，一言不发地抱着孩子走出了房间，轻轻地合上了门。

在不到两周的时间里，费迪南·芬特曼就把孔雀岛的管辖权转交给了侄子，然后搬到了夏洛特堡宫，他在那里的城堡公园一直工作到了1863年。一般情况下，宫廷园丁会一直工作到死，而且为了保有自己的薪水，也不会雇用副手，所以芬特曼在这个关节点选择离开的消息震惊了全岛，有些人也因此对岛上的未来前景产生了不好的预感。让古斯塔夫最难以接受的是，他的母亲竟然也决定跟随叔叔一起离开。婶婶上了年纪，身材依旧挺拔，曾经美丽的面孔却已经皱纹横生，她从未跟儿子透露过自己要离开的意思，古斯塔夫还一直指望着她会留在岛上帮他打理家事，因此俩人在告别时闹得不欢而散，理事处举办了一场送别宴会，气氛却十分冷清。

古斯塔夫的兄弟们也回来参加了送行宴，芬特曼的几位同行也带着家属出席了，还有他从前的助手们。莱尼的到来让宴会变得有些官方意味，所以大家都顺势做出客套的样子。莱尼给芬特曼送了一张图，一张他手下最出色的画师制作的波茨坦周边地区美化改建规划图，里面也标出了未来几年小岛上要改造的地方。这张图质量上乘，细节精致，涂色品位不俗，芬特曼连连道谢，心里却不由得想起自己三十年前画的那张岛屿图，现在这张画还挂在城堡里，他多么希望自己能带走的是那一张图啊。

直到叔叔临行前的最后一刻，玛丽还在期待着他能帮她拨乱反正。古斯塔夫把宝宝带走了，玛丽差不多在床上躺了一周。她想叫，却叫不出声。这一周她合过眼吗？玛丽自己也记不清楚了。克鲁格的妻子送到床边的食物，她碰都没碰，最后这个妇人实在是忍不住了，跑去向芬特曼求救，芬特曼闻信立刻赶来看玛丽。

有那么一瞬间，玛丽真的以为一切还能挽救回来。她吃力地坐起身来，为自己狼狈的模样感到一丝难堪，然后向芬特曼倾诉了发生的一切，虽然叔叔早就了解内情。芬特曼默默地听着，不时点点头，最后表示他对这件事感到非常遗憾。他脸上带着一丝悲伤的微笑，摸了摸她的额头，然后说，这样处理其实更好，他请玛丽相信他，这样的确是最好的结局。什么最好的结局？就是带孩子离开小岛。玛丽的泪水止不住地涌出了眼眶，她抽泣着让叔叔立刻离开房间。

然而在叔叔离开的那一天，玛丽和所有其他岛民一样，都来到了栈桥上。叔叔看见她后，走了过来，玛丽

第八章 | 玛丽的孩子

又忍不住哭了出来。叔叔像小时候那样把她抱了起来,摸了摸她的脸颊,虽然他的年纪再这样抱她已经十分吃力。然而此时的玛丽依然在期待他回心转意。婶婶也在一旁和自己的儿子作了冷淡的告别,然后他们一起踏上了驳船。直到船离岸前,年老的宫廷园丁还在叮嘱侄子如何照料那几百盆他精心培育的植物,他告诉古斯塔夫,等来年天气转好的时候,把这几百盆植物运到他那里去。

第二年,应园林总督彼得·约瑟夫·莱尼的邀请,古斯塔夫·阿多尔夫·芬特曼在普鲁士邦国王室园林建设协会的第125届大会上作了第一次报告。报告被安排在一个高敞的木墙大厅,座位很局促,却挤满了听众,大厅里空气污浊,弥漫着香烟的浓雾。那烟雾穿过低矮的隔栏,一直飘到椭圆形的会议桌上。古斯塔夫报告的题目是《论观赏叶植的应用和培育》。

古斯塔夫先是对大会的邀请表示了一番感谢,然后开始了报告,"爱玩的孩子只会去草地上摘花,而成熟的男人看到的却是美丽的叶丛,在花哨的色彩面前,它们不会相形见绌,因为它们的形体之美更为诱人。"

这句话提纲挈领地点明了古斯塔夫由此开始踏上的

孔雀岛

人生之旅。他已经心意已决,要把一生都献给叶子的世界。的确,在他的打理下,孔雀岛最终成为19世纪观叶植物的时尚摇篮。在这种风尚中,叶片的形状、大小乃至姿态都变成了超越花朵和色彩的重要元素。

"如果说花朵的美丽和丰饶向我们展现了自然永不枯竭的财富,"他语气坚定地继续道,"那么叶片则以自己的繁茂和尺寸向我们显现了力量和内涵,它们让我们想到遥远的热带,那里是植物的天堂,也是我们魂牵梦萦的地方。"

会议厅里没有人了解小岛上的悲剧,除了莱尼,古斯塔夫在一次情绪糟糕的时候,向他坦白了一切。园林总督对玛丽的诉求表达了强烈的反对,她当然不能带着孩子,绝不能让这颗种子生根发芽。听到古斯塔夫和他作出了同样的决定,莱尼觉得很满意,他打量着面前的学徒,想到自己为培养他付出的心血,教化的成果充分证明了他的正确。古斯塔夫穿着一件深红色的时髦收腰燕尾服,显得格外出挑,莱尼不由得怀疑他是不是像那些爱时髦的人那样,里面穿了一件紧身衣。古斯塔夫下身穿着浅灰色的裤子,上身里面穿着一件深浅交织的蓝条纹坎肩,高高的竖领边装饰着蓝色的缎带,打扮得无懈可击。莱尼看着他竖领上的缎带,不由得想起了他引以为豪的蓝绣球的颜色,于是同时,一段令他不快的回

第八章 | 玛丽的孩子

忆也涌上了他的心头,他想起了多年前在迷宫般的玫瑰丛中邂逅那个女侏儒的场景。

那个小家伙站在夏天的烈日下,身上竟洋溢着恋爱的热情,令人匪夷所思的是,她爱恋的对象竟然是他的学徒,那个场景在他脑中的印象挥之不去。莱尼好不容易才驱散了那段回忆的画面,用的是他这样的人惯用的手法——把那个形象,连同她身后映衬着她闪闪发光的背景,一并从脑中擦除。该做的都做了,他暗自道。孔雀岛也被改造完了,就让那个怪物待在自己的笼子里吧,他听着古斯塔夫的报告,确信自己和古斯塔夫都会忘记她的存在。

事实上,这位新任的宫廷园丁在做报告时,孔雀岛在过去两年里发生的一切都显得十分遥远,即使他努力回忆,估计也不会再想起玛丽问过他的那个问题:翠鸟时光是什么意思?他热情洋溢地谈到了自己的愿景,要组建一个放弃花卉和种子培育、不要鸟语花香、只为观叶植物量身打造的园林。

"如果这样的园林可以实现的话,那么我们就能慢慢从环绕镶嵌式的园林线条中解放出来,不需要在自由舒展的树丛、灌木边挖工整而无趣的花圃,当然这个过程是缓慢的,因为强大的风尚力量来自习惯。等到那一天,我们就可以放弃区域规划了,因为这些植物遍地发芽,我们根本无法限制它们生长的方向。"

古斯塔夫勾画了他想象中的园林愿景。在他打算培育的植物中，首先要考虑的低级种类包括"秋海棠、鸢尾花、南瓜——尤其那种拉美黑籽南瓜，夏洛特堡宫的塞洛园丁就用这种植物来装饰回廊，此外还有矮株向日葵、德意志的蕨类植物、沼泽地生长的莎草、水生的睡莲和水芙蓉、湿地生长的水陆酸模植物"。

他停顿了一下，清了清嗓子。此前他对报告的这个部分感到非常不自信，他不知道在这些务实主义者面前大谈梦想会得到什么样的回应。古斯塔夫瞥了一眼听众席，终于松了一口气。听众的脸上没有不满，全都充满好奇，这些脸孔他大多都见过，小时候叔叔常带着他去拜访他们。

"在第二阶段，我想引进西班牙洋蓟、萱草，以及各种属类的大黄。不错，就是大黄！除此之外，还有红叶滨藜、龙芽楤，在水边种马蹄莲、沼泽区种纸莎草，以及曼陀罗、山地独活、苏格兰蓟、野生聚合草、欧洲蕨、各种茄属类植物，长刺的、伞状的、裂片的。最后到了第三阶段，可以种当归、芦竹、博落回、卷状锦葵、烟草、美国商陆、串叶松香草、杯草、芦黍、肿柄菊。"

报告做完了，他心脏开始狂跳起来。在他走回自己座位的路上，听众席被报告结束后的沉寂笼罩着，古斯

第八章 | 玛丽的孩子

塔夫料想着他们接下来会发出低低的讨论声，然后敲敲桌子，进入报告后的松弛环节，就在他把自己的期望值调整到这个高度之后，观众席里突然响起了缓慢而持久的掌声，于是他立刻知道自己通过了考验，继承了叔叔的衣钵。从今天开始，前尘往事一并作废，他踌躇满志地想。

然而就在热烈的掌声中，他的心蓦地一阵酸楚，或许是因为串叶松香草触动了回忆，此刻他不由自主地想到了玛丽。他立刻挺了挺身子，一下站起来，走到隔栏边对听众的响应表示感谢，并恭谨地请大家听他再说一句。

"我们拥有无数美丽的藤本植物，却很少把它们种到花园里，"他说，"人工凉亭并不被看好，每年人们都要费时费力地清理廊上的枯藤，凉亭却因此和树林灌木格格不入，那么如果我们持续对这些藤本植物进行打理，凉亭反倒不会沦为突兀造作的外来之物。所以我们应该有所作为，只需要一些棍子、绳线，把它们漆成绿色，然后设计各种各样的园艺小品，精巧的藤架、凉亭、格子墙、树墙等等。芬芳的野豌豆经常被人遗忘，旱金莲长得如火如荼，红豆备受冷遇，牵牛花五彩斑斓，美国紫藤历史悠久，蔓桐花葱葱郁郁，还有那种罕见的三色秘鲁百合，枝叶缠绕的竹叶百合，这些都是极佳的蔓草和藤本植物，让我们在本地就可以领略到热带藤本植物的魅力。"

第九章 时光流逝

　　动物看人的方式多么独特啊,它们的目光总是让玛丽安静下来,比读书更有效,所以玛丽经常去兽笼,所有动物中她最喜欢的是猴子。这天她来到猴笼,一眼就看到了一只小僧帽猴,小猴子一见到她就亲热地凑了过来,睁着大大的黑眼睛看着她。玛丽给它递过去几个坚果,然后仔细观察它光滑无毛的脸庞。人类的目光和猴子截然不同。玛丽经常察觉到别人投向自己的目光,然而自从克里斯蒂安去世、孩子被带走后,那种感觉戛然而止,与此同时,她也失去了哭泣的能力。玛丽平摊手掌,又给猴子喂了几只坚果,心里回想着那种失去的过程,仿佛在体验一种骤然发作的微痛感。那是一种连绵不绝的疼痛,然而此时此刻,玛丽感觉到,不知道出于什么奇怪的原因,她心里的这种疼痛已经烟消云散了。

　　和这种痛感一起消失的,还有那个词的邪恶咒语,她曾经一度生活在对那个咒语的恐惧中。她的故事起始于那个词,我们就是跟随着这个词找到了她,好奇地观

第九章 | 时光流逝

望着她的生活,就像我们在"王后"那个词中观察着那个脸颊闪光的年轻女子一样。距今那个女子已经去世二十五年了,"怪物"这个词现在对玛丽已经失去了意义。

玛丽在出神中突然被一声汽笛声惊醒,思绪回到了现实,那是一种她从未听过的声音。猴子也随着那声音发出了群情激涌的尖叫,然后那声音又响了一次。玛丽惊慌地环顾四周,但她立刻就醒悟了过来,这是火车头的声音!柏林-波茨坦铁路协会在波茨坦和岑伦多夫之间修了一条二十六公里长的轨道,正在进行第一次试运行,这条铁轨是普鲁士境内的第一批轨道,几个月来一直是岛上人津津乐道的话题。又过了几个月,在1838年的秋天,玛丽在《福斯日报》上读到了这条线路第一次正式运行的新闻。报道中说,这趟车的两个火车头分别叫"老鹰"和"佩加索斯",带动十六节车厢。火车在十二点准时发车,第一节车厢里坐着一个乐队,火车就在鼓乐齐鸣和礼炮声中缓缓发动。有些骑马的人追着火车跑了一段,但很快那些精疲力尽的骏马就被火车远远甩在了后面。不到二十二分钟,车就抵达了岑伦多夫,这段路程的总长度是三千八百五十鲁特。火车在这里停靠了约三十分钟后,又返程开回了波茨坦。

勃兰登堡省马路上的邮车越来越落伍了,因为在很短的时间内,普鲁士境内逐渐出现了密密麻麻的铁轨线路,中心点是柏林站,从这里出发可以经由云特堡到达维滕贝格、艾伯斯维尔德、奥德河畔的法兰克福、安格尔明德、斯德丁、马格德堡以及汉堡。在开放参观日,游客还可以搭乘特别专车来孔雀岛,这趟车会经停马克瑙尔草地的临时火车站,然后人们可以坐车或步行穿过威廉布吕克,这是一条沙土松软的路,满载的马车在这一段总是走得非常艰难。夏天的热浪令人窒息,旅客心疼马匹,纷纷从车里跳下来减轻它们的负担。

  这一年,教堂也建成了,这座教堂高高地矗立在对岸的哈维尔河边,紧邻俄国人聚居的尼科尔斯科耶区,这片区域还是国王在夏洛特公主——他最宠爱的女儿——来拜访时安排建的,迄今为止,公主和沙皇尼古拉斯一世已经结婚二十年了,一直生活在遥远的俄国。古斯塔夫也结婚了,妻子是一位宫廷园丁的姻亲,叫奥拉莉亚·特里珀尔,玛丽觉得她和古斯塔夫的母亲长得几乎一模一样。马尔泰也在小斯托尔普湖边的小教堂里迎娶了动物看护的女儿多罗,自从看见她给来自他家乡的小鸟喂食的样子后,马尔泰就对她情根深种。那是一场美好的婚礼,玛丽被安排坐在前排的贵宾席。因为克里斯蒂安的死,马尔泰和古斯塔夫经常闹得很僵,最后他请求带着妻子搬到小格里尼克,并得到了许可,虽然

第九章 | 时光流逝

机师弗里德里希——如今已是专业牙雕大师——对此表示了强烈的反对。马尔泰离开后,机师的工作坊里再没有产出精美的模型。

离别让玛丽深感痛苦,她久久望着俩人远去的身影。多罗坐在一堆家具中间,宛如置身一张大网,她对送行的众人频频挥手,直到马车消失在哈维尔河彼岸的森林中。马尔泰在离开前久久地拥抱了一下玛丽,然后跟在马车旁边走了,直到最后,他还回过头来望了一眼玛丽。

古斯塔夫的第一个孩子叫克里斯蒂安·伊达·奥古斯特,第二个孩子叫鲁多维科·玛丽·伊丽莎白,听到他们给孩子取了这个名字,玛丽冰封已久的心蓦地一阵疼痛。巨人卡尔·弗里德里希·里希特的过世也让她痛苦不已。岛上新建了两个储存温室,棕榈屋的外部被粉刷了一遍,那些陶制的水管也陆续被换成了铁管。哈登堡夫人给国王送了一只猴子,波茨坦的一名商人兼工厂主雅克布斯送了一头印度牛,里德阿姆酒店的老板送来了一头羚羊。希博尔的金主范·阿肯去世后,希博尔从遗产中继承了一对秃鹰、一头豪猪、五只欧洲盘羊和一只黑色的鹦鹉。瑞典国王派人送来了六头驯鹿,公母各三头,驯鹿来岛上不久后,兽栏里又来了三头小牛,护送它们到达的是三个拉普兰人和一名翻译。海贸船又带来了四头马尼拉小型鹿、三只食蟹猕猴、一只红毛懒猴,两对分别来自古巴和马拉加的鸽子、一只西藏猫、六只土耳其鸭子、五只中国鹅、三只乌龟，以及一些维持它们生存的海水。船到汉堡后，这些动物又被装到蒸汽船亨丽埃特号上，直接送到了孔雀岛。梅克伦堡大公送了四只绵羊、冯·雅古-埃尔多夫先生送了一只水獭，柏林的法国公使送了一只瞪羚。利希腾施泰因教授从一个农民手里买下了一只海鸥，歌剧家海恩里希·布鲁默还送来了两头当时非常罕见的昔德兰小马驹，在附信中他写道，这种马是欧洲最古老的动物，它们的先辈连冰川时代都挺过来了。

孔雀岛兽苑收到的最后一批赠品是一名瑞士糕点师送给国王的三只旱獭。马尔泰的第一个孩子威廉·奥托出生后，玛丽参加了受洗礼，然而孩子只活了三个月就夭折了。古斯塔夫的妻子后来又生了两个女儿，安娜·夏洛特·露易丝和弗里德里克·宝琳娜·伊丽莎白，弗里德里克是1840年出生的，就在那年夏天，国王去世了。

水面仿佛凝固了，四周没有一丝风。天空黯淡无光，肃杀的黑气让河水也变得死气沉沉。天上下着雨，那雨似乎已经下了很久很久，雨丝均匀而单调，雨点很细，即使有人此刻站在河畔的斜坡上，都看不清雨落在河面上泛起的圈圈。梦中的玛丽知道，这里一个人都没有，整个小岛和哈维尔河一样死寂。冬日的寒气贯穿了空无一人的城堡的所有角落，理事处的房子也已荒芜多年。栈桥边的渡船久已废弃，一动不动。听不见任何动物的声音，包括那些生活在兽苑里的异国动物，岛上的鸟鸣声也消失不见了。孔雀似乎在自己的树上睡着了，小岛周边芦苇丛里的凤头䴙䴘和海鸥也非常安静。万籁俱寂！在这个瞬间，一切都沉浸在一种死亡的气息中，那是一种瞬间的极致死亡。

然而恰恰是在这种毫无生机的死寂中，平静的水上突然传来了一声令人猝不及防的脆响，那声音听上去不像是有东西落入水里，更像是有东西从河岸边浮出水面。只见黑色的河水慢慢向上鼓起来，伴随着那种动静，某种奇怪的、白花花的小东西出现在水上，模样仿佛是揉成一团的湿亚麻。

之后的一切发生得非常快，就在那东西凭空从水里冒出来时，玛丽鬼使神差似的立刻开始疯狂跑起来，她看见自己小小的身影在斜波湿滑的草地上急匆匆地跑着，一点也不顾忌是否会滑倒，或跌进久未修剪的茂密灌木。因为她心里充满恐惧，她要不顾一切地去保护那个白色的小东西，不让它沉下去。在梦的外面，她看见自己娇

孔雀岛

小的身躯上裹着一方红色披肩，头上还套着兜帽，虽然一路飞奔，但她的目光一直粘在那个小东西身上。她跑过去的时候，那个东西正在划着水，努力想攀住一根冬日枯槁的草丛中伸出来的细长枝条。玛丽跑到水边，毫不犹豫地立刻抓住那根外皮剥落、白得发光的枝条，朝那个白色的小东西探过去。

然而任何努力都是徒劳的，她在身体允许的最大幅度内朝河面探出细细的枝条，以至于它随着她颤栗的手一同抖动着，可是脑袋上的兜帽却总是滑下来，挡住了她的视线，她只好不停地用胳膊肘把兜帽往上顶，而那个小东西却一次次地被水荡开，和枝条失之交臂。在那种无力感中，玛丽差点在梦里发出了尖叫。然而正当她完全放弃了希望，只能看着那苍白的小东西沿着黑色河水飘走时，枝条的柔软尖端终于碰到了它，小东西牢牢抓住了枝条，然后玛丽小心翼翼地推着它，把它拨进了岸边的芦苇丛。

那个小东西靠近岸边时，玛丽已是满头大汗，浑身发抖，甚至不敢呼吸，她一把扔下枝条，跳进了冰水中，游向泥沼里的芦苇丛。她抓住它，迅速游回到岸边，然后敏捷地跑上斜坡，手里捧着那个她视若珍宝的小东西，使出所有的力气奔跑着，跑过城堡，穿过积雪未融的草坪。梦里的她不知道自己要跑到哪里，草坪的尽头只有

第九章 | 时光流逝

黑黢黢的森林。玛丽梦到这里,似乎自己也在犹豫是否要继续这个梦境,然而梦从来不给我们任何选择的机会。突然间,古老的橡树林在夜色中闪烁了一下,那道光似乎来自一道玻璃墙,光源从墙的后方闪烁着,玛丽在梦里吃惊地左顾右盼,然后她在那堵发光的墙上似乎找到了一扇门,推开走了进去。

就在这一瞬间,玛丽惊叫了一声,从梦中猛然清醒了。我的孩子!她听见自己大声喊着,然而那个梦似乎对她产生了某种麻醉效果,很快她又沉沉睡过去,回到了梦里。玻璃门和玻璃墙让她的心安静了下来,透过那扇玻璃,她恍惚看到一道难以形容的绿光,那里有某种散发着温暖芬芳气息的东西。在那种感觉中,似乎一切都可以放下,仿佛是一次愉悦至极的深呼吸,整个身体都随之翩然而去,不知所踪。

突然她又置身于城堡大厅中,面前的地板上躺着那个哈维河里的小东西,一个包兜。她对它有种似曾相识的感觉,却不是很确定。在梦里努力回忆的时候,人的体内会有一丝刺痛感。玛丽穿着睡衣坐在地上,端详着那团东西。虽然它一动不动,但她知道那里面有呼吸,有悸动。玛丽的心狂跳着打开了包兜,把那团湿淋淋的包衣一层层剥开,然后大吃一惊。里面躺着的是她的孩子,身上泛着微微的青色,娇小得和刚出生时一样,甚至比那时候更小。她从没见过孩子这么小的模样，他只有正常成年人的巴掌大小，却发育得很齐全，软绵绵的手臂、指头、小脑袋，玛丽在梦中把孩子看得清清楚楚。她擦着孩子小肚皮上的冰水，吻着他，尝着寒气逼人的河水的味道，边吻边哭，直到从梦中醒来。

古斯塔夫小心翼翼地用手指摩挲着一株天竺葵叶子的隆起线条，这几盆天竺葵被放在工作间的窗台上，就和叔叔当年的习惯一样。他回想起自己少年时代，一直信以为真地觉得那些精致的叶脉里有生命在流动着。

叔叔离开小岛之前，表情庄重地看着他，把一本《波茨坦孔雀岛皇家园林和理事处管理说明》放在了面前的书桌上，然后又小心翼翼地把周围的私人物品推开。叔叔对古斯塔夫的感情从来没有亲密到如同亲生父子的程度，而且他很不赞成古斯塔夫在孩子事情上作出的决定，因此俩人的告别非常冷淡。然而恰恰是因为这种疏离，古斯塔夫第二天以新任宫廷园丁的身份坐到书桌前时，反倒踌躇满志，他仔细研究了这本管理说明。他肩负的责任是整个小岛的秩序监察，包括园林、城堡和牧场的管理。他得保证工人们永远在岗劳作，保证岛上的装卸通道不能被理事处之外的人员占用，保证岛上不得有私人船只，家畜们只能在牧场里自由跑动，兽宛的肥料要送到园林，而牧场的牛奶要用于兽宛。他得和兽宛督察商讨放牧权事宜，然后每年10月和这位督察一起向内廷大臣递交一份关于岛上动物和建筑的情况汇报。除此之外，他还得杜绝游客们在岛上吸烟、遛狗以及自带饮食的行径。

1842年，古斯塔夫三十多岁，蓄的长发渐渐变得有些稀疏。他骨节精致的手总是不安地躁动着，他衣着讲究，连手杖都是依照的英国式样。此时的他已是勃兰登堡省经济协会主席兼园林协会秘书长。叔叔走后，古斯塔夫每隔一段时间就测量一下岛上的温度，例如空气、哈维尔河水、牧场水井的温度，他似乎把小岛当成了一具身体，而水井就是通向这个躯体的隐秘缝隙，借此他就可以监测小岛的生命指标。每一个逐爱者都是幸存者，死者也没有真正离去，亦真亦幻地和我们继续厮混在一起。

窗外的白杨树刚刚抽芽，浅浅的树荫落在沙地上。古斯塔夫的手指滑过窗台，在灰尘中留下了一条细细的印痕。就在这粗石花盆所在的地方，曾经躺着一只无柄的杯子，他曾经急不可耐地要拿给玛丽看的一只杯子。他相信，一切都始于那只杯子。那道红色的光。有时候他觉得，正是那杯子把他和玛丽诱惑到了那个谷仓，不止如此，它还把玛丽带进了孔克尔的另类世界。楼梯上传来噔噔的脚步声，这是四个女儿中的两个大的。脚步声吵醒了小女儿，他听见楼上的小床上传来宝宝的哭声，然后又听见妻子从卧室奔向孩子房间的动静。抽泣声渐渐平息了下来，屋里又安静了，在那种静谧中，他心底突然涌上了一缕思绪，想起了另一个不在身边的孩子，思念看不见的孩子，宛如听见了自己的沉默，是一种矛盾的感觉。

他爱自己的妻子吗？他一般不会去思考这个问题，他们是经人介绍相识的，机缘巧合下又对彼此有了进一步的理解，然而相识至今，他从来没有思考过这个问题。相信妻子的感觉也是如此。他们的婚姻符合彼此的意愿，孩子就是证明。他作出的决定是正确的。男性天生就是堕落、暴力、无法满足的生物，他花了很久才明白这个道理。他需要一个妻子来教化他。有一次他尝试着把这一切都解释给玛丽听，包括费希特为此写的文章，然而玛丽没有听懂。寂静仿佛在啃蚀着他的身体。他有一个不存在的儿子。自从他懂事以来，就相信自己深爱着玛丽。植物不懂爱。有时他会想起多年前，自己跟着玛丽跳下水的时候，克里斯蒂安赤身裸体地躺在河边的老灰柳下，冷笑着朝他投来的心照不宣的眼神，那道眼神像是一阵刺痛,贯穿了他的罪孽感,盖住了别的痛苦。

玛丽曾经一有时间就埋头看书,有时她会引用司汤达的一句话,古斯塔夫到现在也没有理解,为什么她对司汤达的那句话情有独钟:"美貌是幸福的保证。"古斯塔夫身边的人总是津津乐道于他父母的美貌,这一点很奇怪。他不确定父亲是否称得上美貌,因为父母婚姻失败后,幼年的他几乎没怎么见过自己破产的父亲,然而母亲的美貌却是有目共睹的。古斯塔夫从来没有读懂人们对父母美貌的这种迫切认可。奇怪的是,他可以发誓,自己从来没有觉得玛丽的身形令人厌恶。同样,他对人们爱不释手的花朵也从不感兴趣,只喜欢植物形态中生长出来的另一种美,那种美脱离了功能结构,也因此偏离了它在系统中的位置。

莱尼曾经演示过这种系统的力量,人们只需要把它施展在野地里就可以看到效果。在不到十年的时间里,他在无忧宫和夏洛特堡宫之间大肆造林,如今园林占地面积已达一百三十摩根,每年培育的植被高达一百五十万株,这块地方已成为世界上最大的苗圃,向普鲁士所有街巷、公立以及私立园林供应景观树木、果树和植被,经过多年的培育,这里的树木已经达到了二十八万棵,而且人们还在不断增种。棕榈屋、兽苑和玫瑰园的美名也已享誉国外,有了铁路后,岛屿和世界之间的纽带也焕然一新。利用这样的纽带，古斯塔夫带着手下的园丁走遍了欧洲各国，在卢登的《园丁杂志》上发表了多篇文章，四处为孔雀岛采买他看中的物品。遗憾的是，自从他上任后，莱尼一次也没有来拜访过，然而这就是莱尼，对于他而言，孔雀岛这一页已经被翻过去了。

莱尼一直觉得玛丽很恶心，他在古斯塔夫面前毫不遮掩自己的厌恶。古斯塔夫最后一次见玛丽的时候，玛丽对他大喊："你才是怪物！你才是怪物！"喊了一次又一次。从此他们再无来往，路上遇到也尽量避开，实在偶然碰到一起时也绝不交语。古斯塔夫不想管她，虽然他完全有权力给她指派工作。有时候他会想念她，仿佛在回味一种久已逝去却让人念念不忘的欢愉。

他的思绪不断飘移着，先是想到去年的金龟子虫灾，想到那些把玫瑰株咬烂的幼虫，然后又想到今年的工作，突然他感到一阵孤独。今天其实是个好日子，他不应有这样的感受，因为他的愿望终于达成了：动物们要被送走了。腓特烈·威廉四世和父亲对小岛的态度截然不同，他几乎再也没来过岛上，后来还接受了利希腾施泰因教授的提议，在柏林动物园的养雉园专门开辟了一块地方，打算建一座现代都市动物园，里面的第一批动物由孔雀岛的兽苑提供。这样一来，孔雀岛终于可以变成他一直

第九章 | 时光流逝

期待的样子，终于，他可以驱散围绕着小岛的那些渴望，驱散那些让玛丽兄妹、巨人和马尔泰来此生活的一切无聊幻想，驱散那些世界各地的禽兽。所有这一切，都会消失得不留一丝痕迹。

古斯塔夫不再望着栈桥边白杨树下的光斑发呆，转头打开了孔雀岛皇家兽苑的最后一份库存清单，这份清单是他受命整理的，国王已亲自在单子上批示了动物和各项设施的安置方案。

猴笼：1只山魁，4只僧帽猴，1只绿毛猴，1只马兹猴，3只食蟹猕猴，1只蜘蛛猴，1只东印度刺豚鼠，2只西藏猫。这些动物和设施均派给动物园。袋鼠屋：3只袋鼠。这些动物和设施均派给动物园。羊圈：17只西藏山羊，1只四角雄山羊，4只山羊，1只美国山羊，20只苏格兰绵羊，3只埃及绵羊，4只匈牙利绵羊，4只西班牙绵羊，1只欧洲盘羊，4只瘤牛，2只母瘤牛，1只小瘤牛犊，2只狗。动物派给动物园，设施保留。骆驼屋：2只秘鲁骆驼。动物派给动物园，设施保留。熊洞：1只俄国熊。动物派给动物园。野猪圈：3只野猪。海狸屋：2只海狸。动物和设施均保留。鹰笼：2只白尾海鸥，2只乌雕，1只雪鸮，2只猫头鹰。动物和设施均送往动物园。鸟舍：2只夜鹭，4只琵鹭，1只鹤，1只黑水鸡，4只白色笑鸽，5只褐色笑鸽，2只斑鸠，2只野鸽，

8只鸡，1只金色锦鸡，6只波多利斯克鸡，6只土耳其鸡，3只卷羽鸡，2只秃鹰，6只田鹩，1只黑乌鸫，2只红腹灰雀，8只云雀，2只金丝雀，另有杂类鸟9只。鸭塘和水禽舍：12只原鸽，50只飞鸽，12只中国鹅，1只三脚鹅，2只南太平洋鹅，15只波多利斯克鸭，1只苏里南鸭，15只土耳其鸭，8只绿头鸭，5只矮脚鸭，6只幼年珍珠鸭，2只哥伦比亚鸭，6只幼年鹊鸭，2只蒲鸡。动物派给动物园，设施保留。放养的动物：6只白鹳，2只黑鹳，5只白孔雀，48只孔雀。动物和设施均保留。獾圈：1只獾。动物和设施均派给动物园。

几年后的某一天，在某个夏末秋初的日子，暑气犹在，但初秋的凉意已渗入骨髓，让人不由得昏昏然地希望自己能借此变得清醒，以便挨过这种寒意，就在这样的一天，玛丽突然像冬眠的小动物一样，走进了那座长年无人问津的、冷冰冰的木质城堡里。没多久后，她似乎已经完全搬了进去，园丁们对此十分惊讶，私下里议论纷纷，然而因为古斯塔夫·芬特曼毫无表示，所以岛上的人很快也就习惯了这一现状：无非是从前的宫廷侍女住在一座废弃城堡里，这座城堡一度是已逝老国王的

第九章 | 时光流逝

父亲和情妇寻欢作乐的爱巢,而今天,它已再次沦为了一种摆设。

新王夏天极偶尔时会上岛小憩,但从不在岛上过夜,虽然他在岛上度过了不少童年时光,但现在他拨给孔雀岛的经费越来越少。兽宛管理员希博尔被调到了柏林动物园,很多动物也被送进了园里,往日的兽宛渐渐荒芜。骆驼屋起过一次火,里面的很多动物都烧死了。岛上的马鹿被送到了波茨坦的皮尔施海德野生公园,旃鹿送给了格鲁内瓦尔德的园林保护区。猴笼、海狸屋和鸽子塔楼一片破败,在小岛中间这些空置出来的土地上,人们重新开始种植灌木和橡树,随着兽宛的消失,莱尼在小岛南部设计的复杂路线也被一并废除,人们重新修了一条大路,可以快速通往牧场。

玛丽再一次感受到了童年时的那种静谧,随着游客热的退潮,道路上变得空空荡荡,大自然似乎是心安理得地夺回了从前的领地,一切都回到了从前的模样。曾经的那种追逐时髦、信仰新时代的意志逐渐涣散,无声无息地沦为了另一种过气时尚,一切人工的痕迹也随之烟消云散。玛丽觉得,时光的流逝无非是未来消逝、被过去征服的过程。她属于这种过去的时间,而过去是不会消逝的。最近工人们在鹿湾挖出了一个被树根撑裂的粗陶罐,里面有很多古代的指环、祭品,岛上为此很是

孔雀岛

兴奋了一阵子,玛丽却觉得,这个陶罐的出现并非偶然。她沉浸在一种古怪的冷静感中,重新开始读起了以前最喜欢的书:《马兹尼城堡的深夜异闻》《帕尔特娇娃》《贫穷、财富、罪》以及《多罗勒公爵夫人的忏悔》。

各种各样的消息传到了岛上,外面的城市仿佛离他们越来越近,岛民们谈论着城市里无穷无尽的石板大道,谈论着和城堡一样高大的公寓楼、后院,还有那些在工厂里劳作的人山人海,谈论着装满砖石煤炭的河渠轮船,谈论着汉诺威一位被城市吞没的下台国王,谈论着啤酒园和政治集会,谈论着苦难和饥饿。所有的这些消息仿佛都远在天边,直到1844年3月的一天,那是一个没有星星也没有风的深夜,大约凌晨两点左右,一艘小船驶进了孔雀岛的渡口,两个士兵模样的人爬上了因为寒气而结满白霜的船板。

俩人谨慎地左右张望了一下,呼吸间喷着白色的雾气,然后他们从船里扶出了四个裹着厚衣服的人,两男两女,这群人一言不发,迈着沉重的步子朝理事处的方向走上来。他们站在门口迟疑了片刻,然后那个最后下船的人给其中一个士兵发了个破门的信号,士兵立刻用佩剑柄撞向了玻璃,一声脆响后,玻璃碎落在地板上。几人迅速走进屋里,关上了门。屋里某处响起了孩子的哭声,他们在门边的橱柜上看见了一盏煤油灯,拿过来

第九章 | 时光流逝

点亮了,这时二楼传来推门的声音,然后是窃窃低语声,有人喊了一声:"谁?"楼梯上传来了迟缓的脚步声,煤油灯的光微微颤抖着洒在几人脸上,几人中一个脸冻得通红的士兵对走向他们的古斯塔夫·芬特曼回答道:"来人是普鲁士王子殿下。"

古斯塔夫穿着家常服,狐疑地打量着这群浑身冒着寒气的人,最后,这群不速之客中的一人解开了遮掩脸庞的围巾,朝自己儿时的玩伴伸出了两只手。气氛此时才松弛了下来,他们认出了彼此,亲热地打着招呼,这时睡眼惺忪的助手才姗姗出现,因为房子空间有限,他一直睡在芬特曼的工作间里,年轻的女仆玛莎也跑了出来,她是从尼科尔斯科耶来的。王子向宫廷园丁介绍了身边的妻子萨克森-魏玛-艾森纳赫的奥古斯塔公主,她是一位大眼美人,留着深色的鬈发,在雪白肤色的映衬下,那双大眼睛格外醒目,公主缓缓脱下了厚厚的冬装,白皙的脸蛋在臃肿的衣服中显得青春逼人。而在古斯塔夫看来,王子的状态就有些不尽人意了。他记忆中的那个少年俨然已是一个五十岁的男人了,结实的身体撑得军服鼓鼓囊囊,脸上留着浓密的大胡子,秃头的趋势已经十分明显,眼皮耷拉着,双眼凹陷。

随行王子夫妇的另外俩人分别是公主的年轻侍女莱恩多夫小姐和男仆克鲁格,后者很快就开始忙活起来,接过几人的大衣,把一名士兵拖进来的行李收好。古斯塔夫把几人请进了起居室,点起灯,拿来一些烧酒和茶饮,又从厨房里取来了一些食物。他对几人解释说,妻子正在照顾孩子,换身衣服后就过来。

关于柏林瞬息万变的局势,古斯塔夫只能从同行的信件中略知一二,因为审查的原因,报纸上几乎传递不了什么信息。然而各种流言一直在民间传来传去,尤其是去年发生饥荒暴乱之后,局势一直非常紧张,一触即发。自由党原本寄望于新王上位能带来一些改变,然而他们的希望却落了空,局势非但没有好转,一切似乎都陷入了危机丛生的险境,就连古斯塔夫都感觉到岛民们对他颇有怨词。想到这些,他不由自主地把王子的突然到访和最近形势联系到一起,果不其然,一行人刚落座,侍仆们还在摆桌椅放餐盘,王子就开口了。

"最近发生了一场暴乱,工匠、大学生,加上一些工厂里的败类,大概有几千人。他们还宣读了一份公告。怎么劝都不行,最后我就让军队开枪了。死了一些人。"

王子清了清嗓子,目光闪烁地看了古斯塔夫一眼,拿起一杯烧酒一饮而尽。古斯塔夫示意玛莎给他添酒。

"他们带着武器,用集市的小摊和运货车围起了一条路障,街上也发生了交火。

"他们还唱战歌,内容是普鲁士的屠夫。"王子又轻声加了一句，吹拂着杯子里滚烫的茶。

有流言说王子的婚姻并不幸福，和丈夫相比，公主太聪明了，而且太偏向自由派了。魏玛的局势要变了，古斯塔夫心想，他打量着眼前的这对夫妇，暗暗把他们和流言作了一番比较，王子对妻子的态度似乎有些冷淡。古斯塔夫却觉得公主很美，那是一种娇弱的美。

"我本意是把这些人直接打死算了，但是弗里茨选择谈判。所以他们让我离开柏林，去英国。"

说到这里时，奥拉莉亚面带不安的神色走了进来，王子立刻笑着握住朋友妻子的双手，表达了一番自己对他们雪中送炭的感激之情。

"我们住在这么偏僻的地方，不用担心，"古斯塔夫说，"芬特曼家族一直对王室忠心不二，殿下能来到这里，我们感到非常荣幸。我立刻让人往船里放石头，让它沉到水底，这样明天不会引起怀疑。"

安排了船只的事情后，他们商议了一下，觉得为了避免外人生疑，王子夫妇不宜住在城堡里。诸事安置妥当后，刚见面的兴奋感渐渐淡下来，再加上酒精的作用，大家都觉得十分疲惫，各自去睡觉了。

第二天中午，他们决定为流亡在外的王子举办一次临时生日会，殿下想到童年的玩伴玛丽，很想再见见这位宫廷侍女。古斯塔夫为了筹办这场生日会已经心烦意乱了，听到王子的要求，更是感到头疼，但他还是一大早就派玛莎去了一趟城堡，让玛丽过来。

大家在餐桌边就座完毕后，玛丽才姗姗赶到。虽然知道自己不应迟到，但她还是纠结了一早上，克服了很大的心理障碍，才走进了理事处。站在这个无比熟悉的屋子里，她看见古斯塔夫的女儿们坐在桌上，低着头好奇地打量着这个不速之客，王子从桌子一头的贵宾座上站起身来，笑着对她招手，而玛丽站在那里愣了很久，不知道该怎么才能走过去。最后她还是走了过去，对于王子的问题，她利落得体地作出了回答，甚至还爬上了自己以前的专属儿童座椅，人们把她的位置安排在孩子们身边，这一切都让她感到尴尬，但她还是尽量淡然应付了过去。片刻后，大家的注意力又移到了其他人身上，玛丽这才略微松了口气。

"城堡周围全是那些暴徒，我们乔装打扮，夜里出来，心里十分担忧。"公主说道，用小手指擦去了嘴角边的面包屑。

"奥里欧拉公爵夫人一路陪着我们，我们在混乱的人群中四处找车的时候，谢天谢地，诺斯提茨公爵的一辆空马车刚好路过，那位好心的马夫立刻看出了形势的凶险，驾车带着我们从人堆里冲了出来，沿着菩提树下大街一路向下，朝勃兰登堡门的方向走，据我们所知，勃兰登堡的警卫收到了指示要将我们拦下,然而感谢上帝,我们居然轻松地通过了岗卫。我们安全抵达了提尔加藤,在一个极为偏僻的地方和枢密使施莱因尼兹见了面。好心的亚历山大·冯·施莱因尼兹,您认识他吗?"

玛丽看见古斯塔夫和奥拉莉亚都摇了摇头。她坐到桌上后一直盯着自己的盘子,好久才敢抬起头来。古斯塔夫正忙着将面包切成小块,往杯子里倒酒。

"你父亲怎么样了?"王子问。

"年纪大了,老国王去世让他伤心了很久。"

王子点了点头,掰着手中的面包片。

"我们在日出之前,"公主又继续讲述道,"到达了斯潘道,昨天一直待在斯潘道堡垒里面。"

"而柏林的暴徒那时正在谋划着抢劫我的宫殿,还想纵火!"

"可是,"公主的声音突然变得平和起来,"一个平民男人站出来阻止了这些人,那个男人什么也没说,只是往墙上写了几个字:民族财产。"

"不管怎样吧,斯潘道那边有一艘船接我们来了这里,古斯塔夫。"

玛丽看见古斯塔夫的妻子脸上闪耀着骄傲的光芒,说了句什么,古斯塔夫听了之后也面带春风,满意地把手放到了她的小臂上。她看着他吃饭时嘴巴一开一合的样子，自己却难以下咽。十七岁了，我们的儿子十七岁了，玛丽满脑子都在想着这件事，眼睛死死盯着古斯塔夫，看他的动作，看他的眼神，看他的外套，看他大笑的模样。我们永远无法和爱过的人形同陌路，玛丽心里想着，目光突然撞上了公主惊讶的眼神，那种惊讶显然来自公主察觉到的秘密。玛丽觉得脸上一阵发烫，立刻垂下双眼。

第二天傍晚，天刚刚黑下来，王子就乘着一辆两匹耕马拉的小车往瑙恩去了，驾车的是马夫斯托夫，瑙恩那里已经有一架特运邮车在等着他，斯托夫送他到那里就会折返回岛，然后王子换车继续前往哈格瑙，在那里连人带车一起坐上通往汉堡的火车，24日抵达汉堡后，他化名雷曼先生，坐上了约翰牛号，沿海路抵达伦敦。随着王子的离开，小岛再次笼罩在沉闷的寂静感中。贵客们的身影刚刚消失在夜色中，玛丽就开口告辞，古斯塔夫和她都回避了握手。这天晚上，玛丽在城堡冷冰冰的各个房间里走来走去，想着那个已经十七岁的孩子，想着古斯塔夫一开一合的嘴，想着他把手放在妻子手臂上的动作。她漫无目的地让回忆牵引着自己的思绪，不让自己陷入遐想。

我们该如何去叙述时间？时间如何区分轻重缓急？1846年，古斯塔夫又得了一个儿子，取名叫古斯塔夫·阿多尔夫，第二年的1月，他的女儿安娜·夏洛特·露易丝死了，后来妻子又生了个女儿，取名露易丝·克拉拉·爱玛。1847年，柏林歌剧院上演了芭蕾舞剧《爱斯梅拉达》，这部剧是根据玛丽最喜欢的《巴黎圣母院》改编的，小说她反复读了三遍。爱斯梅拉达在剧中出场的时候，身边跟着一头山羊，这头羊是特意从孔雀岛运过去的，所以玛丽突然产生了一种迫切的希望，想去柏林看一次剧，她差点就忍不住开口跟古斯塔夫提出了这一请求，但最终还是没提，1850年古斯塔夫去了一趟芬肯施泰因的马德利茨园林，1852年7月，法国女演员拉切尔来孔雀岛进行了一次演出，几年过去了，这些事玛丽都没有跟古斯塔夫谈过，虽然拉切尔的演出雕像到今天都立在城堡旁边。那年沙皇尼古拉和皇后亚历山德琳娜——也就是让腓特烈·威廉三世建了尼科尔斯科耶区的那个最得宠的女儿——来到了岛上，当时正逢她过生日，人们在哈维尔河上安排了几千条贡多船，组成浩浩荡荡的游行队伍，还为她在点满火把的城堡草坪上演了一场拉辛的著名悲剧。玛丽站在暗处仔细地听完了这部剧。

其实还有很多可以谈的事情，例如这些年里她读的书，除了城堡里那些她早就读完的，还有巴尔扎克的《娼妓的奢华与穷困》——这本书刚翻译成德语她就第一

孔雀岛

手读完了,后来还读了《基督山伯爵》以及霍桑的《红字》,此间的心得她从来没有跟人谈起过。时光就这样慢慢逝去。

我们该如何面对那些昙花一现后再也没有被提起过的事情,那些缺失的物件和故事?世易时移后,人们还会将它们填进历史的拼图吗?比如俄罗斯过山车,虽然它在流行的时代给人们制造了很多欢乐,后来却再没人提起,这种过山车的主体是一幢木塔和四个车厢,其中两个漆成黄色,两个漆成蓝色,座椅和扶手上都包了软垫,下面装有铁轮,女士坐在椅子上,男士则站在女士身后的踏板上,车子从塔顶沿着木质轨道往塔下飞驰。那些不再被提起的人和事,还包括岛上每年冬天被成捆收割后出售的芦苇,每一捆芦苇是六十束,每束直径有一英尺;还有参加过解放战争的老兵弗里德里希西格尔,五十年来,他一直在为孔雀岛的野鸡圈采集蚁卵;还有岛上的昔德兰小马驹,以及古斯塔夫·芬特曼1867年1月12日写给园林部长伊万·冯·凯勒公爵的一封信:前番多次忘了通报哀讯:昔德兰小公马于4日不幸去世;被遗忘的还有古斯塔夫被提为宫廷园丁长的事,以及他孩子们的生活,以及马尔泰的岳父——动物看护贝克尔在兽宛废弃后转岗成了小岛看守,每天扛着双管猎枪,全副武装地提着油灯四处巡逻。1866年,继他的前任帕

第九章 | 时光流逝

纳曼去世三十年后，贝克尔也在岛上与世长辞。

同样不再被人提起的，还有猎人掩体附近的那条潺潺流进石盆里的清泉，还有古斯塔夫的两个在尼科尔斯科耶当神甫的兄弟，还有城堡草坪上的某次邂逅，在那次邂逅中，腓特烈·威廉三世曾苦苦劝说二儿子放弃迎娶拉齐维尔女公爵。人们不再谈起那棵据说有几千年历史的皇家橡树，莱尼曾经在1828年的规划图中围着那棵树设计了一条路。当然，人们可以把这些细节填进历史的拼图中，可是这样做的意义何在？它们并没有因为沉默而消失。即使人们知道岛上除了理事处附近的国王专用渡口，还有另外三个渡口分别位于突击屋、厨房和帕申壶湾的西部尖角处，又有什么意义呢？人们也不知道，渡口旁边的突击屋里住着一群皇家露易丝号的驻守海员，岛上人把他们称作"水兵"。

皇家露易丝号是什么来头？拿破仑战败后，俄国、普鲁士和英国国王一度彼此赠礼，1814年，普鲁士国王收到了伦敦送来的一艘小型三桅帆船，这艘船起初是用来游哈维尔河的，冬天就停泊在孔雀岛，十五年后这艘船已经大幅朽坏，于是1831年英国国王威廉四世委托沃尔维奇的皇家造船厂再造一艘它的继任者。这艘新船在索具、船体架构、炮弹装备、船尾和船头的美工上以1：3的比例还原了当时的皇家三桅战舰。我们可以想象一下,玛丽隔着厚厚的芦苇丛,看见它扬着鼓风的船帆航行的感觉,在小小的哈维尔河上,这艘船给人一种海市蜃楼的错觉,仿佛它真是一艘在海洋中破浪前行的战舰。或许玛丽也坐过这艘船,不,她肯定坐过这艘船,因为世上不可能有更适合她身高的这么一艘船了,王室不可能想不到这点。那么我们就补上这块空白,想象着玛丽坐在这艘船上。当然我们也可以放下这块拼图,把这个细节从历史中摘去,或许这样我们才能更好地理解萦绕在她生命周围的那种空白,更好地理解时光的流逝。随着动物们的离开,随着生命中曾经重要的那些人的离开,岛屿陷入了一片寂静。城堡空荡,光阴无物。

在那些年里,岛上唯一让玛丽能感觉到生气的地方是棕榈屋,然而她从来不踏足那个地方,不仅仅因为克里斯蒂安死在那里,更重要的是,她感觉棕榈屋就像是一个鲜活的坟墓一样,小岛上的所有的温暖最终都流进了它的玻璃墙里。玛丽路过棕榈屋时,偶尔还会隔着玻璃看见古斯塔夫站在棕榈树丛中忙活的身影。

"您不能这么做!"

玛丽惊讶地站住了脚。她看见一个男人坐着,不,

第九章 | 时光流逝

半躺在城堡草坪上，手臂撑在地面上，松松地跷着二郎腿，身前放着一个看起来很廉价的铁皮桶，旁边立着一个似乎是从身边背囊里掏出来的酒瓶。男人咧嘴对她笑着，玛丽朝这个古怪的男人走近了一步，向他解释道，岛上不能自带酒水食物。那男人留着灰色的短髭，衬衫没有系扣，短裤下面也没有穿袜子，俨然是一个中年渔夫的模样，玛丽说完后等着他的回应，男人却丝毫不为所动，转头从那个铁皮容器中取出了什么东西，递到她面前，嘴里继续咀嚼个不停。

灰雁排着长长的队列掠过小岛上空，它们朝幽深的蓝天发出愤怒的尖叫，朝东边飞去。这是一年中太阳转暖的第一天。冬日的枯草已经微微泛绿。玛丽突然觉得一阵头晕目眩，仿佛春夏秋冬围着她，像旋转马车一样转个不停。夏天会再次降临，然后是秋天，然后是冬天，再往后又是开春，白头鹞和鱼鹰会再次回到哈维尔河上捕鱼，鸬鹚和苍鹭会筑起灰白色的巢穴，芦苇丛里的凤头䴙䴘和黑水鸡又会游来游去。来年的 4 月，人们会像现在一样再次听见柳莺的鸣啭；来年的盛夏正午，高空中会再次传来鸢的叫声；到了夜里，夜莺们会再次在喷泉边的橡树上展喉歌唱，鹳会静悄悄地在水边散步，等到大鱼忍不住跳起来时，就用黑色的脚啪一下踩进水里。然后，牧场边光秃秃的树上的老鸦会发出凄厉的嘶叫，那叫声会贯穿整个秋天和后面的冬季,而红头潜鸭、鹊鸭、凤头潜鸭和秋沙鸭会在河湾的栖息地摩肩擦踵地散步。一切都会再次重来,如此循环反复。她无助地环顾了一下四周。莱尼让人种下的那些臭椿竟然长得这么高大了!今年是哪一年?玛丽惊恐地用手捂住了嘴。

"您尝尝!"那男人对她微笑着说,语气很温柔。

玛丽只是猛烈地摇着头,仿佛他提出了一个非常失礼的请求。这时她突然意识到自己在外人眼中的样子,她身上穿着一件打着补丁的旧裙子,某些破损的地方甚至还没补上。早上起床后她也没有梳头。

"您来这里做什么?"她语气平淡地问道。

那男人晃了晃宽厚的手掌,他的指节粗短,手上依然托着那个想让她品尝的奇怪的白色小团子。"一般而言,我这样的人不会离开城市,来这么偏僻的地方。不过我是从波茨坦来送东西的,心里想着,至少也得来瞧瞧著名的孔雀岛呀。这是货品里面剩下来的,您快尝尝!"

玛丽依然没有接受他盛情的意思,不过好在那种头晕目眩的感觉缓缓退去了。"您拿的这是什么?"

"我是一个厨师,专门承办宴席的厨师,为各种各样的机关宴会、婚礼、葬礼准备膳食。在家里我也会做一些小吃卖给别人,就像这个。您坐到我这来,我跟您说说这是什么。"

第九章 | 时光流逝

玛丽四处张望了一下,似乎在担心被别人抓住什么把柄,虽然心里知道这附近一个人都没有。她走到他身边,坐在了草地上。她的双腿依然在微微颤抖,需要坐下,也需要温暖的阳光。

"那您说说,这是什么?"

"先尝尝。"

玛丽猜测这个男人的年纪和她差不多大。他的眼神和嘴角都荡漾着笑意,而厚厚的眼皮和嘴边的皱纹却流露出相反的气息。在衰老中,人会被生活左右撕扯,玛丽心里想着,理了理草地上的裙摆。那个小团子似乎是一种面食,看上去柔软,玛丽似乎闻到了一种佐料的特殊味道,但她不知道那种料的名字。男人的手指上泛着油脂的光芒。他手里也没有叉子,玛丽略感不悦,又左右环顾了一下,才从他手里接过那个小团子,整个塞进嘴里。

男人好奇地看着她。"一般都是趁热吃,但是做得好的话,凉着吃味道也不赖。"

的确是一种面食,散发着一股汤汁的香气,咬破了外面薄薄的皮后,里面那团柔软的馅料在她的口中哗然散开,口感黏稠,里面似乎包含着无数种不同的味道,突然接触到如此复杂的口感,玛丽不由得惊讶地闭上了眼睛。里面有蘑菇,非常重的蘑菇味道,玛丽几乎能闻到它们散发着泥土气息的浓烈香气，此外她似乎还咬到了一种奶油状的东西，口感中带着一丝涩意，可能是奶酪，玛丽不是很确定，她还吃出了一些更硬的东西，可能是肉，一种芬芳在她的口齿间像花蕾一样徐徐绽开，玛丽的脑中不由得浮现了花朵的形状，此外她还尝到了一种辛辣的味道，所有的这些味道杂糅在一起，玛丽细细咀嚼着，品咂着，她从来没有吃到过味道如此精致的食物。

玛丽迫不及待地想知道这是什么，但她在吃完团子后，还是沉吟了半晌，才再次睁开眼睛。

"这是什么？"

"意大利饺子。"

"意大利饺子？我还能再要一个吗？"

"当然。"

男人又递给她一个小团子，玛丽小心翼翼地把它放进嘴里，先不咬开，而是用舌头仔细地舔一遍。男人告诉她，意大利饺子类似一种小酥皮馅饼，但不是酥皮是软皮，意大利人经常把它们包成牡蛎、贝壳或者兔耳朵形状，里面塞各种各样的馅料，他做的这种饺子里面放了干牛肝菌，包进去之前，要先用水把牛肝菌泡软，切成细粒后再裹上黄油一起搅拌，此外里面还放了小牛肉和山羊奶酪。

第九章 | 时光流逝

"佐料是什么?"玛丽咽下最后一口,又问道。

"肉豆蔻花、胡椒、捣碎的迷迭花。意大利饺子要放在肉汤里面煮,最后再用黄油煎一下。"

"竟然是迷迭花,这我可从来没吃过。"

厨师又从铁皮桶里掏出来一个团子递给她。

玛丽仔细端详着手里的团子,"长得像一只小动物,能透过薄薄的皮肤看见它的内脏。瞧,那些深色的蘑菇粒。真的就像一只刚生出来的小动物,软软的,透明的。"

"您要喝点酒吗?"

厨师把酒瓶递了过来,玛丽没仔细看是什么酒,接过来就喝了一口。那是一种口感浓郁的葡萄酒。她又吃了一颗柔软的小动物丸子。时间刚过正午,蓝天高悬,阳光温暖着她的身体。

"您叫什么?"

"开心。乔·凯欣。"

玛丽忍俊不禁地问:"真的吗?您姓开心?"

玛丽忍不住哈哈大笑起来,边笑边打量着男人,仿佛在打量着历尽千辛万苦才找到的宝藏。

男人也笑了:"是的,不过写法不太一样。"

玛丽点了点头,却没有问怎么写,转而问他:"您觉得人也分很多种吗?"

"当然,"男人点头道,"首先可以分为富人和穷人,然后还有病人和健康人。"

"我不是这个意思。"

男人沉思了片刻,然后坏坏地笑了笑:"当然还有男人和女人。"

"我也不是说这个。您觉得,人也能分成动物型的和植物型的吗?"

"我不明白您的意思。"

玛丽摇了摇头,某些事说起来也没什么意思。

"我也说不好,"她说,"比如说这些意大利饺子就同时拥有两种内容,动物的和植物的。它们如此契合,在真实的世界中却相去甚远,或许正是因为这一点,我们才爱上这样的味道。"

"您可真会奇思妙想!"

厨师笑着摇了摇头,沉默地端详着她。然后他的脸色突然严肃起来:"您有机会来我家吧,到时我认真为您准备一份大餐。"

"真的吗?"

第十章 火之国

玛丽以前从没见过铁路，那些钢铁轨道和任何街道都不一样，她的目光立刻被它们牢牢吸引住了，看得心醉神迷，直到她等候的站台这头出现了一辆蒸汽机车，一群男人吃力地推着它转身，车顶上喷着蒸汽，发出了尖利刺耳的声音，机车一动不动的样子仿佛一只巨大的野兽。

人们好不容易才把这只钢铁巨兽正向推上了铁轨，机车发出的声音变得越发刺耳了，然后，玛丽丝毫没有在那只巨兽身上察觉到任何伺机而动的意向，它突然就朝着人们开了过来。她瞥见火车头的开放式驾驶台前站着一个身穿制服的男人，正在操作着各种各样的摇杆，火车头后面拖的是煤水车，然后就是一大串蒸汽环绕的绿皮车厢，它们带着金属摩擦的尖啸，在她面前慢慢停下来，玛丽觉得心差点跳到了嗓子眼。她身边那些等车的人群却仿佛看惯了这样的场景，车一停稳后，人们一边继续着刚才的聊天，一边动作起来。与此同时，一些穿着车站制服的大胡子男人跳上了车厢沿靠的木台阶，打开各个车厢的门，让人们跳上去。

那些木台阶的高度对于玛丽而言有点陡峭，玛丽正站在那犯难，玛莎的手突然搭上了她的肩膀，往前推了她一把，然后温柔地揽住她腋下，挽着她登上了二等车厢，俩人的车票已经提前验完了，玛丽对玛莎拯救她免于尴尬的举动十分感激，自己爬上了最后一组台阶，走进了车厢里，俩人还没坐到座位上，车门就被关上了，车厢开始震颤，她们听见了尖锐的汽笛声，列车缓缓发动了。玛丽立刻爬到靠窗的软垫座椅上，车窗的玻璃嗡嗡作响，厚厚的窗帘被卷了起来，随着车子的震动摇来摇去，火车开始加速前进，煤烟的气息从车厢的各处缝隙里缓缓溢出，扑面而来，那将是玛丽一生难忘的味道。整座车厢里的乘客只有她们俩人。

玛莎在柏林长大，这次出门是为了进城看她的未婚夫，玛丽央求她带上自己，说想见识一下柏林。其实她还有另外一个不为人知的目的，当然她自己也未必意识到自己怀着那个目的而来。坐在车上时，她几乎不敢相信自己真的走出了这一步，离开了小岛，她手里紧紧握着那张小小的方形纸票，上面写着"从波茨坦到柏林"，下方是"二等车厢15银币。注意事项：1：此票仅对加印的车次有效。2：此票上车前请交列车员剪票，检查

第十章 火之国

补票时需再次出示。3：每位乘客可免费携带 50 斤重的行李。"车票的左上角还盖了一个日期章：1860 年 6 月 12 日。

那是一个夏天的清晨，趁着酷热还没袭来，熙熙攘攘的游客们拥上岛后，她俩坐上了返回波茨坦的游船，整艘船上只有她们两个乘客。哈维尔号是一艘扁平细长的蒸汽船，鼓囊囊的船身漆成了雪白色，正中间立着一方高高的烟囱，甲板上铺着白色的帆布，周围立着一圈亮闪闪的黄铜栏杆。船缓慢地横穿着贞女湖，玛莎和一群水手在说笑，因为经常走这条线，所以她和这些人混得很熟。玛丽观察着微微泛光的水面，看着天空在他们头顶冉冉升起，此时她不由得回想起了自己的第一次旅行，那还是她和克里斯蒂安被带到孔雀岛的时候。

坐在火车上时，回忆中的喜悦历历在目，当时的她怀着孩子的幸福感，对未来一无所知，不知道那是一场决定她五味杂陈的一生的旅行。船轻盈地滑过水面，那种轻盈感就像她从前的快乐一样，此时此刻，她回忆起从前时，突然产生了一种幻觉，仿佛眼下的这次航行也会将她带入另一种人生。不，不是往后按部就班的那种人生，而是她错过的另一种生活。自从奶奶带着她和克里斯蒂安去波茨坦之后，她就再也没有回过里克斯村的家乡，然而这么多年来，那个村名的发音对她依然拥有一种魔力。玛丽思绪万千时，火车一路穿越了努特河大大小小的支流，途经织工聚居的诺瓦维斯——那里的小房子排列得整整齐齐，横跨了科尔哈森桥附近贝克河上的石桥，此时正在穿越马赫瑙森林，玛丽望着窗外掠过的风景，依然沉浸在兴奋的情绪中，蒸汽列车发出的轰鸣声带着一缕缕浓烟，像缎带一样包裹着她的身体，此时她突然一下子想到了要去的地方。

上次邂逅那个厨师后，玛丽把他的邀请理解成一种殷勤的客套话，从来没有当真考虑过去看他，俩人相识的场景在回忆中已经断裂成节节碎片，然而恰恰是因为记忆的破碎，玛丽反而对他更加难以忘怀。那已经是快两个月前发生的事情了，玛丽此时回想起来，觉得自己仿佛是个小动物，被那个男人温柔地喂了食，当然她也知道那只是一种错觉。说起来那个男人似乎根本没有仔细端详过她，至少她的回忆中没有他的眼神，他说过的话，现在也变得很模糊了，唯一清楚记得的，是那种美味小团子的滋味，从来没有任何一种食物能让她如此魂牵梦萦，那种滋味在她嘴里绽放时，她难以自制地微笑了起来，完全忘了自己已经是一个老妇人了。

昨天晚上，她让克鲁格的妻子烧了一大桶热水，像从前那样，就着热水为自己小小的身体彻底地剃了一遍毛，主要是腋下、腿部还有私处的体毛，很久以来，她

第十章 | 火之国

已经习惯了不去关注自己衰老的身体，这次洗浴时才第一次认真端详了一番，看着自己全身老去的模样，心里充满沮丧的不安。她已经六十岁了，却依然像一个小女孩一样躁动不安。真是荒唐，玛丽想到那一幕，感觉到自己脸红了，赶紧正襟危坐，不让玛莎察觉到异样。

火车开出森林后，穿过了一片开阔的草场，在岑伦多夫停靠了一下，又路过了施特格里茨和舍纳贝尔格的几个村庄，然后他们终于远远看见城市在地平线上冉冉升起。刚刚修完的河道上横着一座桥，以前这个河道叫后备军沟，几年前人们称这里是绵羊沟，火车的速度渐渐放缓，伴随着让耳朵发麻的摩擦声，车慢慢驶入火车站。柏林那几年兴建的中心区车站都是同样的风格，位置正对着老城墙，和波茨坦大门面对面，四面接驳动物园的各条支路，通往波茨坦的公路以车站为起点，环城路也在这里和公路交汇。得益于腓特烈市郊区的建设，波茨坦公路边全是奢侈品店和小别墅，莱比锡广场是贝尔维尤、波茨坦、莱比锡和林克斯大街的交汇点，这里人来车往，十分热闹。几年前这里矗立的还是一座年久失修的城门，后来经过申克尔的改造，重新建了一座双子城楼。这里的火车站是普鲁士第一个，1835 开始修建，1838 年完工，候车厅——那时候还叫火车大厅——是一座封闭的平面建筑，里面只有一个站台。

玛丽的身体微微发抖，一方面是因为在火车上颠了太久，另一方面是因为沉浸在初次来到柏林的兴奋感中。车站里熙熙攘攘，人声鼎沸，玛丽从来没见过这么多人，一个醉鬼朝人行道上扔了一个酒瓶，碎了一地玻璃，一个宪兵闻声疾步走来，拉车的马匹嘶声尖叫，热得不停跺脚，车轮滚过地面发出吱嘎吱嘎的声音，人们不为所动地走着自己的路，他们穿的衣服让玛丽自惭形秽，来到这里她才意识到，自己戴的宽丝带女帽、低胸泡泡袖裙子，还有头上的鬈发真是土得掉渣。城里女人时兴穿的是宽大的荷叶边大衣，里面穿高领的云纹或波纹裙，头发挽成低低的发髻，男人们大都穿着玛丽从没见过的双排扣高领夹克，颜色五花八门，里面衬着白色前胸，袖口也是白色的，身上戴着粗粗的表链，手里拄着细细的手杖。

市内列车叮叮作响地从广场中央的轨道上直直穿过，顶上冒着青烟，列车的车轮半径很小，开动时吱嘎作响，后面拖着一列长长的货厢。马车夫们排着长队等待着顾客，马匹们疲惫不堪，默不作声，旁边还有一些敞篷四座马车，车费很便宜，里面的乘客挤得满满当当。广场上还有一些从舍纳贝尔格来的黄色马拉小巴士，这些车开往摩尔肯集市，里面的乘客刚下来，一大批人就挤了上去。玛丽觉得所有人都在打量她，然而人们注视她的

第十章 | 火之国

方式和岛上人却截然不同。他们的目光冷漠而愕然,带着一种冰冷的好奇。虽然我们时代中的英雄事迹都发生在城市中,但城市不是一个适合英雄生存的地方,因为这里的人们擅长于遗忘。那些鳞次栉比的公寓中发生的死亡不计其数,如果城市里的遗忘不像墓地里的肥沃土壤那样迅速启动化解机制,只怕人们根本无法承受那种压力。这里的一切都属于新时代,然而没有任何东西被真正消化,它们只是不断被推到边缘,人们甚至根本感觉不到时间的大地是如何在脚下运动的。曾经的未来之星,转眼间就成了明日黄花,被更诱人的新星替代。

两个女人站在车站大厅的拱廊下,仿佛面对着一汪巨浪滔天的海洋。最后还是玛丽率先鼓起勇气,告诉玛莎自己要独自去某个地方。玛莎在火车上还在筹划着带玛丽一起逛菩提树下大街,听到玛丽说自己要单独行动,她吃了一惊,还没来得及问要去哪里,玛丽已经转身朝马车那边走去,消失在人群中。

车夫轻轻松松地托着玛丽上了车。玛丽告诉他自己要去里尼恩大街,说了一个门牌号。哦,是那儿呀,车夫点了点头,用浓重的柏林口音说,那是皇家典当行的分部,经过耶格街。车夫说完用手压了压头上的旧毡帽,帽子上别着一枚陈旧的普鲁士黑白徽章,然后跳到车座上,赶着马上了路。玛丽深深陷坐在油腻光滑的镶皮椅里。她看着八角形的莱比锡广场在眼前慢慢开合,莱比锡大街直直穿过整齐划一的公寓楼,然后眼前突然出现了卡尔王子宫殿所在的威廉广场,仿佛一方绿色的被褥,然后马车拐入了耶格街,街道很安静,石板路上传来清晰的马蹄声和铁轮吱嘎声,穿过这条街,他们进入了腓特烈大街,沿路是一排排菩提树,他们路过了木材市场,横跨了维登代默铁桥,一路向北而行,沿途街道边的树木越来越茂密。时值正午,天气十分炎热,蓝天下的玛丽贪婪地打量着路过的大小建筑,看着城市的模样,仿佛要把所有印象都刻在心里。

在未来的五十年内,柏林的总人口将会翻一倍,达到四十万以上,绝大多数新增人口都涌向了市郊地区。殷实的市民阶层在柏林西部安居乐业,而玛丽现在前往的城东和城北则慢慢沦为贫民区,贫困人口主要分布在新沃格特区、科特布瑟城门附近的流浪者聚居区,以及奥拉尼恩堡街附近去年刚开始修建的新犹太教堂周边的贫民窟,那里主要居住的是从俄国和波兰的迫害运动中逃出来的犹太人。这里的公寓非常便宜,奥拉尼恩堡的城门前还建了很多新的工厂。

马车夫回头看了玛丽一眼,同时拉住了缰绳,让马停了下来,嘴里咕哝了一个词:火之国。奥拉尼恩堡城门似乎是这条街的终点,玛丽看见远处的天空上飘着浓烟,耳边传来了令人不适的轰隆声,他们的车越靠近这片区域,那声音就越发清晰。车夫朝着里尼恩大街的方向点了点头。玛丽付了车费,下了车,车夫转头驾着车走了。这条街很宽阔,却尘土飞扬,空空荡荡,路边墙上的梁燕叽叽喳喳的往下跳。玛丽原本以为自己会看到熙熙攘攘的国际大都市、摩肩擦踵的人群,却没有预料到空荡的人行道和车行道,一切都笼罩在蒸汽锤的沉闷轰隆声中,连大地似乎都在微微颤栗。车夫之前提醒过玛丽,她这样的淑女不应该踏足这样的地方。玛丽朝城门的方向走了几步,城门上矗立着一块方尖塔,她透过城门下一扇拱门望向了对面。火之国,车夫刚才说过。

火之国,这是当时的柏林人对奥拉尼恩堡城门往东北方向的称法,在过去的几十年中,这里涌现的工厂如雨后春笋,前所未见,有钢铁厂、轮轴厂、冒烟的大烟囱、火焰熊熊的锻炉,潘克河边是普鲁士皇家铸铁厂,还有著名的博尔西希火车头厂,也就是"普弗卢克造车厂",还有沃尔勒特的机械制造厂。不计其数的烟囱朝蓝天吐着黑色浓烟,成千上万的人在这里谋生,在每天的高峰时刻,乔瑟大街宛如一条湍急的河流,密密麻麻的工人们构成了这条河流的"河床"——这个词的意义今非昔比。他们的世纪才刚刚开始。

玛丽犹豫了片刻,不知道要不要跟着蒸汽锤的轰鸣

— 301 —

声走,那声音远远传到了城门的另一边。后来她还是转了个弯,拐进了里尼恩大街,这条街名是厨师告诉她的。里尼恩大街今天依然和城门大街平行,两条街的路线都有些弯曲,里尼恩大街始于奥拉尼恩堡城门,当时这条街上住的是旧货商、修补匠、销赃者、妓女以及放高利贷的人,他们大多以租客的身份,蜗居在狭窄的公寓、背街房间和地下室里,那些潮湿的地下室、歪斜的楼梯和天花板间飘浮着痢疾和猩红热的病菌。玛丽以前只认识岛上的那些工人们,此时此刻,她眼里看到的却是截然不同的另一种人。或许城市里的污秽和贫穷也独具一格。那些人眼中流露出她在车站时感受到的同一种冷漠,她辨认着每一扇门上的号码,心里的不安感越来越沉重,直到终于找到了正确的门牌。

那个房子的门厅是开着的,里面阴影幢幢,玛丽好不容易鼓起勇气走了进去。她缓缓地迈着步子,从干燥炎热的大街上跨入了地下室的阴湿气息中,空气中散发着湿泥和煤烟的味道。玛丽找不到人打听,最后才在走廊的墙上看到了门房信息,那是一个木匣子,上面镶着很多玻璃片,玻璃后面夹着所有租客的名字,那些名字是按照前厅、翼楼和附楼的区间按层排列的,玛丽在最上面一层看到了厨师的名字。

这时她突然意识到了自己的荒唐,她来这里做什么？玛丽犹豫地眯着眼望向头顶的一方狭窄天空，那块天空被高高的围墙和大厅庭院里不计其数的窗户拥堵在中间。最后她还是给自己打了打气，穿过无数拱门、庭院，沿着崎岖不平的石子路往前走，直到走进最后一个庭院，她看见一个水泵，还有一个抱着洗衣盆的老妇人，和临楼相隔的防火墙边是一排厕所，厕所门上的油漆斑驳破落。通往四号附楼的门又低又窄，玛丽好不容易才找到，她推开门时刚好迎面撞上了一个年轻的搬运工人，肩上还扛着空空的沙袋，那个衣衫褴褛的男孩不满地念叨了两句"夫人"，擦着她走了出去。

玛丽缓缓地爬着通往五层的漫长楼梯，在这么短的时间里见识了城市的各种新奇面貌后，她的感知似乎变得麻木了，甚至产生了一种幻觉，仿佛城市伴随着那种贯穿楼梯间的轰鸣声，在不停地追赶着她的脚步。这里毫无容身之处，她唯一能抓住的只是自己来此一趟的目的地。玛丽花了很久才走完了那些猩红色的木板楼梯，她站了片刻平复了一下呼吸，然后才敲开了那扇门。

男人低头看着她，脸上漾起了笑容。他用宽厚的手掌摸了摸自己光秃秃的脑壳，脸上的笑容十分和善。看见男人那结实敦厚的样子，玛丽突然意识到，自己已经完全忘了他的长相，再次重逢时她才想起来，自己当时还误以为他是个渔夫。男人依然穿着他们初次见面时那件敞胸的衬衣，齐膝短裤，袖口高高卷起。他默默地领着玛丽穿过狭长的走廊，带她来到了厨房，一转身男人不知去了哪里，玛丽安静地等着他回来。此时，那种贯穿一切的轰鸣声似乎不再让她心神不宁了，玛丽听见橱柜传来杯盏碰撞的声音，感觉到地板似乎都在跟着那种节奏震动。

男人又出现了，他拿来了一个褐色的丝绸垫，铺在两张椅子的其中一把上，然后把椅子拉到餐台前。这时他才开口说了第一句话："请坐！"玛丽乖乖地坐了下来。男人靠在黑色大理石的厨房台面上，灶上放着一口大锅，里面似乎在煨着什么东西。他久久地看着她，然后说，很高兴您能来。玛丽说，嗯。

他的灶台是砖砌的，位于房间一角，上面铺着光滑的黄色瓷砖，旁边立着一个木架子，架子下堆着柴火，架子上放着一个装水的锌桶，地上还放着另一个桶。灶台边的墙上挂着各式锅具瓢盆，搁架上摆着陶罐、罐头、一大一小两个绿石钵、小木板、铁碗、过滤器，挂钩上吊着几只杯子。房角还有一条晾衣绳。玛丽坐的位置靠着窗户，窗边放着几小盆青菜，菜叶的清香随风灌进房间里。灶台旁边就是餐柜，柜子里的玻璃杯发出轻微的叮铃声。玛丽伸出手抚摸着灶台的大理石面板，感受着那种惬意的冰凉。

第十章 | 火之国

男人有些忍俊不禁地观察着她的眼神，然后略带歉意地说，他现在只是一个潦倒的租房客，整个公寓里除了这个厨房，就还有里间一个带家具的卧室。他说，这里的环境肯定不能跟玛丽的城堡相提并论。

玛丽摇了摇头说："我很高兴见到您。"

"那么，您想吃点东西吗？"

"想！"她立刻道。

男人大笑起来，转过身在灶台上忙活起来。请等一小会儿，他说，然后把那口大锅放回到灶火上，从柜子里拿了两个杯子，拔掉酒瓶的瓶塞，给俩人倒了葡萄酒小酌。男人似乎把她当成了厨房里的常客一样，和她闲聊着提到，今天他接到了一个订单，已经在厨房里忙了一早上，待会他有点事要离开一下，他说玛丽愿意的话可以尝尝锅里的汤，马上就做好了。男人拿起酒杯一饮而尽，对她说，他这还有点别的吃的，可以用来打发时间，虽然是昨天做的，但是美食凉吃也不赖。

玛丽想起来，他在岛上也说过同样的话。男人从柜子里拿出了一个大盘子，放在她面前的桌子上。男人说：随意品尝，汤马上就好。他又给自己倒了点酒，微笑着对她举了举杯，然后再次转身面朝灶台忙活起来。玛丽感受着酒精在身体内部慢慢蓄积起来，一种宁静感在四肢中缓缓舒展。盘子里盛着五六只酥皮馅饼，像是小蛋糕，她用手指夹了一个，先仔细观察了一下，然后才放进了嘴里，果然，还是那种熟悉的泥土气息，潮湿的芬芳感在她口中氤氲散开。

"啊，这个也很好吃！我喜欢蘑菇的味道。"

"是的，蘑菇是奇妙的生物。"

厨师把锅移到了一边，用拨火棍把炉火盖上，然后又拿来一口锅和一个筛子，把做好的汤过滤了一下，接下来他又走到屋角的一个架子边，从上面取下了一个器具，然后把锅里的青菜糊倒进了筛子里。男人摇了摇那个器具的把手，器具里散落出一些芬芳四溢的青绿色汁液，这时他抬眼望着玛丽道："奇怪的生物，一半是动物，一半是植物。"

"啊！"

男人谈到了蘑菇的肢体，说它们像羊群一样在森林的大地上挤成一团，玛丽认真地听他说话，完全没去注意他手里在忙活什么。过了片刻，男人把酥饼碟推到一旁，往桌上放了两个小盘子，自己也坐到了她身旁。他从桌屉里拿出两把勺子，用布巾擦拭了其中的一把，递给了她。他让玛丽再稍等片刻，让面包再松软一点。玛丽大口呼吸着蔬菜汤散发的卤香气，男人看着她满脸幸福的表情，笑着摇了摇头，然后示意她可以开动了。于是玛丽拿起勺子舀了一勺汤，汤里还有一小块烤面包，

第十章 | 火之国

面包松脆的黄油味道和蔬菜的香气水乳交融，相得益彰。

"嗯，这里面是什么菜？"

"胡萝卜、芹菜、欧芹、葱、洋葱、小圆红萝卜。"

他在一旁看着玛丽津津有味地把盘子里的汤一口不剩地喝完，他的目光并不会让玛丽感到不安，虽然她也不明白男人究竟在打量什么。自从第一次在城堡草坪上遇见他，玛丽就隐隐觉得他的眼神里有一种带给她安宁的内容，至于这样的想法是否恰当，她也不敢仔细斟酌。她只是忍不住一直对他微笑，盘子的汤喝完后，她又舔了舔勺子，虽然这样做有些不文雅。

厨师满意地点了点头，似乎作出了什么决定，站起身来，从厨板上取下一块洗得发白的砧板，从抽屉里拿出一把刀，又从柜子里拿了些洋葱和胡萝卜，开始削皮切块。然后他又从柜子里拿出一块纸包的肉，包装上还渗着血，玛丽从来没见过这样的肉。这是牛尾，他解释道。这个菜是他今天的订单。是吗？厨师脸上带着得意的坏笑说，他刚才考虑了一下，觉得还是更想给她做饭。玛丽几乎不敢相信自己的耳朵，惊讶地望着他，说自己不明白。男人说，啊哈，你明白的。玛丽还没来得及说什么，男人已经开始认真地切肉了。这道菜比较费时间，他头也不抬地说，不过您可能已经饱了。男人说着忍不住笑出了声。

玛丽看着男人干活，他垒起木柴，生起了火，从牛尾肥厚的上端切下了两片肉，往锅里放了点黄油，然后把牛尾放进锅里，翻面煎了半晌，然后换了一口平底锅把肉放进去，在锅里的肉汁里放了些洋葱和胡萝卜，出汁后又浇了一层桌上的红酒，然后把肉汁倒进肉里，抬了抬锅，离火远了点。此时，玛丽蓦然想起了自己一人度过的那些岁月，沉浸在姗姗来迟的宿命感中。该来的等多久都会来的，不用着急。男人忙完后，又坐到了她身边，俩人透过窗户望着外面的一小块天空，小口喝着红酒，一瓶喝完后，男人又开了第二瓶。

外面的那种轰鸣声是什么？玛丽问道。男人望着天答道：博尔西希。玛丽不明所以地点了点头。

下午的时光缓缓流逝着，不知何时那种轰鸣声终于消失了，玛丽又听到了梁燕叽叽喳喳的叫声。男人拿出了一小碗鹅肝，切得细细的，然后又切了几块白面包，放在水里浸软，再把水沥干，然后打了个鸡蛋，把蛋黄和鹅肝涂在面包上，上面撒点盐和胡椒，然后从架子上拿下一个大肚瓶，往面包里倒了一点。这是烧酒，他说，玛丽又点了点头。她突然感觉到一阵奇妙，就在之前，她还觉得自己不可能拥有另一种人生。男人走到灶台边查看牛尾，一边打听着玛丽在岛上的生活。于是玛丽谈起了那些动物。喜欢棕榈树吗？她问。男人耸了耸

第十章 | 火之国

肩。玛丽把手放在灶台冰凉的大理石台面上,男人把自己的手盖在她手上。然后他把她拉向自己,小心翼翼地,仿佛她是一块酥皮馅饼,男人的嘴巴贴上来,吻住了她。玛丽享受着俩人之间的碰撞。

接吻后,玛丽蓦地叹了一句"真美啊",男人点了点头,却没有接话。平底锅里升腾起了一股食物的香味。男人从架子上拿了一个碗,又打开一个陶罐,往碗里倒了些奶油,然后把碗浸在桶里的凉水中,用搅拌器把奶油打散。玛丽看着他的背影。搅拌器的声音停了下来,男人作出一脸疲惫的表情,似乎像是期待着她的表扬。于是玛丽笑着夸了他几句,男人坐到她身边,手里拿着一个柳条筐,筐里装着一些饼干。他把那些饼干捣成了碎粒,然后拿起一个小瓶子,往饼干屑里倒了点液体。这是马拉斯金甜酒,他说。玛丽点了点头。他在饼干上铺了一层发泡奶油,然后又铺了一层饼干,然后又加了点马拉斯金,就这样一层层铺下来,直到点心叠满了碗。

"马上就好。"

"不用着急。"

"为什么?"

"不用着急,我们有的是时间。"

"是啊,我们有的是时间。"

时间,我们有时间。玛丽以前总觉得她的时间是一条通往过去的隧道,那个过去是一个让她相形见绌的庞然大物,她甚至无法去描述它的模样。它令过去的这些年月显得十分渺小。自她上岛之后,已经过去了这么多年,她对世界上发生的事情几乎一无所知。笼子里的动物是如何打发漫长光阴的?动物们不知生死,是不是也就没有时间观?玛丽向前靠了靠,用小小的手抚摸着厨师的脸。他的眼睛小小的,眼神不安地闪烁着。男人又一次牵过她的手,吻着她的手心,仿佛在亲吻一个精致的碟子。吻完手,他说,时间到了。玛丽拍了拍手,掌心依稀留有他亲吻时的感觉。

男人走到灶台边,把锅里的牛尾盛到一块板上,细致地剔出里面的骨头,然后把酱汁倒进骨缝里。他往汤汁里倒了点红酒,尝了一口,然后从墙上取下筛子,滤了一遍汤汁,又倒回平底锅里,打了一只鸡蛋,把蛋黄和酱汁打在一起,然后用搅拌器慢慢打进汤汁里,再把肉放进去,又扔进去几只干李子,在火上抖了抖锅,这道菜就算完工了。玛丽用刀切开无比酥软的肉片,尝了一片。

"您觉得如何?"男人迫不及待地问她。

玛丽咀嚼着,见男人的样子几乎要笑出声来。"嗯,非常棒!太好吃了,不过……"玛丽咽下肉片,立刻忙

第十章 | 火之国

不迭地回答他。

"不过什么?"

"你还是叫我玛丽吧。"

"玛丽。"

听着男人郑重地念着她的名字,玛丽又忍不住笑了。她该怎么称呼他呢?凯欣,男人说,叫我凯欣就行。凯欣,玛丽也跟着他重复了一遍,然后俩人继续吃起来。他看着她一口一口品尝的样子,玛丽知道他非常享受看她吃得津津有味的感觉。肉的口感松软多汁,加了葡萄酒和李子后,味道变得愈发醇厚。

玛丽幸福地叹了口气,放下了刀叉,几乎在同时,男人也站起来,屈膝跪在她身前,玛丽吃了一惊,不由得笑出了声。男人伸出手抚摸着她的脸,玛丽的表情也随之严肃起来。男人往前挤了挤,跪在她双腿中间,俩人几乎是脸贴着脸。玛丽闭上了双眼,等待着他的亲吻。男人果然吻了上来,缠绵而温柔的吻,玛丽感觉着幸福在心中慢慢萌芽的滋味,想热烈地回应他,可是——她的嘴唇很僵硬。她不明白发生了什么,男人亲吻着,明明是她的心之所向,感官却如此迟钝,她只能被动承受着他连绵不绝的吻,心里充满绝望,害怕男人察觉到她的僵硬,恐惧渐渐浇灭了她心里的幸福感。最令人不寒而栗的是,情况似乎完全没有好转的迹象。玛丽无助地伸出小手抱住男人的背,想把他拉近一点,让他跨越那道莫名横在俩人之间的神秘深渊,她感觉到了男人温暖的肌肤,然而双手却从他的背上再次滑落下来,垂到了自己胸前,那种滑落仿佛预示着,她再也无法抓住任何事物。

男人缠绵地吻着她,持久得令她感到无比煎熬,暗暗期待着这一切快点结束,安慰自己就快完事了。男人终于停了下来,玛丽羞耻地闭上了双眼,感觉到男人站起了身子,走到灶台上忙活了一阵,直到他回到桌边坐在她身旁时,玛丽才敢睁眼,像一只受伤的小动物一样怯怯地看着他。男人在桌上放了几只玻璃碟子,从抽屉里拿出两把小勺子。这道就很家常了,男人说,眼神透出忧郁的神情。玻璃碗碰到桌面发出了陶瓷碰撞大理石的清脆声响。这是小菜,男人说。

"小菜?"玛丽用平静的声音反问道。

"对,就这么叫。小菜。"

玛丽对着面前的碗点着头,竭力在男人面前隐藏住眼里涌起的泪花。她的嘴里洋溢着奶油和甜酒的浓腻芬芳,浓得让她几乎无法承受。玛丽没有再说什么,却再也止不住泪水,从铺着坐垫的椅子上滑下来,一头跑出了厨房,奔进了走廊,她本来想朝着公寓的门走,却抽泣着犹豫了一下,然后一脚踢开了通往另一个房间的门。

第十章 | 火之国

玛丽一直没注意到夜幕早已降临，透过窗口，她吃惊地看见外面闪耀着红彤彤的火光，在这个简陋房间的墙壁和天花板上撒下了点点光斑，然而在狭窄的小床下、柜子后面匍匐着可怕的暗影，黑影遍布在各个角落里，仿佛外面已是伸手不见五指的黑夜。这是一个熊熊燃烧的夜晚，整个城市似乎都陷在火光中。玛丽不由自主地被外面的红光吸引住，抽泣着走到窗前。那扇窗户太高了，她看不到外面，于是又爬到背板靠窗的床上。外面的景象几乎让她停止了呼吸。火之国，她心想，这就是火国。大颗大颗的泪水涌出了眼眶，玛丽哭得像一个孩子。

透过窗户，能看到古城墙另一边的风景。在高高耸立的普伦茨劳山的右边，玛丽看见了许多砖瓦厂房和高大的烟囱，它们层层叠叠地笼罩在夜色中，离玛丽几乎近在咫尺，所有的门窗里都闪耀着火焰般的光芒，无处不在的浓烟朝天喷涌着，被火光照得红彤彤的。玛丽看着眼前异度空间般的世界，心里感到无限悲哀，此时此刻她才明白过来：世界早已改头换面，再也不是她的那个世界，所以她不可能再找到另一种生活。她的人生已经走到终点。玛丽不由得想起了克里斯蒂安，想起了他躺在棕榈屋地上死去的样子，想起了孩子被夺走后的心如死灰。那时她就已经死去了。虽然那是一种缓慢的死亡。

哭泣的玛丽俯视着身下城市中的红色火光,那种光就像她几乎保存了一辈子的那只红宝石杯子一样,她知道,不用多久,或许就在明天,下面的这座城市就会把魔爪伸向她的小岛。所有她熟悉的一切都会在大火中化为灰烬。她的嘴里依然泛着奶油和甜酒的甜腻味道,然而她知道自己该回岛了,虽然这是一个无比艰难的决定。玛丽脸颊上的泪水映着火光,闪闪发亮,然而这一切她都看不见。

第十一章　抽烟吗？

　　这年的冬天似乎无比漫长，一个春寒乍冷的清晨，外面雾蒙蒙的，玛丽从睡梦中咳醒了。梦中狮子那对琥珀般的眼睛似乎依然在她眼前闪烁着，咳嗽的刺激让她小小的身体颤抖个不停，玛丽心如止水地静静躺了一会儿。似梦非梦，她心里想着，尼科尔斯科耶教堂的钟声敲响了，最后一声敲完后，玛丽艰难地撑起了身体，从床上滑了下来，好不容易才在床边挤得满满当当的书堆中找到了一个空当。书堆最上面放着一本破旧不堪的《殖民地官员布里森先生的船难和被俘历险记》，这本好像也是利希特瑙公爵夫人的藏书，这本书她已经看了很久，从来都没有读完过。床边橱柜上的高脚杯碰了一下空瓶子，发出了清脆的声响，瓶腹上还描着一圈红色，仿佛是一个上吊自尽的女人的脖子。玛丽蹒跚着走到窗边，朝外面看去。

　　浓雾从北面慢慢逼近，从灌木丛、树林间缓缓溢出来，飘过草坪。那年，运送狮子的箱子就放在这片草坪上，木条后面亮起了两个金色的光点，在那两簇冰冷的火焰正中心，横着两条杏仁状的深色细缝。玛丽回想起狮子在箱子里发出的均匀咕噜声，当时她小心翼翼地把手搭在木箱上，耳边传来了林间孔雀的嘶喊。她当时感到一阵恐惧，狮子的眼睛从黑暗中浮现出来，孔雀的叫声变得越发凄厉了。玛丽没有挪开手，狮子呼出的气息热烘烘的，拂过她的手背。

玛丽拿起平时放在门边的拐杖，艰难地支撑住身体，她手上的骨节增生，泛着青色。玛丽迈着小碎步，蹒跚着走到大厅的一扇窗户前。窗台的高度刚好抵住了她的锁骨，玛丽望着外面的茫茫白雾。浓浓的大雾罩住了河面，灰蒙蒙的看不见河对岸。这几天东北风裹着寒气在岛上四处肆虐，钻进了城堡的墙缝和衣服的空隙中。渡口那边就是运送狮子的蒸汽船靠岸的地方，玛丽不由自主地又想起了另一艘同样在那里抵达小岛的船，此时此刻，在大雾中，玛丽仿佛又一次看见了他迟缓而沉重地朝她而来，他的身体几乎和旁边的棕榈树一般高大，那些棕榈树朝河水微微倾斜着，叶子颤颤抖动。那已经是五十年前的往事了，有那么一瞬间，玛丽似乎真的在雾中瞥见了古斯塔夫，看见他站在船板上朝她挥着手。她咽了一下口水，把下巴抵在窗台上，合上了双眼。

再次睁开眼时，那艘雾中的船已经消失不见了。玛

第十一章 | 抽烟吗？

丽从扶手椅上拿起了一条围巾，这是那条尼泊尔山羊毛织成的围巾，曾经属于里格尼兹亲王，后来不知出于什么原因被遗弃在城堡中。玛丽用围巾紧紧裹住胸部，又回到了卧室——曾经的国王寝室。

玛丽吃力地拉开橱柜最底层的抽屉，里面放的全是她的私人物品。最上面是一幅剪画，玛丽拿起剪画仔细端详着，想起了若干年前的某个夏日，施勒密尔在城堡草坪上为她剪肖像的往事，然后她又坚决地放下剪纸板，拿出了一个打着绳结的粗麻布包裹。里面是那件她在克里斯蒂安的遗物中找到的裙子，裙子外面还包着一层薄绵纸，褶皱里也垫了一些，裙子被取出时窸窣作响，蓦地散发出一种紫罗兰般的香气，玛丽把鼻子抵在衣服上贪婪地嗅着。她翻开棉纸，久久地看着那沉甸甸的银色锦缎，阳光在薄如蚕丝的刺绣上跳跃着，仿佛是完美绣品上的一只手。这是玛丽平生拥有过的最贵重的裙子。

那年她第一次打开这个包裹时，立刻就明白了，克里斯蒂安为她做了一件嫁衣，然而那场婚礼并没有发生。玛丽从包裹里拿出裙子，出于某种她自己也无法道明的原因，她决定穿上它，这是她平生第一次试穿这件裙子。她吃力地把裙子抱到床上，每天她起床后身体总会剧痛，每走一步路，胯骨就像针扎一般疼，她知道自己忍痛走路的样子非常怪诞。毕竟，她已经和这个世纪一样苍老不堪了。有时候她甚至觉得，可能是有人故意把她和这个世纪绑在一起，让她步履维艰地陪伴着它。

我们是不死族，克里斯蒂安以前经常微笑着把她揽到怀中，对她说，我们是童话世界的成员。其实玛丽的确经常觉得，自己和他人的世界只有一瞬间的交集，在那个瞬间中，她和古斯塔夫走到了一起，然而很快，古斯塔夫就一脚把她踢回到自己的世界里了。这是我们的小岛，克里斯蒂安曾低声告诉她。她痛恨自己身上的疼痛，那种疼痛仿佛是对造物主把他们变成这般模样的徒劳抗争。这么小！古斯塔夫曾低语道。

玛丽想到这里，不由得笑了笑，踮起脚，把瓦罐里的水倒进碗里，就着冰冷的水洗了洗脸，然后把睡衣从头上脱下来，冻得直哆嗦。她快速套上内裤、衬衣和袜子，穿上紧身胸衣，扣得紧紧的，牢牢的，然后坐下来系上靴子，这样走在冰冷的木地板上才不会冻脚。接下来要穿的是衬裙，她套上裙子的时候，衬架的钢圈在布料中颤抖不止，仿佛蓄势待发的匕首。最后才轮到穿罩裙，高竖领，七分袖，浅白色的裙子在暗淡的雾中微微泛光，仿佛它也是雾气织出来的。她的手指患了痛风，好不容易才系上那些小小的扣子。

然后玛丽坐到床边开始梳头，用的是每天摆在旁边

第十一章 | 抽烟吗？

的那把梳子。她的头发早就不再乌黑了，已经变成了脏脏的灰色，发量也稀稀拉拉，薄薄地盖着她衰老枯瘦的头颅。她把头发梳齐后，在后面打了一个悲哀的小发髻。然后她用床和柜子支撑着身体，站到了穿衣镜前，每走一步，膝盖骨都会噼啪作响，她的右手在空中悬浮着，仿佛在寻找着依托，手指痉挛般地卷成了一团。玛丽害怕看见自己的脸。镜子对她说：你老了，老得不像样，除了老一无是处。她的脸上满是皱纹，老态龙钟，嘴角下垂，眼窝深陷，一只眼睛几乎已经瞎了，眼球变成了乳白色。她就像一个小女巫。看见自己的样子，她不由得想起了儿时见过的宫廷主管夫人，此时她多么希望自己也像她那样，戴着一顶假发。玛丽往干枯的脸上扑了点粉，好遮住那些像树根一样鼓突的血管。

然后她又走到橱柜前，打开高脚杯和玻璃杯旁边的一个小匣子，取出一条带着十字架的银项链套在高竖领外面，接着又拿起一个小链表，挂在裙身上。表旁边放着那只红玻璃酒杯，她像曾经的某个清晨一样，久久注视着杯子里的红光，即使在这样一个雾气蒙蒙的日子里，那缕红光似乎都没有暗淡。

她接到通知说今天有人上岛，她得负责带访客参观城堡和小岛。长久以来，这项工作成了这位宫廷侍女唯一的职责。古斯塔夫的继任者考虑了她的处境，为她做

孔雀岛

了这个安排。玛丽提出的唯一要求是，希望可以继续住在城堡里，得到应许后，她才接受了这项工作。大多数时间里，她都独自待在城堡里，独处是她最迫切的愿望。玛丽拿起拐杖，小步走下吱嘎作响的楼梯，披上一件斗篷，走出了大门。草茎上结冰的露水在她脚下发出碎裂的声音，她走了很久很久，才走到理事处，里面的人还没起床，屋子里没有亮灯，于是她又沿下坡走到了哈维尔河边的船埠，听着河水拍打船身发出的沉闷响动。

　　岛上的一切都曾经来过这里，玛丽心想。它们像那些棕榈树和狮子一样，像她自己一样，都是从这里登上小岛。现在只剩下我自己了，她想。玛丽想起自己当年抓着哥哥的手，看着沉默的船夫们摇着船桨。捕鳗鱼的渔民们站在自己船中，好奇地打量着他们。克里斯蒂安指着一只鸬鹚叫她看。宽阔的哈维尔河面上悬着微光闪闪的明媚天穹，高大的树垂首俯向大地。然后，小岛在前方浮现了，那也是她平生第一次听见孔雀的叫喊。

　　玛丽看着河对岸，大雾沿着森林大道蔓延着，林间隐隐能看见尼科尔斯科耶一角。林间有一小块墓园，是申克尔当时设计的，叔叔就葬在那里，他是以九十岁高龄在夏洛特堡过世的，诡异的是，几个月后，园林总督莱尼也与世长辞，古斯塔夫的妻子也在同一年去世。古斯塔夫是1869年退休的，离开小岛两年后，他也死了。

第十一章 | 抽烟吗？

几十年间，他和玛丽除了实在无法回避的场合，几乎再也没有交过一语。玛丽没有参加他的葬礼。他的去世让她悲伤吗？有时候她也会问自己这个问题，但是在涉及古斯塔夫的事情上，她已经感觉不到痛苦了。当然，她有时会渴望和他说话，听到他的声音，但不是和现在的他，而是少年时代的他，夺走她的孩子很久之前的他。

机师弗里德里希和妻子也被葬在那个墓园，两位老人在三天内相继离世，令人唏嘘不止。马尔泰是1872年2月26日去世的，德莱林登的法国战俘营里当时爆发了天花，马尔泰不幸被传染了。玛丽稍感安慰的是，马尔泰去世前她去探望过，和他好好道了个别。

今天，玛丽也安息在那个墓园中，她的墓碑又小又薄，碑上刻着一个棕榈枝，下面用红字写着：宫廷侍女玛丽亚·多罗特娅·斯特拉孔在上帝的怀抱中长眠于此。事实上，我们并不知道这块墓碑下是否真的安葬了她的遗骨。据说在二战中，一辆俄国装甲车在开过柏林郊区时，曾经轧过这片墓园。这块墓碑是玛丽留给历史的唯一证据。关于她存在的记录，只能在普鲁士皇家园林管理文献中去寻找，然而那些文献都毁于战火了。她的故事，也许残存在那些尚未发现的档案中，比如某个饱经沧桑的柜屉里的一打信笺，或是某堆无人问津的卷帙。一定会有被发现的那一天，因为她实实在在地生活过。

只不过我们的世界里没有留下她的足迹，无论是在汗牛充栋的编年史，还是在万维网中，我们都找不到一张玛丽的画像，找不到她手写的文字，更无从了解她那段挚爱一生的故事。

多么奇妙啊，玛丽想，世界在随风消逝，却又保持着屹立不倒。逝去之物远远多于新生之物，而世界却在不断膨胀。每一座园林都是墓地。玛丽用拐杖在沙地上画了一条线，深深呼吸着晨雾的潮湿空气。栈桥边水面上的鸭子们还在睡觉，头埋在羽毛中，随着水波漂浮着。这是我的岛，她想。

这时，一只孔雀沿着草坪的坡地缓缓踱了下来，那是一只幼年母孔雀，在瑟瑟冷风中展着灰色的屏羽，一路犹豫不决地啄着地，向栈桥晃过来，不时还抬头瞅一眼玛丽。玛丽莫名有些感动，不由得想起了她小时候对孔雀的迷恋。那种回忆仿佛是来自另一个遥远世界的问候，玛丽突然意识到，或许自己的人生就是无数光阴碎片的拼贴。想到童年的时候，玛丽感觉那时的光都和现在截然不同。或许正是因为她来自的那个世界正在慢慢崩溃，所以爱情才失去了未来。而古斯塔夫满脑都是黑格尔和温克尔曼，对此一无所知。

那只小孔雀一动不动地站着，发了好一会儿呆，然后转过身来，摇头晃脑地打量着玛丽。这时理事处的灯亮了，玛丽朝那边走去，小孔雀见她朝自己的方向走来，也一步步后退，最后沿路朝着城堡的方向扬长而去了，仿佛它跑来这里只是为了看她一眼。

玛莎给她开了门，然后又慢腾腾地走回了厨房。玛丽走进餐厅，向里面的人点了点头算是打招呼。没有人注意到她身上穿的华服。玛丽默默地坐到了自己的专座上，这把椅子是几十年前为她量身打造的，非常高，有两个踏板，供她攀爬。

桌子一头坐着阿多尔夫·勒乌特，他在十年前被任命为孔雀岛的宫廷园丁和管事人，那个位置在他之前属于古斯塔夫，再往前属于费迪南·芬特曼。勒乌特是一个年届五十的秃顶老男人，长得有些老相，身材臃肿，眼窝深陷在脂肪里。他身边坐的是年迈的洛斯纳，以前是动物护理员，自从兽宛被拆除后，他又被派来当棕榈屋的锅炉工，自己也住在棕榈屋里。每天早上他都来理事处吃早餐，新任的机师安德勒斯却从不参加早餐。除了这几个人，岛上还有两个园丁助手，年纪大的叫布恩克，全名不详，年轻的叫汉斯，这俩人也肩并肩坐在桌边。这些末代岛民中，唯一缺席的是卡尔，也就是克鲁格的儿子，他曾经当了二十年的司炉，后来一直在岛上守夜，玛丽很少在白天碰到他，他总是独来独往，自己一人住在骑士庄园。

孔雀岛

秃顶的勒乌特像平常一样剥着鸡蛋壳,他喜欢把蛋砸到盘子上,仿佛他粗粝开裂的褐色手指在泥土中盘桓了太久,已经握不住鸡蛋了,不过砸完后,他又立刻换上松鼠般灵活的指法,把碎裂的蛋壳一一剥除,然后心满意足地往后靠一靠,给鸡蛋撒上满当当的盐粒,再一整只塞进嘴里。早餐时大家都不会交谈。

玛丽听见了玛莎在厨房里弄出的响动,她正在忙着做给玛丽的面汤。玛丽自从牙齿掉光后,早餐只能喝点汤粥。她的目光在屋子里徘徊着,耳朵仔细听着各种各样的动静,大火舔锅的声音,油在锅里沸腾的声音,面糊罐头被打开的声音,还有沉重的陶罐碰撞桌台的声音。玛莎往面汤里倒了些水,用搅拌器把面糊搅到均匀,然后就急匆匆端进了餐厅,脸上的雀斑红扑扑的,一言不发地把盘子放在她面前的桌子上,勺子也备好放在汤里了,接着她又把装醋的瓶子也放到一旁。玛丽还没来得及点头示意,玛莎就又脚不沾地地走了出去。她知道,虽然她们已经相识十多年,甚至一起去过柏林,但在玛莎和岛上的其他人眼里,她早就成了一个怪物,人们对她的态度更像是一种忍耐,就像他们忍耐那些令人毛骨悚然的事物一样。那是属于另一个时代的作风。

玛丽默默喝着汤。所有人都不在了,她心里想着,就在那一刻,眼前的几人真的突然消失了,就连胖墩墩

第十一章 | 抽烟吗？

的勒乌特也不再吧嗒着嘴吃东西，乖乖地遁形了，取而代之的，是从前的那群人，勒乌特的位置上坐着费迪南·芬特曼，两个助手的位子上坐着古斯塔夫的兄弟们，一脸孩子气的模样，而老洛斯纳则换成了神色严肃的婶婶。在这一天，不知发生了什么，旧日的影像再次浮现，挥之不去。这些往昔回忆宛如只在此地悄然绽放的奇花异草，小岛仿佛有所知觉，在今日把它们一一召回。玛丽又一次听见了古斯塔夫的声音，轻轻的声音，就在她身边，那是一个孩子发出的声音。"妈妈给我读过一个故事，故事说圣布朗达恩在旅行中跨越了世界的尽头！"

她的人生篇章正是在此拉开了序幕。他当时是什么模样？玛丽已经忘了他的脸，只记得那个早晨他的声音。克里斯蒂安呢？那天早上他应该就坐在身边一同吃饭，可是她记不起来了，这种遗忘让她感到十分悲伤。

"斯特拉孔小姐？"

玛丽没被那个声音惊动，而是在回忆中继续徜徉了片刻，然后才转过身，向面前的访客展开微笑。她知道他们不会立刻开始寒暄，因为人们需要时间仔细打量她的样子。长久以来，她已经习惯了那些贪婪的目光，几十年过去了,他们的目光从未改变,而她却不再为此感到不安。这正是她来到小岛的原因,这正是所有人和所有动物来到小岛的原因。唯一不同的是,现在的国王已经不再需要他们了,虽然邦国已成王国,而她是国王珍奇库里的最后一件藏品,却也同样被他弃置不用。一切早已面目全非,只有那些目光没变,玛丽任由他们打量。

"玛丽亚·多罗特娅·斯特拉孔。"她轻声说。

"我们听说了好多您的故事!"

来人是工程师尼特纳和年轻的妻子。勒乌特向她提到这个名字时,她心里动了一下,因为尼特纳这个姓和芬特曼一样,都是为国王效力的古老园丁世家,一百年来分管各大园林辖区,玛丽曾听叔叔提到过老尼特纳,他的两个儿子似乎也来过孔雀岛。

刚过中午,船夫敲响了铃声,通知她访客即将抵达,玛丽朝栈桥边走去,在哈维尔河上的浓雾中看见了两个人影正乘着桨船朝小岛前来。工程师看起来很和气,穿着一件皮里大衣,衣角已经有些破旧的痕迹,头上戴着一顶奇特的帽子,玛丽还没来得及仔细端详,目光已经被他身边的妻子吸引了过去。她年轻美貌,浑身散发着异域的魅力,那种异域感来自她深色的皮肤和漆黑的眼眸,她双眼间的鼻梁上还点了一个金痣。她穿着一件高领大衣,剪裁是最流行的式样,面料是苔藓绿的丝绸,漆黑的头发散落在精致的绸布上，头上戴着一顶小帽子。

最让玛丽纳罕的是她那双纤细修长的手，女人手上的皮肤和脸上一样黑，此时她双掌合并，做出打招呼的姿态，看上去却像是在祈祷，玛丽一眼就瞥见了她手背上的深红色纹身，那种纠缠的纹路非常罕见，从手背一直延伸到手腕，很可能一直纹到了手臂上。女人察觉了玛丽的惊讶，羞涩地笑了一下，俯身向玛丽行了个屈膝礼，因为丈夫郑重地向她介绍了玛丽宫廷侍女的身份，或许她这样做也是为了抚平俩人的身高差。女人的目光十分温柔，玛丽不由得想起了马尔泰，只有他才用这种温柔的眼神看过她。那眼神中没有贪婪。工程师的娇妻低声说，能来到露易丝王后曾经幸福生活过的地方，她感到十分高兴。

玛丽不太喜欢和别人走得太近，她没有接女人的话茬，径直进入了环岛导游角色，女人也随之站起身来。

"宫廷园丁的住处和孔雀岛理事处建在紧挨渡口的地方，就在右边。"玛丽介绍道，手指向高处，"那边有一个高大的榆树桩，树桩里是一个水泵，那边有一个缠绕着藤蔓的拱门，下面有两条路，通往小山坡上面。"他们往坡上走，玛丽滔滔不绝地一路解说："其实走哪一条路都无所谓，路尽头都是同样的地方。但是如果选择了其中一条，就必须要坚持走完，如果你不想错过好玩的风景，或是误入歧途，就不能因为沿途偶遇的任何东西而分心。"

玛丽努力掩饰着走路带给她的疼痛，也尽量不去在意两位访客因为她刻意放缓的脚步。她艰难地驱动着两条腿，偶尔停顿的时候立刻努力蓄积力量。就在草地那边的城堡快要出现在视野中前，她转身朝着右边，看着岛上最后一丛幸存的玫瑰。

"两位若有兴趣，可以看看这里的玫瑰园。这是普鲁士的第一座玫瑰园，1821年由莱尼规划建成，收集了柏林的伯恩博士收藏的各种玫瑰月季，国王当时花了五千塔勒买下了他的藏品，这在当时相当于十分之一个小格里尼克的价格。以前这里的月季从五月一直开到初冬新雪。可惜最近几十年来，这些花因为缺乏打理渐渐枯萎了。但是还有几丛依然在开花。两位这次来得不巧，没有赶上开花的时节。"

两位观光客站在那片业已荒废的网状小径中央，茫然地低头四顾，仿佛在寻找着女侏儒所说的往日荣光的痕迹。工程师尴尬地笑了笑，心里觉得有些莫名其妙，可惜他们此刻别无选择。

玛丽打量着工程师，在他那双蓝得异乎寻常、几近透明的眼睛中，她突然找到了一种古怪的熟识感。"尼特纳先生，容我冒昧，您是从哪来的？"

第十一章 | 抽烟吗？

"锡兰。"尼特纳笑着看了一眼娇妻说,"我们俩人此行是第一次回老家。"

玛丽想起了普鲁士的园丁们,他们一代代地离开家园,前往异乡,据说有个叫弗里茨·塞洛的去了巴西,在那里当了植物藏家。还有个叫约翰·尼特纳的去了锡兰,在那找了一个职位。据她所知,这俩人一生都没有回过家乡。

"锡兰在哪里?"

工程师大笑了起来,"锡兰是印度南边海洋中的一个岛,现在是英属地。欧洲人打拿破仑的时候,那个岛被并入了大英帝国。"

大雾散了一些,城堡草坪上的草长得极深,需要割了,草间缀着闪闪发光的露珠,放眼望去,那些光点此起彼伏,无穷无尽。尼特纳扣上了大衣的纽扣,第一道阳光终于冲破了大雾的障碍洒了下来,尼特纳摘下了头上的帽子。虽然空气湿冷,他身上却感受到了一丝暖意。

乍眼看去,他的形象并不出色,体型有些臃肿,走动时胯部僵硬,脸颊虽然刮得很干净,却颇有些下垂的趋势。他的眼睛小小的,几乎没有睫毛,却是水光潋滟的淡蓝色,玛丽看得挪不开眼。他们身上的某种内容让玛丽心绪翻涌,她忍不住想起了那头狮子,想起了它炙热的呼吸,到底为何会产生这样的联想,她也不知道。

孔雀岛

人们永远不知道点燃回忆的导线来自哪里，不知道是什么激起了那些浮想联翩，或许是一种关于生活的幻梦，或许是我们的目光在世间看到的那些无法停止渴望的对象。然而想这些又有何用！玛丽定了定神，无言地继续带他们游岛。

"您在这里生活多久了？斯特拉孔小姐？"年轻的妻子问道。

"我在这里待了一辈子。"

"那一定经常会感觉孤独吧。"

玛丽摇了摇头。"一点也不。"她说，"我们那时候很热闹。"

俩人脸上带着难以置信的神色望着她，玛丽却换了一个话题："可惜两位现在看不到绣球花，这里还生长着一些非常罕见的大型绣球品种，绣球原本开的是红花，人工调理后却能开出蓝花，这一点很出名。九年前去世的宫廷园丁古斯塔夫·阿多尔夫·芬特曼在这个小岛上工作了半个世纪，因为培育了这些花的原因，他一直很有名气。"

古斯塔夫。她终于还是说出了这个名字，她当导游时几乎无法避开这个名字，但每次提到他时，她心里都会感到恐惧。

"叔叔跟我提过他。"尼特纳说。

第十一章 | 抽烟吗？

"请原谅我的唐突，工程师先生，您和一个本地的宫廷园丁家族同姓，听说多年前，尼特纳家族中有一人去了锡兰。您和那位园丁有关系吗？"

"那就是我的叔叔。"

"啊，原来如此。"

尼特纳点了点头。"啊哈！不过说他是我的叔叔也并不太准确。我是一个孤儿，不是在锡兰出生的，不过我对他的离家之行一无所知。我开始记事时就在约翰叔叔的家里，家里的人都这么叫他，因为所有人都说英语。他对我视如己出。"

玛丽的心中蓦地浮上了一个念头，虽然她立刻尝试去遏制它，但那种想法还是盘踞了下来。人们不应该跟随每一条通往黑暗的路，我们的心是矿脉，每个人都是矿中的侏儒，惶惶不安地忙于鉴别真金假脉，假金子也会闪闪发光，而只有真金才不会让人们深入暗夜却徒劳无获。玛丽以自己力所能及的最快速度带着俩人走进了森林，途经暖房时介绍了玻璃里面培育的各种岛上植物。他们走到了通往机房的路上，玛丽作了一些必要的知识讲解，然后他们来到了喷泉。

"叔叔希望我也能在园艺上找到乐趣。"尼特纳在上坡时谈道，"可惜却不能如愿。"

"您不感兴趣？"

"不感兴趣。"男人温柔面容上的表情有些五味杂陈，回忆似乎让他的面部线条变得扭曲了。

玛丽点了点头，坐到了"吊灯"水池边的一个长椅上。她沉浸在恐惧中，心脏快跳到了嗓子眼，但无论如何，她必须问出接下来的那个问题："您是哪年到锡兰的？"

"1833年。大概是快五十年前。"

大概五十年前，不错。希望的感觉让她感到一阵窒息。玛丽用披巾挡住瑟瑟发抖的双手。世间之事或是童话，或什么都不是。

"不过这个岛却和我想象的完全不一样。叔叔以前经常跟我讲起故乡园林的盛况，可是这里的一切，"尼特纳努力寻找着合适的表达，"却显得非常萧条，请恕我直言不讳。"

玛丽竭力忍住即将涌出眼眶的泪水。过了很久很久，她才平静地开口道："这里的土壤贫瘠，只能长一些普通的草木，岛上的原住民其实只有鼠耳芥和油母鸡。每到夏天植物就奄奄一息，只有那些强壮的橡树能长出足够深的根须，抵达小岛地底下的某些肥土层，从那里汲取水分。这些植物都需要经常打理，过去几十年，它们得到的关心越来越少。以前，下面机房里的蒸汽机只需要四个半小时，就能给这里注满水。吊灯喷泉的两个水柱会扬起一面浪漫的水幕,水潺潺流进巨大的水池里,夏天的时候池边开满了勿忘我,细碎的水珠会穿过橡树的绿荫,一直飘到很远的地方。"

"吊灯"的水池已经很多年都没有人打扫了,喷泉边的龙舌兰在几年前一次早冬时冻死了,现在还杵在木桶里,枯白的枝干四仰八叉地歪倒在沙土上,土里长着一些蒲公英,长椅下面和一些特别背阴的角落里冒出了厚厚的苔藓。玛丽悲哀地领着俩人下坡,朝原来兽宛所在的地方走过去。兽宛的痕迹已经荡然无存了,最后一批动物被运走后,连外墙也被拆除了。

从前的兽宛现在长着稀稀拉拉的荒草,地上冒出了一些桦树和松树的幼苗,残存下来的石山上长满了黑莓。小岛上硕果仅存的鸟舍就在不远的地方,动物的叫声从那里传来,里面还有几只鸽子、乌鸦和一对白孔雀。

"以前可以从那去骆驼屋。"玛丽的声音有些干瘪颤抖,她竭尽全力才能发出响亮的声音,说话间她转身背对着那对夫妻,却依然感受到他们从身后投来的目光。

"骆驼屋是皇家城堡建筑师沙多的作品。前庭是为骆驼的习性打造的,骆驼喜荫,天热的时候会待在圈里不出来。露台上那时候全是长尾鹦鹉,红的、蓝的、黑的。旁边是高大的新荷兰鸵鸟,它们总是若有所思地来回踱步。另外一边住的是身形矫健的褐色羊驼,哥伦比亚鹿,西印度鹿——那种鹿和我们本地的狓鹿在血统上挺有渊源。从它们住的地方再往前就是鹰笼，里面养着很多品种的海雕，再过去就是猴山，北非豪猪，最后一排的笼子里是狮子。"

莱尼当时是如何在宽阔的城堡草坪边沿着橡树排列这些笼子的？往日的痕迹早已无迹可寻，如今这里看起来几乎和玛丽的童年回忆一模一样。所有那些金碧辉煌的景象都已随风而逝，一切都归于沉寂，这种沉寂正是小岛最初的模样。春寒料峭，惨淡的阳光洒在杂草上，玛丽呆呆地盯着地上的草出神，直到工程师的娇妻走到她身前，蹲了下来，她穿着紧身的衣服，行动时有些费劲。

"狮子？真的吗？"

"后来夭折了。"

她怯生生地朝不知所措的女人笑了笑："这附近还有一个兽宛，以前养了很多新荷兰的罕见袋鼠。"

"袋鼠？"

"是的，它们后腿特别结实，能跳很远。真是可爱的小动物。当时我们把它们和家兔养在一处。可惜它们总是活不久。"

"我们继续往前走吗？"工程师的妻子察觉了玛丽脸上的痛苦表情，轻声问道。

第十一章 | 抽烟吗？

玛丽点点头。草地另一边是从前的老路，以前游客沿着这条路可以从袋鼠屋穿过茂密的灌木和树丛，接下来去参观骑士庄园。他们踩着硬邦邦的杂草，吃力地继续前行。

"得去看看洛斯纳中午准备了什么吃的。"玛丽边走边嘟囔着，似是在跟身后的那对夫妻说，却更像是在自言自语，夫妇俩一言不发地跟着她在小森林中穿行着。

他们走进洛斯纳那间厨房兼卧室的矮屋子，正好撞见他狼狈不堪地抱着一堆碗碟出来，一股脑放在擦得锃亮的大木桌上。玛丽很喜欢来这里，骑士庄园曾经一度是她避难所，每次来这里，她总是幻听到克鲁格的妻子喊她的声音。娃娃啊，娃娃！那时她总是这样喊。

炉子里的柴火烧得噼啪作响，一股暖意包裹住了他们的身体，尼特纳走到炉边，大声朗诵了一句：人若施以安抚守卫，火也将以暖意回报。虽然他借这首箴言致敬了洛斯纳，后者却毫无反应。身为动物看守，他以前很喜欢跟游客们聊些动物的趣闻，动物们被运走后，他就不怎么开口了，自从女儿守寡搬到柏林去之后，他变得越发寡言少语。登岛游玩的客人越来越少，每次来了人，玛丽都会带他们来洛斯纳这里。游客们见到这位沉默邋遢的老人，总觉有些扫兴，玛丽却毫不在意。是啊，她甚至很享受他们不悦的神色，因为她知道，他们再也不会来了，这样的效果正中她下怀。然而今天她的心情却完全不同。

炉子边的灶台上摆着一口锅，房间里散发着鱼和洋葱的酸味。午饭吃的是鳗鱼，洛斯纳把盛着鱼片的小碟子放到了桌上，然后又拿来一些咸土豆和酸黄瓜，这些配菜都很辣，工程师吃得很开心，玛丽看着他想：这就像是我在喂他吃一样。如果这就是她的儿子，她必须得说出真相。她把鱼片含在嘴里慢慢品咂着，直到整个口腔都充满酸酸甜甜的味道，她把鱼一直舔到松软，再吞下去。吃饭的时候工程师又一次称赞了庄园的外墙，说它十分美丽，导致他在外面流连忘返了半天才舍得走进来。

"这房子里还有什么？"他又问道。

还有你出生的那张床，玛丽心里默默道。她说："楼上以前是王子公主们的更衣室和卧室，另外还有骑士、副官以及一些随从的房间。"

尼特纳点头，对美味的午餐表示了感激，然后活络地和洛斯纳攀谈起来，打听哈维尔河里的鱼情。

"食肉鱼很多。最好的捕鱼期是9月到11月之间。

每天早晚都可以捕到很多鲈鱼和梭鲈。"

老人说完又沉默了下来。尼特纳善意的看着他，等着他继续开口，只有玛丽知道，老人不会再说什么了。他现在只希望客人们赶紧吃完，好让他收拾碗碟。

"趁我们在屋里烤火，您再说些自己的事情吧，工程师先生。"玛丽试探地说。

"哈，如果您觉得这里很温暖，热带地区可一点都不适合您，斯特拉孔小姐。"

"您说说热带的事儿吧！我们岛上人以前经常遐想印度和南太平洋的风光。"

"我那时候是在科伦坡下的船，叔叔后来说，他亲自来港口接了我。当时他在佩拉德尼亚的皇家植物园得到了一个职位，那个园子就在古都康提附近。我们从港口坐牛车一路向北，那时候还没有火车。您知道吗，英国人太懂得利用资源了。他们先是种咖啡，您简直无法想象那样的场景，那咖啡田一直绵延到地平线的尽头！后来他们又改种茶叶，招了成千上万的泰米尔人来茶田采茶。所有人都成了工程师或是小商贩！我们这里的人很难理解这一点，帝国是靠商人打造的，而不是枪炮。"

"您的叔叔呢？现在还好吗？"

"他六年前去世了。"

"非常抱歉。"

工程师微笑着摇了摇头,"您知道吗?他当时任职的那个园林,据英国人说,以前属于康提的末代国王罗阇辛伽四世。那里的棕榈树无边无际,还有很多奇特的动植物。巨大的蝴蝶、不计其数的鸟儿、鳄鱼、狐蝠、巨蜥。即使在那么偏远的地方,当地人都久闻普鲁士园丁的盛名。"

"那您为何不愿成为园丁呢?尼特纳先生,您违背了长辈的意愿!叔叔一定为此抱憾终身。那么您后来做了什么工作呢?在雨林里修建铁路吗?"

尼特纳点头:"锡兰的铁路非常棒,过去几十年人们做了不少建设,所以我也非常乐意参与其中。小岛上所有的重要地区都彼此连通,这样人们就能很快把鸭子从培植园送到港口,再从那卖到世界各地。此外小岛的矿产资源也很丰富,我是东印度公司的矿务工程师。我一直都沉迷于大地里那些等待被开采的宝藏。"

玛丽有点骄傲,虽然他对自己的身世一无所知,却依然是小人国的一员。克里斯蒂安以前总是说,世界上熊熊燃烧的大火就是我们的宿命。我们和石头中的火焰血脉相连,无法分开。玛丽察觉到了时间在匆匆流逝,如果要揭开这个秘密,她就不能再等下去了。年轻的妻子朝她投来了带着善意微笑的目光。

"请问您叫什么?我还从没听过锡兰人的名字呢。"

第十一章 | 抽烟吗？

"阿娜提。我叫阿娜提。我的父亲是康提殖民管理局的公务员，我是泰米尔人。"

"我是在造访她父亲时认识她的，美好的运气。"工程师笑了，女人也微笑着把自己的手盖到他手上。

我不能说，现在还不能。玛丽感觉到绝望在节节疯长。为什么她说不出口？"您的名字很好听。"她最终只憋出了这句话，然后重复念了一遍她的名字，有那么一瞬间，那个名字似乎把她带到了一个很远的地方。

"您的家乡有狮子吗？"

阿娜提歉然地摇了摇头："没有狮子，有老虎。老虎生活在雨林里，老人们说，它们一直在用闪闪发光的眼睛观察着我们。"

"是啊，它们的眼睛就像金叶子一样。"玛丽也微笑道。

"后来露易丝王后怎么样了？"他们离开骑士庄园后，阿娜提立刻问道。

玛丽点了点头，一边讲着王后的往事，一边领他们朝着牧场的方向走去。还没走几步，他们突然迎面遇上了一大堆孔雀。孔雀们带着它们独有的那种茫然和威严感，从树林中慢慢走过来。肯定有二十只，岛上的孔雀只剩这些了。

"马克斯！快看！"年轻的妻子看到孔雀，惊讶地用英语喊道。

玛丽半晌后才反应过来，她还不知道自己孩子的名字。那种震惊感仿佛一把锋利的刀刃，穿透了她的心脏，身上的力量瞬间离她远去了。马克斯，她心里默默念着这个英语名的奇特音节，目光四顾找寻着他的身影，此时此刻，只有他才能救她。她看见马克斯笑着把妻子揽进怀中，俩人朝着孔雀走了过去，完全没有看她一眼。眼泪让她小小的身体止不住地颤抖起来，玛丽强行忍住泪水，看着他们的身影。不是他，她心想。真的是他吗？孔雀见俩人来了，像平时回避游客一样，沉着冷静地缓步后撤，玛丽本可以把它们叫过来，却没有这样做。片刻后，他终于把目光投往玛丽所在的方向。

"如果您不介意的话，我就在这里等你们吧，"玛丽用颤抖的声音说，"我有点累了，你们到下一个交叉口拐到左边那条路，穿过一片松树林，沿着河岸就可以走到牧场。到草场的尽头，会看见一个往上的小坡，前方不远处有一个大理石长椅，然后你们沿着朝左的那条路走，会到一个门廊前。那个门廊紧挨着森林，面朝美好的草地，造型很朴素，那就是敬爱的露易丝王后的纪念碑，她的半身像就立在那里。"

他察觉了玛丽颤抖的声音和泪水,忧心忡忡地望着她,问她怎么了。玛丽平复了一下心绪,推说自己只是年纪大了。

"您叫马克斯?"

"全名是马克西米利安。这是叔叔在我受洗时取的名字。"

玛丽点头。"您快去吧。"她挤出一个微笑,催促着他。

玛丽独自留在原地,没过多久,孔雀又聚拢了过来,围在玛丽四周,却对她视若无睹,仿佛在跳着一种缓慢的舞蹈。玛丽疲惫地坐到一张绿色的长椅上,望着孔雀出神,以前她有时会和古斯塔夫在这里歇脚。她想起自己小时候,曾经入迷地观察过孔雀的求爱过程。看到美丽的雄孔雀围着貌不惊人的雌孔雀疯狂献殷勤,她曾经觉得无比欣慰。求爱过程并没有持续很久,然后雄孔雀会缓慢而温柔地展开屏羽,盖在自己和爱侣身上。

某些动物会让我们想起梦想的初心。我们一次次惊讶于面前的动物,仿佛每次都是初见,注视它们的时候,我们也在注视着所有那些对它们的想象。而动物会怎么做?它们会在我们面前来回踱步,任由我们上下打量,它们在生命和幻象的边界来回踱步,为我们徘徊。而孔

孔雀岛

雀正是这样一次次展开自己绚丽而伟岸的扇屏。蓝色，绿色，金色的光芒。它的头高高地昂起，头顶的羽冠微微颤栗，大大的黑眼睛里毫无波澜。它的脖颈上覆盖着细密的彩色鳞羽，身上仿佛披挂着一层金光灿烂的锁甲。它清瘦阴沉，宛如禽鸟中的抒情骑士，骄傲地拖着身后华丽的纹章盾牌，迤逦的屏羽宛如充满东方风情的骑士桶盔，展现着绝对的平衡之美，身上眼状羽纹摇曳生姿，恍如炽天使的千目之翅，移动时丝丝作响，滑若无物，像是一方美丽的华盖，给人们带来一种安全的想象，它既是高贵而娇弱的保护伞，又是令人一见钟情的屏风，盖住了一切，推开了一切，让我们忘记了一切。然而一切的真相不过来自一层薄如蝉翼的色彩和光影。

阳光在孔雀屏上来回跳跃着，美不胜收。那些光从孔雀身上的眼睛里弹出来，又跃进了我们的眼睛。在那些无穷无尽、连绵起伏的羽毛眼睛中，似乎有某种东西在悸动着，颤栗的羽毛似乎在窃窃私语。孔雀仿佛在展现着一种色彩的狂欢，它忽而喧哗，忽而低沉，硕大的扇面无边无垠，孔雀拖着这种狂欢，一次次地来到我们面前，呈现我们喜闻乐见的内容。然而它自己的眼睛却是沉寂的，里面空无一物，它的美貌似乎在不断激发我们的问题，而这些问题仿佛和它毫无干系。

曾经，国王固执地要忘记父亲的时代，授意莱尼在岛上大兴土木，奇妙的是，时移世易后，那些华丽的过往又被小岛消耗殆尽，只剩一片枯萎的死寂，除了孔雀的光芒，什么都没有留下来，只有小岛亘古不变。那个曾经的时代早已落幕，人去楼空，那个时代并没有真正的雄心壮志，要去创造更好的自然，它的兴趣仅限于洛可可的浮华装饰，以及所有奇巧稀罕的玩意儿。它们都是神的造物，而神的想象力无边无际。到如今她还能做些什么呢？玛丽突然想起了《少年维特之烦恼》中的一句话："若是失去了自我，我们将一无所有。"

　　玛丽在阳光中眨了眨眼。在她出神的这几分钟，孔雀们已经走远了。叔叔以前告诉她，看东西的时候，要么借着光，要么正对着光。借光看的时候，事物的外形会显得平滑，而对着光的时候，它们才会拥有轮廓和纵深感。她扪心自问，似乎并没有在男人的轮廓中看到任何熟悉的内容。一切都来得太迟了。玛丽流出来的眼泪在空气中渐渐蒸发。若是失去了自我，我们将一无所有。这句话并不能帮她挽回那些失去的东西。她一边晒着太阳，一边静静地等着两位访客。终于，俩人沿着沙子路走了回来，玛丽远远地看见尼特纳情绪很激动，正在手舞足蹈地跟妻子说着什么。

　　"太开心了，接下来我终于要看到著名的棕榈屋了，叔叔以前谈起它时总是眉飞色舞。"俩人走到玛丽面前后，尼特纳对她说，而阿娜提则立刻挨着玛丽坐到长椅上。

"王后的陵墓真是素净美丽，国王一定非常爱她。"

这位年轻的泰米尔女人的微笑温暖了玛丽的心，她决定不去提前扫她的兴致。他们继续一路同行，玛丽保持着沉默，直到他们穿过了河边的树丛，远远看见棕榈屋的玻璃大门时，玛丽才解说了几句。

"棕榈屋长一百一十英尺，宽四十英尺，高四十二英尺，设计师是申克尔，1830年在沙多的指导下建成。尼特纳先生一定也了解这个背景。当时的宫廷园丁芬特曼先生在周边造景时，也以呼应棕榈屋内部景观为主旨。他在附近种了疏密相间的臭椿，还有一些叶型优美的植物，比如说阔叶的胭脂树、蓖麻、烟草树和巴西芒果树。"

除了蓖麻，以前的那些树都无影无踪了。玛丽念叨着叶片华美的印度美人蕉、甘蔗和纸莎草，用手指了指地上一处花圃的残迹，两个访客的脸上现出失望的神色，因为那块所谓的花圃看上去就像一个杂草丛生的坟丘。

"我们进去看看吧！"尼特纳说着，走到了入口的拱廊下，伸手去推门，却发现门是锁上的，脸上不由得露出惊异的神色。

玛丽摇头道："这不行。"

"我不明白。"尼特纳说，使劲地拉了拉门把手。

"不让进去。"

尼特纳又重复了一遍自己的疑惑。玛丽悲哀地笑着，又解释了一遍这里进不去。

工程师一言不发地后退了几步，走到玻璃门边，像小男孩一样用额头抵着玻璃朝屋内打量着。玛丽和妻子跟在他身后慢腾腾走着，漠然地看着他。

"棕榈屋的顶部装饰是拱顶和尖形窗户，整个建筑因此显得非常有异域风情，但这些装饰都是后加的，因为屋里的棕榈树长得太快，中间的高度不够了，不得已才作了这番改造。"

"我们为什么不能进去？"工程师有些焦躁地问。

"就是不让进去。"

玛丽转身看向年轻的泰米尔女人道："阿娜提，我真的非常非常遗憾，您没法看到里面那座从缅甸运来的印度庙宇，那个庙里的涂绘都是东方风格，一定会让您想起自己的家乡。可惜这些都看不了，请允许我带您往别处去看看，天快黑了，城堡里还有一些可以参观的内容。"

阿娜提还没来得及回答，玛丽就转身沿着河岸先行几步，沿着河边葱葱郁郁的橡树朝着城堡的方向走过去。够了，她想着，此时此刻，想到即将降临的离别，她痛苦至极。她没有像往常那样为他们指古井所在的位置，也没有领他们在城堡四周眺望波茨坦的风光，而是径直走向了城堡的大门，打开门后，她才回头看了一眼默默跟在身后的俩人，抬手示意他们先进去。

"这座小城堡是1794年至1797年间，在国王腓特烈·威廉二世的指示下，由波茨坦的建筑师布伦德尔修建完成的，"玛丽在楼梯间开始为俩人讲解，"每个房间都铺了各种印度木地板，以及各式美丽的地毯，有些是纸质的，有些是织布的。"

她领着他们慢慢参观一层的各个房间，俩人一路沉默地跟着，认真打量着屋内的陈设，一头雾水。终于，他们走到了塔希提群岛室，阿娜提一看望见屋里的异域装饰，不由得惊讶地笑出了声。她仔细研究了一番地毯上的花纹，指点着地毯城堡绣像上的纹饰让丈夫看。

"这里就像我们家旁边的沙滩一样。"

工程师点了点头。玛丽却敏锐地察觉到他有点心不在焉，似乎还在为没有进棕榈屋感到闷闷不乐，这让玛丽感到很心痛，毕竟他应该看到玛丽在岛上的所有人生。

"欧洲人竟然喜欢这样的装饰，到底是向往东方的什么呢？"阿娜提从地毯上移开了目光，沉思着问道，"现在他们在我们那里到处建铁路和种植园。"

"是啊，以往是另一个时代。"

第十一章 | 抽烟吗？

玛丽蓦地想起从前在这里偶遇王储的情景，彼时他还是老国王的儿子，现在也早已长眠于地下。当年的王储眼中充满这位泰米尔女人无法理解的渴望。她记得王储穿着蓝色的军服，高高的竖领，眼里氤氲着水光。

"我们继续往前走吗？"工程师不耐烦地问了一句，玛丽和他的目光碰到了一起，那一瞬间，她几乎无法控制住脸上悲伤的表情，但很快她就回过神来，对他点了一下头。

"我们现在去一层的餐厅，那里天花板上的壁画以前是圭多·雷尼的《极光》。"玛丽解说道，语气又恢复了平静，率先朝前走去。

餐厅的确让两位访客感到惊艳，不过相比于顶上的壁画，他们对墙上的木雕和地砖似乎更感兴趣。俩人站在高大的窗户旁边朝外面看去。这里是老国王以前坐的地方，老国王总是沉浸在自己的思绪中，或许是在思念早逝的王后，也可能是在想自己的父亲，谁知道呢？曾经她就站在这里，沐浴在国王的目光中，从来没有人像国王那样看过她。在国王的目光中，她感觉自己仿佛是一只小兽，不，比小兽更有耐心、更温顺、更沉默，她就像一个物，和小岛一样的物。也正是在那时候，她才明白自己为什么注定属于这个岛。此刻他就站在窗边眺望着外面，为年轻的妻子指点着风景，而从前的那些往事，他永远都不会知道，玛丽心想。纵然是这样，玛丽也希望这一刻能够流逝得慢一些。

于是她又建议俩人登上塔楼看看，以往她从不建议游客这样做。其实她自己也很久没有上过塔楼了，身体已经承受不了爬楼梯的压力，每走几个台阶，她就得停下来扶着墙壁歇口气，但俩人一直很有耐心地跟在她后面。

终于他们爬上了塔楼顶，眺望着远方的平原，波茨坦那边的太阳已经落山了，天空泛着火焰般的红光，遥远城市的上空有几丝火烧云。玛丽深深地呼吸着空气。他们头顶的天空正在一点点地黯淡下来，转换成寒冷而黑暗的夜色。阿娜提欠身朝金色的暮光靠了靠，她的丈夫似乎也放下了心中的郁闷。人们一直为普鲁士拥有这样的风光深感自豪，因为这里一点都不像普鲁士。这里更像南方，有更充足的阳光。三个人一直默默不语，很久后，玛丽开始向俩人描述她眼中看到的风景，这也是她整个世界的风景。

"右边是萨克奥半岛和哈维尔河接壤的地方，再往前可以看到新宫的大理石城堡，后面的小山上可以看到波茨坦俄国区希腊式教堂的绿色拱顶，向左可以看到尼科尔斯科耶区的木屋顶，"她走到另一边道，"两位可以来这边看小岛的风光！那边的树林里能看到棕榈屋的拱顶，差不多正中间的位置是骑士庄园,最远处是牧场的白色遗迹。"

夜色正从远处一点点逼近,掐灭了哈维尔河里的波光,把伟岸树丛的绿荫变成了一团深灰。棕榈屋拱顶上的最后一抹阳光也黯淡了下去,寒气紧跟而来,温度大幅下降了,但直到城堡塔楼完全被夜色笼罩时,他们才察觉到逼人的寒意。他们摸黑走下楼梯,准备回到大厅,玛丽点起了一盏灯照明,在下楼之前领着俩人在她最熟悉的卧室里走了一圈,她希望他能看一眼这个房间,哪怕是在毫不知情的情况下。

"看,那里有东西在闪光。"他站在橱柜边,悄声对妻子说。

玛丽正在往外走,闻言吃惊地站住了。果然,他发现了那只红玻璃杯子,在灯火的照耀下,杯子折射出了暗红色的光,在玛丽举灯转身的那一刻,那道红光变得越发炽烈。尼特纳目不转睛地盯着杯中的火光,小心地用食指碰了碰杯口,杯子发出了一声脆响,围着一个想象的轴心转了几圈,然后翻转了几下,微微颤抖着又停住了。于是他又用手碰了一下杯子,杯中的红光再次闪耀起来,仿佛即将绽开一簇火焰。

尼特纳带着一脸沉迷的表情轻声说,他对植物一直不感兴趣,是因为从很小的时候,他就迷上了石头,各种闪闪发光的石头，他最向往就是大地下石头所在的地方，它们在暗无天日的黑暗中等待着人们的开采，等待着阳光。玛丽听着他的讲述，不由得再次怀疑自己是否作出了正确的决定。她多么希望在这一刻告诉他一切，为他讲述从这个杯子开始的故事。她想告诉他，这只杯子是他小时候的玩具。她甚至舔了一下嘴唇，准备对他坦白一切。

然而此时他突然朝玛丽转过身来，带着一丝温柔的微笑问道："这个美丽的杯子已经破损了。斯特拉孔小姐，可否让我带走这个杯子，作为对孔雀岛的纪念呢？"

这句话后，红光的魔法瞬间消失了。送给他人的礼物应该保持神秘感。礼物里面已经包含了所有那些无法道明的内容。玛丽没有哭，反倒笑了出来。

"您有所不知，这个请求让我感到十分荣幸！我一生都很喜欢这个破杯子。等您回到锡兰再次拿起这个杯子时，或许会想到在这里认识的这位老妇人，她曾经是孔雀岛的宫廷女侍。"

男人缓缓地点了点头。他像勃兰登堡人一样，拥有一双浅蓝色的眼睛，那双眼睛带着一丝温柔的疑惑神情，凝望着玛丽。愣了半晌后他才回过神来，清了清嗓子对玛丽表达了感谢，然后小心翼翼地从橱柜上拿起杯子，打开一方手帕，将杯子包了起来。

第十一章 | 抽烟吗？

然后他们一路下楼回到了大厅。尼特纳环顾了一圈四周，指点着妻子欣赏某些陈设细节，仿佛他在刻意回避离别的到来，仿佛他冥冥中感觉到了玛丽对他隐瞒了什么。玛丽又一次感到害怕，害怕自己在最后时刻会忍不住说出真相。最后，男人朝她点了点头，目光中带有一丝疑问的神色，玛丽打开大门，让俩人走了出去。

面前的城堡草坪上一片漆黑，草地边的树在夜色中仿佛一堵威严的黑墙。工程师马克西米利安·尼特纳和妻子阿娜提沿着铺到城堡门口的浅色石子路走到外面，在室内灯光的映照下，石子路也泛着微微亮色。玛丽站在黯淡的灯影中，望着俩人的背影渐行渐远，直到被夜色吞没。这时她突然听到了脚步声，那声音不急不慢，紧接着，夜间巡逻的洛斯纳从城堡拐角处走过来，朝她打了个招呼，又继续查夜去了。这时玛丽仿佛大梦初醒一般，语气坚定地朝着洛斯纳喊了一声，让他把棕榈屋的锅炉烧上。老人停住了脚步，回头惊讶地看着她。

"烧炉子做什么？"

"烧热炉子！烧得旺旺的！"玛丽合上了身后高大的门扇。

孔雀岛

这天夜里的东北风刮得无休无止,孔雀岛的温度降到了零度以下。为了把停工好几周的暖炉点燃,洛斯纳得先在两个排烟道里用刨花引火,现场火花四溅,那些火星像舞动的光点一样高高地跳到了夜空中,然后又被更闪耀、更狂野的火星抢去了风头,无奈地在夜色中迅速陨落、熄灭,仿佛被黑暗扼住了喉咙。玛丽站在原地一动不动,呆呆地看着前方的火花乱舞,片刻后她才醒过神来,意识到自己要去哪里,她怀着一种狂热的兴奋感,像火花一样朝着那个不可抗拒的方向一路奔去。

自从五十年前的那个晚上之后,她再也没有踏足棕榈屋一步,也从来没有允许任何一位游客走进去。在漆黑的夜色中,她打开了大门,走进了克里斯蒂安死去的地方,此时她脑中突然冒出了一个从未有过的念头:或许恰恰是因为她一直回避这个地方,才能一直活到今天。玛丽小心翼翼地把身后的门关上,点亮了门边一盏用来夜间照明的灯。

棕榈屋里和从前一模一样,仿佛那个夜晚就是昨天的事情,就连那些散落在植物间的椅子也纹丝不动地放在从前的位置,玛丽穿着克里斯蒂安为她缝制的裙子,

第十一章 | 抽烟吗？

迈着缓慢的步子穿过整个屋子——之所以走得这么慢，是为了让他看到——她的目光避开上方的露台，环顾了一圈四周。高大的树丛间长出了葱葱郁郁的蕨类植物，这些是从前没有的，玛丽在植物中认出了熟悉的甘蔗、肉桂树和香蕉树，屋里散发着和那个晚上一样的气息，玛丽恍惚间仿佛听到了觥筹交错的声音，克里斯蒂安似乎就站在她身边，就像记忆中无数次重演的那样，他又一次在亲王面前跳起了舞，古斯塔夫又一次拽住了他的胳膊。克里斯蒂安看着她的眼神里充满伤痛和绝望，她又一次感受到了那种深渊般的恐惧，这是最后一次闪回，古斯塔夫把克里斯蒂安扔出了栏杆，她狂奔到楼梯下，看见他躺在一摊淋漓的鲜血中，她的世界也随之四分五裂。玛丽眯着眼睛，透过玻璃顶看着外面的夜空，火花们依旧在空中默默上演着追逐、倾轧和熄灭的闹剧。

玛丽心惊胆战地摸索着，走向屋里通道的中心点——那里的八角柱上有一棵红脉棕，这是棕榈屋里最名贵的品种，红脉棕旁边是东印度贝叶棕，当时古斯塔夫对她讲了这棵树的很多奇妙之处。他说，这是唯一一种一生只开一次花的棕榈树，它开出的花数量惊人，味道却十分难闻，结出的果子也不多，这些果实成熟后，树就会死去。以前岛上的人经常议论这棵树，因为它一直在长啊长，无休无止，长了二十年后，这棵贝叶棕终于够到了棕榈屋的玻璃顶，于是腓特烈·威廉四世让人在棕榈屋上加盖了一个印度风的圆拱顶。

然后国王就去世了，那位当年从孔雀岛逃往英国的王子继承了王位，先是当了普鲁士国王，后又成了德国皇帝。那些年里发生了很多事，迪珀尔攻堡战[1]、柯尼希格雷茨战役[2]、埃姆斯密电事件[3]、色当战役[4]、1871年1月18日的凡尔赛宫镜厅仪式[5]，而这棵树一直在长啊长。它的树冠直逼拱顶，枝叶渐渐塞满了顶部的空间，又过了二十年，人们只得在树的下方挖出一个六米深的大坑，自那以后，这棵树每长高一点，人们就把它往坑里挪一点。

玛丽望着夜色中这棵大树的墨色树冠，然后又低头看了看脚下的树坑。她已不再会为时光的流逝而感慨，光阴如梭，她却无动于衷。棕榈树边围着一些铁艺长椅，她坐到了一个长椅上，听着洛斯纳在地下室的锅炉边忙

---

1 1864年普丹战争中的重要战役。
2 1866年普奥战争中的关键战役。
3 1870年俾斯麦授意泄露关于王位继承事宜的外交密电，激起德法民众仇恨并引发普法战争的事件。
4 1870年普法战争期间的一场战役，普军获胜并俘虏了法皇拿破仑三世。
5 普法战争结束后，普鲁士国王威廉一世在凡尔赛镜厅宣布成立德意志帝国，并加冕为首任德意志皇帝。

乎的动静，感觉到暖意从地板上缓缓扬起。闪烁的灯光中，棕榈树的阴影也在微微颤抖着。再也不会有人来了，玛丽想。再也不会有人来我住的这个幽灵岛了。现在只剩下我一个人。我终于成了一个被世人遗忘的物。她缓缓地解开了手腕上套的一个绸布小包，从里面掏出一支雪茄，又掏出了一罐硫酸和一盒火柴。

"啊，小姐，您竟然还留着这个！太棒了！"

玛丽听到了一个熟悉的声音，那声音太过熟悉，她在那一刻甚至忘了惊讶。她兴奋地转过头来，果然看见了彼得·施勒密尔。他手里拿着一簇棕榈叶，正面带微笑地从拐角处朝她缓步走来。之前她一直沉浸在回忆中，竟然没听到他走近的声音。

"施勒密尔，太高兴了！您有所不知，这些年我有多么想念您。"

施勒密尔一个欠身，径直坐到了她面前的地上，玛丽在那张熟悉的脸上看到了一丝类似怜悯的神情。他的目光让玛丽意识到，自己变得有多么苍老，然而她也惊异地发现，施勒密尔的样子一点没变。第一次在城堡草坪上和他邂逅时，她正在觐见国王，施勒密尔看上去依然是那时的年纪。

"已经过去了这么久了。"玛丽念叨了一句，然后笑着伸出手来，摩挲着他俊美的少年脸庞。她为自己变成了一个伤感的老妇感到有些生气，然而与此同时，她小小的四肢里蓦地涌出了一股奇妙的疲惫感。那种疲惫感突然变得十分沉重，以至于她完全失去了动弹的力气，捏着雪茄和火柴的手像沙袋一样，跌落到了她的怀中。

"我这里有更好的。"施勒密尔轻声道，然后灵巧地掏出了一个小小的金属盒子，揭开了它的盖子，一道火苗凭空亮起来，玛丽平生第一次问到了汽油的刺鼻味道。施勒密尔合上了金属盖，然后那道小火苗也随之消失了。他眼中曾经闪烁的怜悯神情不见了，变成了和善的微笑。

"我们认识多久了？我经常想起咱们在岛上第一次见面的情景。您还记得小帕尔泰吗？"

玛丽认真地点了点头："他后来怎么样了？"

"他活到了很老，几年前在罗马去世了。他的妹妹，丽莉也去世了。"

"可怜的丽莉！"

"她已经去世五十年了。"

"天啊。"

玛丽似乎忘记了怀里的雪茄和火柴盒，手上的绸布小包也滑到了地上。

"斯特拉孔小姐，我们站在一个新时代的开端，"施勒密尔说，"各种条件都已准备就绪，科学创造和工程技术会补上其他的缺口。世界上最后的盲点会被一一开发。

第十一章 | 抽烟吗？

世界的主人是市民。他们手里掌握着所有的风格、时代和民间技艺。狮子已不再是寓言般的存在，兽苑也已经被供人观赏和学习的动物园取代。您的同伴们也已不再被养在宫廷里，而是和黑人、中国人和印度人一样，成了人们观摩的对象。"

玛丽不由得想起了柏林，那些街道，那些无穷无尽的砖头墙，工厂里的熊熊火焰，摩肩擦踵的人群和面孔。再过不久，城市就会来到这里。她点了点头，说："我们总是说时光飞逝，其实逝去的只是我们。"

"可是时光是什么呢？或许时光只是一道覆盖着一切的面纱，"施勒密尔说，"它给万物染色，浸透了那些我们眼中的昔日之物。然而事实上，一切都依然存在着，我们也会一直存在，只是不在此时此刻罢了。将来我们也会一直存在。我从前就特别喜欢来您的小岛，地域的生命比我们更长久。"

"我的一切都不会留下来，"玛丽轻声说，"连影子都不会留下来。"

"斯特拉孔小姐，在这个世界上，除了我，还有另一样东西也没有影子，您知道是什么吗？"

玛丽摇了摇头。

"火焰。"

没错，玛丽心想，她耳边似乎又传来了克里斯蒂安的声音,她已经很久很久都没有听到他的声音了。他曾经说过,我们的使命是守护世界体内的熊熊大火。我们是在时间之初从大地中诞生的生灵,所以我们不死不灭,也不会繁衍生育。是的,我们不会繁衍生育,玛丽悲哀地想。

施勒密尔在一旁默默地望着她,仿佛他知道她需要花多少时间才能理清思绪、想完问题,半晌后他问道:"要抽烟吗?"

"要,我们抽烟吧!"玛丽笑着对他说。

她看着身边久别重逢的朋友,感到十分幸福。玛丽拿出了一根火柴,用颤抖的手将火柴头浸到小瓷瓶里的硫酸中,然后就着那簇幽幽的火苗点燃了自己的雪茄。再次抬起头来时,施勒密尔已经不见了。

烟雾从她的唇间腾起,静静地飘向棕榈屋的玻璃天顶,玛丽稍微呛了一下。巨大的棕榈屋里弥漫着一种沉重的寂静,所有的叶子都一动不动。正如小岛的境况一样,宫廷园丁勒乌特的懒散态度在棕榈屋里也一览无遗。古斯塔夫在职时,会让人把棕榈树上的枯叶剪下来,对落叶进行清理,而现在没有人做这些事,树下的叶子堆积成山。玛丽只需把雪茄扔到长椅边的落叶堆里,事情就完成了。

玻璃不属于人类的世界。玻璃来自火山浇入大地的岩浆，来自流星和大地的碰撞和交融，来自闪电对沙漠的暴烈亲吻。随着一声震耳欲聋的脆响，巨大的玻璃炸裂了，成千上万的玻璃碴簌簌落下来，落到了像火把一样熊熊燃烧的棕榈树上，玛丽透过烟雾间的缝隙，看到了黑色的夜空在头顶一寸一寸展开，然后她的裙子也燃起了火焰。克里斯蒂安又一次出现在她身边，这是最后一次。此时此刻，玛丽怀念的并不是生命中的挚爱，也不是那个得而复失、失而复得、然后又再次永远失去的孩子。不，她感受到的，是身旁哥哥小小的、熟悉的身体，散发着奇妙的温暖。他们再次坐在哈维尔河上的小船上，沉浸在明媚清晨的幸福中，然后，她将再一次和小岛初遇。

1880 年 5 月 21 日，《福斯日报》刊登了一则报道："在周三至周四的深夜时分，波茨坦边孔雀岛上的华丽棕榈屋惨遭大火侵袭，屋里的一切都被火焰吞噬。在这场大火中，曾经的宫廷侍女——八十岁的玛丽亚·多罗特娅·斯特拉孔小姐不幸遇难。目前大火的起因尚不明确，据猜测与该建筑的供暖设施有关，据我社得到的消息，最早发现大火的是一群渔夫，周三夜里十点至十一点间，他们正在附近的河上架设鳗鱼饵。渔夫发现火情后立刻赶到了棕榈屋，千方百计地想扑灭猛烈的火势，然而因为棕榈屋结构中有大量易燃木质，火情蔓延极为迅猛。最先带着灭火设施赶到现场的是附近萨克奥园区的人员，其后还有其他救火队伍陆续抵达，然而所有人都对大火无计可施。皇家机关的公务员也从各地飞速赶到了火灾现场，整夜都在现场提供助力，但最终只能勉强将火势控制在建筑范围内。这座美丽的棕榈屋最终被大火毁于一旦，以致波茨坦以外地区的人也有所察觉，柏林也遥遥看到了火光。"